KB078600

예은

성운을 먹는 자

성운을 먹는 자 10

김재한 퓨전 판타지 소설

초판 1쇄 찍은 날 § 2016년 1월 18일
초판 1쇄 펴낸 날 § 2016년 1월 25일

지은이 § 김재한
펴낸이 § 서경석

편집책임 § 이창진
디자인 § 신현아

펴낸곳 § 도서출판 청어람
등록번호 § 제387-1999-000006호
등록일자 § 1999. 5. 31
어람번호 § 제1-2340호

주소 § 경기도 부천시 원미구 부일로 483번길 40 서경B/D 3F (우) 14640
전화 § 032-656-4452 팩스 § 032-656-4453
http://www.chungeoram.com
E-mail § chungeorambook@daum.net

ISBN 979-11-04-90607-7 04810
ISBN 979-11-04-90287-1 (세트)

FUSION FANTASTIC STORY

김재한 퓨전 판타지 소설

성운을 먹는 자

구원은 없다

10

목차

제52장
자객들

성운을 먹는 자

1

산운방주는 요즘 들어 계속 희희낙락하고 있었다. 형운과 서하령이 단 하루 만에 청룡방의 체면을 진흙탕에 처박아주었기 때문이다.

무인들의 항쟁에서는 한번 기선을 제압당하면 만회하기 힘들다. 그 후로 일주일이 지나도록 청룡방은 숨을 죽이고 있었다.

그들의 조직 규모를 생각하면 산발적인 공세로 반격하는 것은 가능할 것이다. 그러나 그렇게 했다가는 형운과 서하령이 나서서 박살 낼 것이 뻔하니 함부로 공격해 올 수가 없다.

"싸우러 다닐 필요가 없는 거야 좋은데⋯⋯."

형운은 서하령과 함께 거리를 걷고 있었다.

인피면구를 착용한 채다. 놀러 나온 게 아니라 일의 일환으로 모습을 드러내고 있는 것이기 때문이다.

문득 서하령이 형운의 소매를 잡아당겼다.

"와, 저거 봐."

"뭔데 그래… 커억!"

무슨 일인가 하고 고개를 돌렸던 형운이 굳었다.

일반인들 상대로 화공(畵工)들의 그림을 팔고 있는 가게였다. 역사적으로 유명한 인물들을 시작으로 현재 강호에서 명성을 떨치는 협객들의 그림도 인기리에 팔려 나간다.

그중에 '선풍권룡 형운'을 그린 그림이 있었다.

서하령이 생글생글 웃으며 말했다.

"강호에 퍼진 선풍권룡 형운 대협의 인상은 이런가 봐? 아주 근사하네."

"으윽……."

서하령이 놀리는 말에 형운이 움찔거렸다. 용을 배경으로 두고 잔뜩 분위기 잡고 주먹을 내밀고 있는, 마치 신화 속의 미남 영웅처럼 미화되어 그려진 그림을 보고 있자니 정신이 혼미해진다. 객잔에서 과장되고 왜곡된 자신의 이야기를 들을 때와는 또 다른 충격이 몰려들어 왔다.

"어, 여기……."

"응?"

"그 유명한 절세미인 영화권봉 서하령 소저의 그림도 있네!"

"……."

서하령이 흠칫했다.

비록 형운의 유명세가 후기지수들 중에서는 최고라고 할 수 있다지만 성운의 기재들의 유명세는 여전했다.

서하령과 진예는 최근 들어서 이름이 높아졌는데, 일단 하운국 사람인 데다가 여성이라는 점 때문에 인기가 높았다. 특히 서하령은 절세미인이라는 소문이 자자하다 보니 그녀를 흠모하는 남성들의 수를 헤아릴 수 없을 지경이다.

서하령이 금세 당황을 진정시키고 말했다.

"흐응, 이건 실물보다 못한 것 같은데?"

"······."

"어머, 왜 그런 눈으로 바라봐?"

"···아니, 세상에는 참 뻔뻔한 사람도 있다 싶어서."

"내가 틀린 말 했어?"

"큭······."

형운이 분한 표정을 지었다.

'반박할 수가 없어! 젠장!'

그림 속의 서하령은 아름답지만 그럼에도 실물이 더 낫다. 본인 입으로 그렇게 말하는 건 정말 뻔뻔하지만 사실이 그렇다는 점이 참으로 짜증 나는 점이다.

그렇게 거리를 구경하면서 걷고 있을 때, 어린 소년 하나가 다가왔다.

"저기··· 혹시 뇌성권(雷聲拳) 형준 대협 아니신가요?"

꾀죄죄한 소년이 주저주저하면서 형운을 올려다보고 있었다.

지금의 형운은 아이가 말 걸기 쉬운 인물이 아니다. 인피면구로 위장한 얼굴이 험악할 뿐만 아니라 형운의 신장이 6척(약 180센티미터)을 넘는 만큼 등을 꼿꼿하게 세우고 걷는 것만으로도 위압적이다.

그런데도 말을 걸어온 소년을 보며 형운이 고개를 갸웃했다.

"뇌성권?"

처음 듣는 별호였다. 아이가 말했다.

"산운방의 형준 대협 아니신가요?"

"대협이라는 말은 과분하지만, 내가 산운방의 형준이 맞다. 하지만 뇌성권이라는 별호는 처음 듣는군."

"아, 역시 맞군요. 주먹에 천둥벼락의 힘이 깃들었다고 위명이 자자하세요."

"으음. 그런 식으로 소문이 퍼졌나?"

확실히 굉호권의 무공은 허세용으로는 최고다. 폭력으로 먹고사는 흑도 무인들도 단숨에 압도당할 지경이니 일반인들이 보기에는 정말 어마어마해 보일 것이다.

"저기, 이거 받아주세요."

"응?"

형운은 의아해하며 아이가 내민 것을 받아 들었다. 그것은 꾀죄죄한 소년의 차림과는 맞지 않는, 병에 제법 고급스러운 장식이 들어간 술이었다.

"이걸 왜……."

"그게, 그러니까……."

소년이 머뭇거리다가 말했다.

"대협께서 손봐주신 청룡방 무리들 중에 흑견이라는 자가 있었어요."

죽창거리의 도박장을 관리하던 흑견은 청룡방원 중 과격하고 난폭한 무투파로 이름난 자였다. 툭하면 술 먹고 주변에다 횡포를 부렸으며, 뒤탈이 없을 만한 여자를 희생자로 골라서 몹쓸 짓을 저지르기도 하였다. 그가 힘으로 덮쳐서 욕보여도 여자들은 그가, 그리고 청룡방이 두려워서 하소연조차 하지 못하고 살았다.

소년의 누나도 그런 피해자 여성 중에 하나였다.

"대협께서 제 누님의 원한을 갚아주셨습니다. 감사합니다. 가진 것이 없어서 드릴 수 있는 것이 없지만… 제가 어른이 되어서 돈을 벌게 되면 꼭 은혜를 갚겠습니다."

형운에게 맞은 흑견은 함부로 힘자랑을 할 수 없는 몸이 되었다. 서하령을 보고 음담패설을 늘어놓는 바람에 화가 난 형운이 좀 과하게 손을 썼기 때문이었다.

'좀 더 심한 꼴을 당하게 해줄 걸 그랬나?'

소년의 말을 듣고 나니 그런 생각이 든다.

형운은 한숨을 참으며 소년의 머리를 쓰다듬어 주었다.

"이건 잘 마시도록 하마. 고맙다."

이 술은 형운에게는 별것 아니지만 없이 사는 소년 입장에서는 큰 지출을 한 것이리라.

소년과 헤어져서 거리를 걷던 중, 서하령이 말했다.

"여기서도 또 협객이 되었네?"

"그러게. 본의는 아니지만……."

형운이 쓴웃음을 지었다.

이 싸움에서 누군가에게 이런 감사를 받게 될 줄은 몰랐다.

산운방과 청룡방의 싸움은 이제까지 형운이 겪어온 것과는 성격이 다르다. 협객으로서 명성을 떨친 싸움들처럼 만인이 공감할 대의명분을 갖고 싸우는 게 아니라 그저 이권을 다투는 싸움이다.

산운방이 이겨도, 청룡방이 이겨도 이 거리의 사람들의 삶이 크게 달라지진 않는다. 그저 어느 쪽이 더 편하고 믿을 만한지의 문제일 뿐이다.

그런데 여기서 힘없는 누군가의 진심 어린 감사를 받게 될 줄이야…….

"뭐라고 설명하기 어려운 기분이야."

형운은 손에 들린 술병을 보며 자기도 모르게 미소 지었다.

2

다음 날에도 형운과 서하령은 거리를 돌아다녔다.

두 사람이 산운방에서 나올 때마다 미행이 따라붙었다. 청룡방에서 붙인 자들이리라.

뻔히 알면서도 내버려 둔 것은 애당초 나다니는 이유가 그들을 자극해서 행동을 끌어내는 것이기 때문이다. 하지만 시간이 지나도 그들은 행동을 일으킬 조짐이 보이지 않았다.

"흐음. 포기했다고 보기에는 하는 짓이 너무 노골적인데."

"그러게."

항쟁에서 이기길 포기했다면 벌써 산운방에 사자를 보내왔어야 했다. 하지만 그러지도 않았고 두 사람이 나올 때마다 미행을 한다는 것은 아직도 적의를 거두지 않았다는 뜻이다.

서하령이 말했다.

"어디서 또 힘 좀 쓰는 실력자라도 불러오려는 걸까?"

"보고서대로라면 흑풍검이 청룡방주가 동원할 수 있는 최고의 패였을 거야. 하지만 돈만 쥐여준다면 낭인이야 얼마든지 고용할 수 있을 테니 그러지 말란 법은 없겠지."

아무래도 그만한 실력자를 초빙하려면 시간이 걸릴 것이다. 이런 부분의 정보 수집은 무일에게 일임하고 있지만 아직까지는 걸리는 것이 없었다.

'차라리 그냥 치고 들어갈까?'

그런 고민도 든다. 어차피 항쟁은 계속되는 중이니 이쪽에서 쳐들어가서 끝장을 본다 한들 문제 될 것도 없다. 다만 자신들이 빠진 후의 상황을 생각해서 확실한 명분이 생길 때까지는 자제하고 있을 뿐이다.

고민하던 형운이 문득 눈살을 찌푸린다. 서하령이 작게 물었다.

"왜?"

─살기가 느껴져.

형운은 육성 대신 전음으로 말했다.

─살기?

서하령은 살기를 감지하지 못했다. 하지만 의심하지는 않는다. 능력의 실체를 다 알지는 못하지만 형운이 스스로를 향한 시선과 감정을 민감하게 파악할 수 있다는 것은 알고 있었다.

―응.

―암살할 셈일까?

―그럴지도.

형운은 좀 의아했다.

'혹시 전문 자객인가?'

그렇게 생각한 것은 시선에 묻어나는 감정이 오로지 살의였기 때문이다.

원한을 가진 상대에게 응당 품을 법한 감정, 즉 분노나 증오가 없다. 심지어 적의조차도 희미하다.

그저 형운을 죽일 마음을 품었을 뿐이다. 상당히 이질적인 느낌이었다.

'네게 원한은 없지만 일이라서 죽여야겠다……. 그런 느낌인데.'

시간이 지날수록 형운은 일월성신의 능력을 보다 깊게 이해하고 다루고 있었다. 시선과 거기에 실린 감정을 읽어내는 능력도 발전해서 이제는 이만큼이나 세밀하게 분석하는 게 가능해졌다.

'혹도 무리들 중에 자객을 키우는 놈들이 있다고는 들었지만…….'

이 경우 흑도의 자객, 혹은 살수라 불리는 존재는 사람들이 품고 있는 환상과는 좀 다르다.

시커먼 옷을 입고, 쥐도 새도 모르는 은신술을 펼쳐서 은밀하게 표적을 살해하는 암살 전문가.

사람들이 자객에 대해서 품는 보편적인 환상이다.

물론 저런 자객이 없진 않다. 하지만 대부분의 경우 자객이란 그저 다른 사람들 눈을 피해서 표적을 죽이는 데 능숙한 자일 뿐이다.

서하령이 물었다.

ㅡ끌어내 볼까?

ㅡ그러지.

마음만 먹으면 가서 붙잡을 수도 있으리라. 하지만 아직 아무것도 안 했는데 '네놈은 자객이구나!' 하고 붙잡는 것은 좀 이상하지 않겠는가?

두 사람은 자연스럽게 인적이 드문 곳으로 이동하기 시작했다. 산운방으로 돌아가는, 온 길보다 짧은 거리를 질러가는 골목길이다.

곧 가벼운 뜀박질 소리가 들려왔다.

'아이들?'

형운은 의아해하며 뒤를 돌아보았다. 어제 본 소년과 비슷한 또래의 아이들이 다가오고 있었다. 소년과 소녀 한 쌍이 머뭇거리면서 말을 걸어온다.

"저기, 혹시… 산운방의 뇌성권 대협이신가요?"

"그래. 무슨 일이지?"

형운의 얼굴에서 경계하는 기색이 사라졌다. 아이들이 주저주저하며 뭔가가 든 꾸러미를 내밀었다.

"이거…….."

형운과 서하령이 그것을 받으려는 손을 내미는 순간이었다.

갑자기 아이들의 몸이 앞으로 쏠린다. 아이들이 들고 있던 꾸러미 안쪽에서 칼날이 모습을 드러내었다.

"…흠."

전광석화처럼 나아가던 칼날은, 형운에게 닿지 못했다. 서하령 쪽도 마찬가지다.

그녀가 한숨 섞인 목소리로 말했다.

"솔직히 직전까지도 설마설마했는데……."

"그래."

형운의 목소리는 우울했다.

두 사람은 칼을 쥔 아이들의 손을 단단히 붙잡고 있었다.

"어, 어떻게……."

아이들이 당황해서 버둥거렸다.

완벽한 기습이었다. 자연스러운 연기로 표적의 바로 코앞까지 다가가서 방심하는 틈을 찔렀다.

아무리 실력이 뛰어나다고 하더라도 물건을 받으려고 손을 내밀다가 공격당하면 대책이 없게 마련이다. 하물며 완벽하게 심리적인 허를 찔렀지 않은가?

그런데 두 사람은 마치 기다리고 있었다는 듯 공격을 붙잡아 버렸다.

형운이 말했다.

"믿고 싶지 않았어."

시선에 담긴 감정을 읽는 형운에게는 아무리 교묘한 연기라도 통용되지 않는다. 오감을 기감으로 활용하는 서하령에게도 마찬가지다.

곧바로 서하령의 손이 두 아이의 몸 여기저기를 짚었다. 점혈당한 두 아이는 의식을 잃고 축 늘어졌다.

형운이 한숨을 참으며 말했다.

"무일, 입구에서 들어오고 있는 남자를 잡아. 그 건너편에 있는 두 놈은 일단 제압만 해두고."

그러자 옆 건물 지붕에 모습을 감추고 있던 무일의 기척이 멀어져 가더니 잠시 후, 기절한 남자 하나를 질질 끌고 왔다.

형운이 서하령을 돌아보며 말했다.

"넌 빠져 있어."

"어머, 이제 와서?"

서하령이 눈을 치켜뜨며 묻는다. 형운의 의도는 알겠다. 남자를 고문하는 험악한 꼴을 여자인 서하령에게 보여주기 싫은 것이리라.

하지만 이미 늦었다. 그런 생각으로 반발하는 그녀에게 형운이 말했다.

"부탁이야."

"......."

서하령이 눈살을 찌푸렸다. 형운이 간절한 눈으로 핑곗거리를 던져두었다.

"감시하는 놈들은 셋이 더 있어. 그놈들을 처리해 줘."

두 사람을 감시하는 청룡방원의 수는 총 여섯이었다. 그들은 일정한 거리를 두고 흩어져서 만약의 사태에 대비하고 있었다.

형운이 무일에게 제압하게 시킨 것은 가장 가까운 셋이다. 아직 나머지 셋은 사태를 모르고 있으리라. 이상을 감지하기까지 상당한 시간이 걸릴 텐데, 형운은 굳이 그들을 지금 제압하라고 하고 있었다.

"…좋아."

서하령이 흥 하고 코웃음을 치고는 그 자리를 떠났다.

그녀의 기척이 완전히 멀어지고 나자, 형운이 싸늘한 목소리로 말했다.

"깨워."

무일이 남자를 한 대 치자 그가 눈을 떴다. 어안이 벙벙해서 주변을 두리번거리던 그는, 곧 자신이 처한 상황을 깨닫고 굳어 버렸다.

형운이 물었다.

"청룡방원이지?"

"무, 무슨 말을 하는지 모르겠군. 사람을 백주 대낮에……."

형운은 남자의 말을 끝까지 기다려 주지 않았다. 그의 눈짓을 받은 무일이 남자의 등짝을 한 대 후려쳤다.

"……!"

남자가 비명조차 지르지 못하고 몸을 뒤틀었다.

마치 머리부터 발끝까지, 전신의 통각이란 통각은 전부 깨어나서 비명을 질러대는 느낌이다. 그 고통은 짧았지만 너무나도 강렬했다.

순식간에 식은땀으로 범벅이 된 남자를 내려다보며 형운이 물었다.

"난 사람에게 효율적으로 고통을 주는 것에는 별로 익숙하지 않다."

점혈법을 통달하면 체내에 흐르는 기의 움직임을 조작해서 상대의 감각을 마음대로 주무를 수 있다. 하지만 형운은 그런 기술을 잘 구사하지 못했다.

그래서 고통을 주는 역할은 무일에게 맡겼다. 서하령도 잘하 겠지만 여자인 그녀에게 이런 일을 시키고 싶지 않았다.

형운이 말했다.

"하지만 두 번 다시 몸을 못 쓰도록 부숴줄 수는 있지. 똑바로 대답해라. 되도 않는 거짓말을 주워섬길 때마다 새로운 고통을 경험하게 될 거고, 내 인내심이 한계를 넘으면… 돌이킬 수 없 는 꼴을 당하게 될 거야."

"히, 히이익……."

남자가 공포로 떨었다. 무일에게 무슨 말을 할지 지도받을 것 도 없었다. 형운은 진심으로 분노하고 있었다.

그리고 그 점은 무일도 마찬가지였다.

─무일.

─네.

─진정해.

─…….

형운의 말에 무일이 움찔했다.

그는 드물게 머리끝까지 분노하고 있었다. 항상 머금고 있던 웃음이 사라지고 무표정해진 얼굴에서 숨 막힐 듯한 살기가 흘 러나온다.

이어지는 형운의 말은 충격적이었다.

─고백하자면, 네가 어릴 때 어떤 일을 했는지는 일찌감치 알 고 있었어.

무일이 어린 시절, 흑도에서 자객으로 길러졌던 과거를 형운은 알고 있었다. 별의 수호자의 조사력은 무일이 생각했던 것보다 훨씬 뛰어났던 것이다.

'어떻게 거기까지? 그럼 설마… 아니, 아무리 그래도…….'

심장이 두근거린다. 조금 전까지의 분노는 온데간데없이 사라지고 대신 당혹스러움과 두려움이 밀려들어 왔다.

거기까지 조사했다면 설마 자신의 진짜 정체도 알고 있는 것일까? 만약 그렇다면…….

─진정해. 네가 이 아이들과 같은 일을 했다고 해서 탓할 생각은 없어. 그건 네가 책임질 일이 아니야.

─…….

이어지는 형운의 말에 엉망진창으로 헝클어졌던 무일의 머릿속이 조금 가라앉았다.

'공자는 모른다.'

안도감이 밀려들었다.

형운은 무일의 과거를 안다. 그가 삭룡단에서 살수로 교육받고, 지금 이 아이들처럼 상대를 방심시키고 암살하는 일을 했다는 사실을…….

하지만 형운은 무일이 마인들의, 어쩌면 마교의 첩자 노릇을 한다는 사실은 모른다. 안다면 이런 태도를 보이진 않았으리라.

'모르고 있어…….'

감정이 가라앉는 가운데, 무일은 한 가지 의문을 느꼈다.

자신이 안도하는 것은 단순히 첩자라는 사실이 밝혀지지 않아서일까, 그게 아니라면 형운이 자신을 경멸하거나 증오하지 않을 거라는 사실 때문일까?

형운은 무일의 마음속까지는 들여다볼 도리가 없었다. 그저 그가 좀 진정할 때까지 기다렸다가 차분하게 말을 이어나갈 뿐이다.

—네가 분노하는 것을 이해해. 하지만 이럴수록 차갑게 생각해라. 이놈들의 뿌리를 뽑아야 해. 알겠지?

—……예.

무일의 대답을 들은 형운이 남자에게 물었다.

"다시 묻겠다. 청룡방원이지?"

"그, 그렇습니다. 그렇고말고요!"

"이 아이들은 청룡방에서 기른 자객인가?"

"그건……"

남자가 머뭇거렸다. 형운이 눈짓할 것도 없이 무일이 그에게 손을 댔다.

또다시 비명조차 지르지 못할 고통으로 몸을 떤 후, 그가 덜덜 떨리는 목소리로 말했다.

"……그렇…… 습니다……. 제, 제발…… 더 이상은……."

"소문은 들었어. 청룡방이 지저분한 사업을 벌이고 있다는 것. 거기에 대해서 자세히 듣고 싶군. 아, 그 전에… 이 아이들을 쓴 이유가 뭐지?"

"어제 일 때문일 겁니다."

대답한 것은 무일이었다. 형운이 바라보자 무일이 차가운 목소리로 말했다.

"어제 그 아이가 공자님께 접근했던 일 때문에, 이 아이들로 공자님의 방심을 유도할 수 있을 거라는 판단이 섰을 겁니다.”

아이들을 자객으로 써서 방심한 상대를 암살한다.

대단히 사악한 수법이지만, 모든 사람에게 통용되는 것은 아니다. 아이들이 범접할 수 없는 분위기의 인물이라면 애당초 자연스러운 접근이 불가능하지 않겠는가?

무일은 스스로의 경험에 비추어 그 사실을 추측했다.

형운이 턱을 쓰다듬었다.

“그렇군.”

그의 눈매가 험악하게 굳어졌다.

“그랬어⋯⋯.”

무일은 형운이 터지기 전의 화산처럼 분노하고 있다는 사실을 알아차렸다.

그에게서 풍겨 나오는 기파가 점점 더 강해진다. 심신이 쇠약해진 남자의 호흡이 곤란해져서 꺽꺽거리는 것은 물론이고, 무일조차도 숨이 막힐 지경이다.

“청룡방, 오늘 없애도록 하지.”

형운은 더 이상 ‘산운방원 형준’이라는 제약에 묶여 있지 않기로 결정했다.

3

백도에 속한 정파들은 관과 밀접한 관련이 있다. 그들이 육성한 무인들이 관에 투신하고, 관에서 범죄를 막거나 범인을 추포할 때 무력을 필요로 하면 기꺼이 협력한다.

하지만 흑도를 걷는 사파라고 해서 관과 아주 연이 없는 것은 아니다. 음지에서 이익을 올리기 위해서 적당히 관에 연줄을 만들고 돈을 찔러주면서 안전을 확보하고자 노력했다.

청룡방 역시 그런 노력을 아끼지 않았다. 지금까지 살벌하게 항쟁을 벌이면서도, 심지어 사망자가 나왔어도 관의 간섭 없이 잘 버텨온 것도 그 덕분이다.

그래서 아무런 예고도 없이 관병이 들이닥쳤다는 소식을 들었을 때, 청룡방주는 경악할 수밖에 없었다.

"그게 무슨 소리냐?"

"교육장 쪽에 관병들이 들이닥쳤답니다. 난리가 났습니다."

"어떻게 그럴 수가 있나!"

청룡방주가 거세게 탁자를 내려쳤다.

'교육장'의 존재는 청룡방에서 가장 신경 써서 관리하는 비밀이었다. 갈 곳 없는 아이들을 데려다가 자객으로, 다른 조직에 집어넣을 밀정으로, 그리고 때로는 추악한 취미를 가진 부호들을 위한 성노리개로 만들고 있다는 사실이 관아에 밝혀지면 끝장이다.

만약 관아에서 낌새를 눈치챘다면 평소 돈을 찔러주고 있는 인맥을 통해서 경고가 왔어야 했다. 이런 때를 위해 큰돈을 지출하고 있는 게 아니었던가?

씩씩거리던 청룡방주의 뇌리에 한 가지 생각이 스쳐 갔다.

"설마 산운방의 그 애송이인가?"

바로 오늘, '교육장'에서 길러낸 어린 자객들로 굉호권의 제자 두 명을 암살하라는 명령을 내렸다. 설마 암살이 실패하고 덜미를 잡힌 것일까?

'그럴 리가 없어. 아이들의 교육은 완벽해.'

'교육장' 같은 사업을 운영하는 것은 주먹구구식으로 할 수 있는 일이 아니다. 그것을 잘 알기에 거금을 주고 흑도에서도 백안시되는 전문가를 초빙했다.

아이들은 교육 중에 마약을 섞은 비약과 암시를 통한 세뇌를 받는다. 특히 살수로 키워지는 아이들에게는 강한 심마(心魔)를 각인시켜서 유사시에는 자결하는 것조차 거리끼지 않도록 만들어두었다.

'아직 시도했다는 보고도 없었어.'

청룡방주는 형운의 무위를 두 눈으로 똑똑히 보았다. 그런 고수를 암살하는데 일을 허투루 할 수 있겠는가?

감시하라고 붙인 방원들로부터 어제 거리의 소년에게 감사를 받은 일을 듣고 나서야 '교육장'의 소년소녀 살수를 투입하기로 했다. 그리고 상황을 판단하고 감시하는 역할은 믿을 만한 부하들에게 맡겼다.

그것으로도 안심하지 못해서 몸이 날래고 주의 깊은 부하 다섯을 감시로 붙였다. 아무리 고수라도 여섯 명을 한꺼번에 처리할 수는 없을 테니 무슨 일이 생겼다면 소식이 왔어야 했다.

'대체 뭐가 어떻게 된 거야?'

청룡방주는 이를 갈며 행동을 결정했다.

의문은 천천히 생각해도 된다. 지금은 몸을 피하는 게 급하다.

그가 꼭 가져가야 하는 물건과 문서들을 챙기고 있을 때였다.

"이 자식, 누구… 크악!"

"뭐, 뭐야? 어억!"

바깥이 소란스러워지면서 부하들의 비명이 연달아 울려 퍼졌다.

놀란 청룡방주가 문 쪽을 돌아보는 순간, 폭음이 울리며 문짝이 부서져 나갔다.

그곳에 새카만 옷을 입은 청년이 검을 들고 서 있었다.

눈이 가느다랗고, 입가에 싱글거리는 미소를 띠고 있어서 여우 같은 인상을 주는 청년이었다. 일견 사람 좋아 보이는 얼굴이었지만 청룡방주는 등골이 오싹해졌다.

옷이 온통 검어서 알아보기 어려웠지만, 청년은 피투성이였다.

검신을 따라서 핏방울이 뚝뚝 떨어진다. 옷에도, 얼굴에도 핏방울이 튀어 있었다.

그 피가 누구의 것인지는 물어볼 필요조차 없다. 청룡방주가 품에 안고 있던 것들을 내던지고 칼을 뽑아 들었다.

흑도에서는 얕보이면 끝이다. 어떤 상황에서든 목청을 높여서 상대를 위압해야 한다.

"이 자식, 여기가 어디인 줄 알…… 크악!"

하지만 그는 첫 말조차 끝맺지 못했다. 여우 같은 인상의 청년, 무일이 전광석화처럼 치고 들어와서 일장으로 그의 어깨를 부숴 버렸기 때문이다.

뒤이어 발로 그를 걷어차자 갈비뼈가 와장창 부서졌다. 다음으로는 칼을 들고 있던 팔이 가차 없이 부러져 나갔다.

콰드득!

그 사실을 깨달았을 때는 양다리까지 무일의 발차기에 맞고 부러진 후였다.

"크, 아, 아아아아악⋯⋯!"

청룡방주는 흑도에서 폭력으로 밥 벌어먹고 살면서 모진 꼴도 많이 당해보았다. 하지만 이 정도로 무자비한 폭력은 처음이었다.

단 한 호흡이다. 그야말로 한순간에 인간을 이토록 처참하게 부술 수 있단 말인가?

무일이 피 묻은 얼굴로 웃으며 물었다.

"청룡방주지? 아니라고 말하진 마. 그럼 내가 알고 있는 대답을 내놓을 때까지 더 고통스러워질 테니까."

"흐, 흐어, 어억⋯⋯."

"청룡방주 맞아, 틀려? 설마 대답도 못 할 정도로 고통스럽나? 생각보다 더 근성 없는 놈이네."

무일이 비아냥거리면서 청룡방주를 걷어찼다. 순식간에 만신창이가 된 청룡방주 입장에서는 사경을 헤맬 한 방이었지만 전혀 신경 쓰지 않는다.

'이놈은 내가 죽든 말든 아무것도 느끼지 않을 놈이다.'

청룡방주는 공포에 압도당했다. 이성이고 경험이고 너무 비상식적인 폭력이 자아낸 상황 속에서 붕괴해 버렸다.

"마, 맞소. 내가, 청룡방주요⋯⋯."

"빨리 대답했으면 한 대 덜 맞았잖아. 몸으로 배웠으니 앞으로 어떻게 하면 되는지 알았지? 너 그런 거 좋아하잖아? 애들한테도 그런 식으로 가르쳤다더군?"

무일에게서는 흉흉한 살기가 흘러나오고 있었다.

문득 무일이 뒤를 돌아보며 말했다.

"흠. 대충 다 정리된 거 같군. 네 부하들, 죽인 것은 셋뿐이지만 나머지도 앞으로 힘쓰는 일은 하기 힘들 거야. 물론 도망친 놈은 하나도 없어. 그 점은 안심해도 좋다."

이곳을 덮친 것은 무일만이 아니다. 진해성 지부의 무인 열 명이 함께 왔다.

"대, 대체 왜 이런……."

"별의 수호자다."

"……!"

청룡방주가 눈을 부릅떴다.

별의 수호자는 그도 알고 있다. 흑도의 무리에는 정설로 통하는 사실이 하나 있었다.

'그들의 영역을 침범했다가 밟혔다면, 최대한 빠르고 신속하게 찌그러져라.'

별의 수호자는 흑도의 이권에는 별 관심이 없다. 하지만 욕심을 부려서 그들의 영역에 발을 들여놨다가 초토화된 사파는 셀 수 없을 정도로 많았다.

청룡방주도 그들의 공포를 잘 안다. 15년 전, 다령의 중심가에서 도룡방과 패권을 다투던 흑월방이 별의 수호자를 사칭해서 가짜 비약을 팔아먹었다가 단 하루 만에 조직이 전멸당한 사건이 있었기 때문이다.

그때의 사망자 수는 다령 암흑가의 전설로 남아 있었다. 더무서운 것은 그만한 사람이 죽어나갔는데도 관에서는 아무런 행동도, 심지어 관심조차 보이지 않았다는 것이다.

"나, 나는 당신들의 영역을 침범하지 않았소……."

"알고 있어. 마약을 써서 세뇌시킨 아이들을 노리개로 팔아 먹거나 살수로 써먹는 지저분한 사업은 별의 수호자의 관심사가 아니거든."

"혁……."

"우리 공자님께서 네놈들이 하는 짓을 그냥 놔둘 수 없다고하셨다. 너도 이름은 들어봤겠지? 선풍권룡 형운."

물론 모를 리가 없다. 형운의 명성은 강호를 경동시키고 있으니까.

"나 개인적으로는 여기서 널 죽이고 싶지만… 조직의 우두머리는 잡는 편이 좋으니까 적당히 괴롭히는 걸로 끝내지. 어차피관으로 끌려가면 지독한 꼴을 당할 테니까."

청룡방주는 청룡방을 세운 후 처음으로 스스로의 행동을 후회했다.

물론, 모든 후회가 그렇듯이 그것은 이미 돌이킬 수 없을 정도로 늦었다.

4

청룡방은 단 하루 만에 사라졌다.

아니, 정확히 따지면 하루도 아니다. 살수로 키운 아이들이 형운을 암습하고 나서 청룡방주가 무일에게 박살 나기까지 채 두 시진(4시간)도 걸리지 않았다. 그만큼 별의 수호자의 행동이 신속했다.

형운이 '산운방의 형준'으로서 청룡방을 상대하길 포기한 시점에서, 진해성 본성의 별의 수호자 지부가 그의 뜻에 따라 움직였다. 지금의 형운에게는 그 정도 힘이 있었다.

황실과도 직접적으로 연이 닿아 있는 별의 수호자다. 진해성 본성에서의 영향력도 막강했다.

요청이 들어가는 순간, 관에서는 별의 수호자의 유도에 따라서 병력을 급파했다.

하지만 그들이 할 일은 뒷수습에 가까웠다. 그들이 도착했을 때는 이미 청룡방에 속한 모든 영역을 별의 수호자에서 섬멸한 후였기 때문이다.

5

"무일?"

멍하니 서 있던 무일은 자신을 부르는 목소리에 퍼뜩 정신을 차렸다. 형운이 걱정스러운 기색으로 그를 바라보고 있었다.

"괜찮아?"

"아, 아닙니다. 잠시 다른 생각을 하느라."

사람들이 분주하게 움직이면서 뒷정리를 하고 있었다. 청룡방의 부상자와 시신, 그리고 의식을 잃은 아이들을 옮긴다. 무일의 시선은 점혈당해서 평온하게 잠든 것처럼 보이는 아이들에게 향해 있었다.

'작업장'은 형운과 서하령이 직접 처리했다.

이유는 간단했다. 아이들은 약과 암시로 세뇌당했으니 자칫하다가는 자결할 위험성이 있다. 그러니 그럴 겨를도 주지 않고 신속하게 제압할 만한 실력자가 필요했다.

형운이 말했다.

"피곤하면 먼저 돌아가서 쉬고 있어. 힘쓸 일은 더 없을 것 같으니까."

"공자님께서 현장 지휘를 하시는데 그럴 수는 없지요. 가려 선배가 알면 혼납니다."

"하하하."

가려를 핑계로 대자 형운이 웃었다.

문득 무일이 물었다.

"저 아이들은 어떻게 하실 겁니까?"

"일단은 여기 지부에 데려가서 전문가들에게 맡겨야지."

약학에 있어 별의 수호자를 따라올 곳은 없다. 마교에서 더 악독한 세뇌 교육을 받은 이들도 치료한 실적이 있는 만큼 믿고 맡겨도 될 것이다.

"치료가 끝나면 지낼 곳도 마련해 줄 거고."

이번에 구출한 아이는 서른 명이 넘었다. 하지만 별의 수호자에게는 전혀 부담되는 수가 아니다. 형운이 지부에 귀띔만 해놓아도 다들 향후의 거취는 걱정할 필요가 없으리라.

형운의 말을 들은 무일이 고개를 숙였다.

"감사합니다."

"…음? 이게 네가 나한테 감사할 일은 아닌 것 같은데?"

형운이 어리둥절해했다. 청룡방을 없애 버린 것은 형운 자신의 결정이었다. 물론 무일의 과거를 알고 배려한 점도 없지는 않았지만 그들이 하는 짓은 형운으로서도 못 본 척 지나칠 수 없는 일이었다.

무일이 쓴웃음을 지었다.

"그래도요."

"그래도라니 무슨."

형운이 어이없다는 듯 실소했다. 그리고 기지개를 켜며 말했다.

"대충 정리가 된 것 같으니 높으신 관리님이나 만나봐야겠군. 적당히 선물 좀 건네고 얼굴에 금칠 좀 해주고 오면 되겠지?"

"그다음에는 다시 인피면구 쓰고 산운방의 형준 노릇도 좀 하서야지요."

"그거 꼭 계속해야 돼?"

"네."

"끄응. 어쩔 수 없지."

형운이 싫은 표정을 짓는 것을 본 무일은 자기도 모르게 웃고 말았다.

6

형운과 서하령은 청룡방이 뿌리 뽑힌 후로 일주일간 더 산운방에 머물렀다. 그리고 나이가 들어서 은둔한 스승 굉호권 귀혁의 명에 따라 강호에 의(義)를 세우기 위한 협객으로서의 여행을 떠난다는 명목으로 떠나왔다.

이제 당분간 산운방의 입지는 탄탄할 것이다. 인근의 흑도 무리들은 굉호권의 제자 형준과 하예를 두려워하는 것은 물론, 흑룡방의 사건으로 당분간 숨을 죽일 수밖에 없을 테니까.

7

산운방을 떠나기 전날, 무일은 형운에게 밤이 될 때까지는 밖으로 나가지 않을 테니 휴식을 취하라는 지시를 받았다. 그래서 혼자서 진해성의 거리를 걸으며 청룡방의 영업장이었던 구역들의 분위기를 돌아보았다.

'음?'

문득 그의 눈에 무언가가 눈에 띄었다.

주점의 포렴에 묻은 미세한 얼룩들이 특정한 무늬를 그리고 있었다. 그것은 무일이 너무나도 잘 알고 있는 표식이었다.

'이제는 알겠어.'

그것은 무일을 첩자로 보낸 자들의 표식이었다. 이 표식을 따라가면 이제까지 그래왔듯이 의념을 담을 수 있는 기물이 준비되어 있으리라.

지금까지는 이 표식을 발견하는 것을 이상하게 여기지 않았다. 자신이 알고 있는 표식이니까 길을 가다가도 알아차리는 게 당연하지 않은가?

하지만 잘 생각해 보면 정말 이상한 일이다.

이 표식은 주의 깊게 살펴보지 않으면 찾아낼 수 없을 정도로 미세하다. 그런데 그냥 길을 가다가도 자연스럽게 포착한다고?

'암시다.'

무일에게는 자기도 모르는 새 암시가 걸려 있었다. 그를 첩자로 보낸 자들이 정신에 수작을 부려놓은 것이다.

어떤 수법을 썼는지는 모르겠다. 하지만 그의 기억이 조작되었다는 것만은 분명하다.

'예전에 당했던 것과는 격이 달라. 훨씬 무서운 수법이다.'

약과 암시, 어쩌면 섭혼술까지 동원해서 그의 정신을 미세하게 뒤틀고 심마(心魔)를 각인시켰으리라.

'하지만 그런 일이 가능할까?'

'잘 생각해 봐. 그들이 내게 손을 댄 적이 있던가?'

'그들이 너를 이용하고자 했던 것은 분명해. 하지만 네 양심을 믿고 은혜를 베풀었을 뿐이잖아?'

마음속에서 무일의 가정을 부정하는 목소리가 속삭인다. 두통이 몰려오면서 의식에 허점을 만들고, 그 틈을 타서 사고를 비틀어놓으려고 했다.

이것이 심마의 무서움이다.

지금까지 눈치채지도 못할 정도로 자연스럽게, 마치 무일 스스로의 생각인 것처럼 사고를 유도해 왔다.

물론 실제로 무일 자신의 생각이기도 할 것이다. 사고가 그들의 의도에 반하는 쪽으로 흘러갈 때마다 거기에 반하는 생각에 더 힘을 실어줌으로써 교묘하게 사고를 조율해 왔다.

'공자님이 아니었다면 알아차릴 수 없었을 거야.'

지금까지 까맣게 몰랐던 위화감을 찾아낸 것은, 우습게도 마교와 형운 덕분이다.

운강의 싸움에서 만상붕괴에 노출되었을 때의 충격이 무일의 심신에 뒤틀림을 만들었다. 그것을 바로잡는 과정에서 위화감이 발생하자 심마는 과격한 수단으로 무일의 사고를 한번 파괴하고 재구축하려고 했다.

하지만 한없이 정순한 형운의 진기가 심마의 요동침을 물리쳐 주었다.

천운이었다. 만약 형운이 없는 곳에서 심마가 발작했다면 꼼짝없이 당하고 말았으리라.

그때부터 이전에는 모르고 지나쳤던 문제들이 보이기 시작했다.

'안 들으려고 발악할수록 말려든다. 일단 들어. 그리고 생각해.'

무일은 이미 대처법을 생각해 둔 후였다. 심법으로 정신을 통각에서 한발 물러나게 한 다음 스스로의 생각에 강한 마음을 실어서 심마의 속삭임을 물리친다.

무일은 벽에 기댄 채로 거친 숨을 몰아쉬며 중얼거렸다.

"…사람을 호락호락하게 보지 마라. 사악한 것들."

그의 마음은 자신이 갈 길을 결정했다.

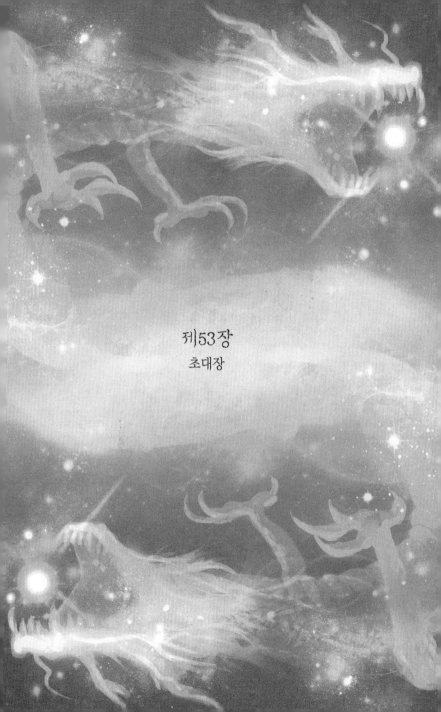

제53장
초대장

성운을 먹는 자

1

만마박사는 살아 있을 때의 일을 낱낱이 기억하고 있었다.

생전의 육신은 썩어 문드러졌고 이제는 이 해골만이 남아서 영혼이, 아니, 정확히는 살아 있을 당시의 의식이 불려 나와 있다. 그런데도 그의 기억은 기분 나쁠 정도로 명료했다.

"마치 생생한 그림이 곁들여진 책을 읽는 기분이지. 그때의 장면들이 생생하게 떠오르는데도 감정은 전부 윤색되어서 마치 남의 일을 보는 것만 같다오."

만마박사는 부드러운 비단 받침 위에 올려진 채로 입을 놀렸다. 그가 말을 할 때마다 해골이 들썩거리면서 딱딱거리는 소리가 났다.

그의 앞에는 흑영신교주가 무공을 연마하고 있었다. 아무것도 보이지 않는 칠흑의 어둠 속이건만 둘은 서로의 존재를 명확히 인지한다.

교주는 각자 다른 각도, 다른 박자, 다른 속도로 흔들리는 칼날들을 조율하고 있었다. 일절 손을 대지 않고 오로지 미세한 기공파만으로.

"교의 비술은 놀랍군. 생전의 지능은 뇌의 성능에 의존하는 부분이 많았을 터, 그런데 지금도 이만한 일을 동시에 할 수 있나?"

"거 교주, 뇌가 좀 싱싱하다고 늙은이 구박하지 마시오."

"하하하. 내가 싱싱한 게 뇌뿐이겠는가?"

어둠 속에는 무수한 붓들이 떠다니고 있었다.

기환술을 통해 만마박사의 의식으로 조종할 수 있도록 한 붓들이다. 그것들 하나하나가 전부 다른 내용을, 속필 기술을 터득한 자가 써내려가듯이 빠르게 적어나간다.

"흑천령이 이 자리에 없는 게 아쉽군. 그동안 팍삭 늙은 꼴로 발작하는 게 꽤 재미있는데 말이오."

"심술궂구나. 생전에도 그러했는가?"

"이래 봬도 꽤 점잖은 성품이었소. 그러나 내게는 만휘군상이 허상에 불과하노니, 인연 있는 자의 희로애락은 소중한 것이라오."

껄껄 웃던 교주는 만마박사가 써내려가는 비술의 기록들을 보며 혀를 내둘렀다.

"달필이로다. 그대가 살아 있었다면 글씨를 배우고 싶을 정도다."

"그 점은 선대와 다르구려."

"어떤 점에서 말인가?"

"선대는 글씨를 잘 쓰는 일 따위에는 관심이 없었거든. 음악에도, 예술에도……."

"전생의 나는 재미없는 삶을 살았나 보구나. 나는 내 부친으로부터 물려받은 천성 때문인지 예술을 사랑하느니."

교주가 낮은 목소리로 노래한다. 그러자 한 사람이 낸다고는 믿을 수 없는, 수십 개의 층으로 겹겹이 쌓이는 음이 공기를 진동시키고 칼날들의 움직임을 비껴내기 시작했다.

"훌륭하오! 구전(口傳)을 들은 것만으로 이 정도까지 음공을 연마하다니!"

만마박사가 감탄했다.

흑영신교는 원래 음공에 대해서도 방대한 자료를 갖추고 있었다. 그러나 워낙 음공의 자질을 지닌 자가 드물기에 실제로 터득하고 있는 자는 거의 없었고, 귀중한 자료들은 성지가 짓밟힐 때 남김없이 유실되고 말았다.

만마박사는 음공에 대한 기록을 채워주었다. 광령익조의 혈통인 서하령이 그렇듯 암익신조의 혈통인 교주에게도 음공의 자질이 있었다. 그는 믿을 수 없을 정도로 빠르게 만마박사가 구전으로 전한 음공을 터득해서 구사하고 있었다.

"내가 살아 있을 때, 성운의 기재들은 모두가 적이었지. 그때는 그 재능이 증오스러웠소. 그런데 교주가 그 재능을 손에 넣을 줄이야… 역시 세상일은 알 수 없구려."

"전생의 나는 어땠느냐?"

"뛰어나셨지. 하지만 교주하고는 너무나도 달랐소. 바위처럼 무뚝뚝하고 우직한 성품이셨지. 사실 그래서 지금 교주를 보면 적응이 안 되는군. 특히 신녀를 대하는 태도가 참⋯⋯."

"그 부분을 자세히 듣고 싶구나."

교주는 음공과 기공파를 능수능란하게 다루어서 칼날들을 조율하고 있었다. 아직 완성되지는 않았지만 거의 허공섭물에 가까운 경지였다.

"말로 애정을 전하는 법이 없는 분이었지. 심지어 신녀 앞에서 웃음조차 보이는 일이 없었소. 그래서인지 지금 교주와 신녀의 대화를 듣다 보면⋯ 흠. 세대 차이를 느끼게 되는구려."

"하하하. 세대 차이라. 그거 걸작이로구나."

교주가 유쾌하게 웃었다.

만마박사가 말했다.

"그러나 두 분 사이의 마음이 그때와 같음은 알겠소. 다만 표현하는 방식이 다를 뿐이지⋯⋯."

"우리의 본질은 그때와 같으니 당연한 일이다."

"그래서 걱정도 했다오."

"무엇을 말이냐?"

"그때의 일이 재현되지 않을까. 하지만 기우였던 것 같아 조금은 마음이 놓이오."

"내 결정이 무모해서 더 위태위태해 보이지는 않더냐?"

"흑천령이 그렇게 진언했나 보구려?"

"그렇다. 그는 늘 나를 말리고 싶어 했지."

교주가 쓴웃음을 지었다.

만마박사가 입을 딱딱거렸다.

"훌륭히 교를 재건했다고는 하나, 교의 전력은 선대만 못하니 객관적으로 판단해 보면 당연한 일이오."

30여 년 전, 성지를 짓밟히기 전의 흑영신교에는 장구한 시간 동안 쌓아온 유산들과 세상 곳곳에 자리 잡은 인력이 있었다.

당시에 입은 피해는 너무 컸다. 성지에 있던 유적과 유산, 비술들이 유실되었고 인적 자원도 거의 몰살당했다.

재건한 흑영신교는 강력하다. 전선에 투입되는 전력만큼은, 최상위 전력인 팔대호법을 제외하면 선대와 필적할 것이다.

하지만 여력에서는 비교가 못 된다. 당시에는 이십사흑영수가 죽어도 곧바로 그 자리를 대체할 인력이 넘쳐 났고 팔대호법의 자리에 공백이 생긴다 하더라도 그리 오래가지 않았다.

지금은 인재 하나하나가 귀하다. 하나하나가 죽어나갈 때마다 뼈저린 전력 손실이다.

"신녀께서는 참으로 괴로워 보이시오. 능력만으로 보면 선대보다 훨씬 뛰어나지만, 성품이 너무 여리시더군."

"몹쓸 일을 시키고 있다고 생각한다."

"하지만 어쩔 수 없겠지. 손에 든 패가 한정되어 있는 이상, 최적의 효과를 얻을 방법을 강구해야 하니."

흑영신교의 핵심 인물들은 모두 알고 있었다.

자신들은 대업을 이루기 위한 순교자가 될 것이다.

그들은 자신의 죽음이 가장 올바르게 쓰일 때를 위해 살고 있었다. 그리고 그 올바른 순간을 고르는 것은 신녀의 예지다.

신녀는 예지하고, 교주는 결단한다.

하지만 결단하고 책임지는 것이 교주라 하더라도, 어찌 그들이 죽을 자리를 골라주는 신녀가 상처 입지 않겠는가? 자신을 충심으로 대하는 사람들을 사지로 내몬다는 것이 어찌 아픔으로 다가오지 않겠는가?

만마박사가 딱하다는 듯 말했다.

"난 교주가 왜 이런 길을 선택했는지 알 것 같소만."

"호오. 그대가 짐작한 이유를 말해보겠느냐?"

"적호연."

만마박사는 한 사람의 이름을 말했다.

그것은 정답이었다. 교주가 고개를 끄덕였다.

"그렇다."

"우리 교의 진정한 대적이었던 그 여자. 지금은 죽었다고 들었소."

"그대가 죽은 후에, 아니, 정확히는 전생의 내가 죽고 우리의 성지마저 짓밟힌 후에… 광세천의 주구가 그 여자를 죽였느니라."

"하지만 후인이 나타나지 말란 법은 없겠지."

"그렇다. 그 여자는 분명 천 년에 한 번 나올 법한 재앙이었느니라. 그러나 한번 나왔으니 두 번 나오지 말란 법도 없지 않겠느냐?"

2

30여 년 전, 광세천교와 흑영신교는 중원삼국의 황실과 싸워 토벌당했다.

마교가 발호했다가 토벌당하는 일은 역사적으로 수십 번이나 기록되어 온 일이다. 그러나 당시의 일은 2대 마교 모두에게 뼈저린 상처로 남았다.

성지가 짓밟혔다.

천 년이 넘는 장구한 세월 동안, 그들은 겉으로 드러난 줄기와 가지가 불타는 일은 있어도 뿌리라고 할 수 있는 성지가 짓밟히는 일은 없었다. 수백 년에 한 번씩 천기를 따라 움직이는 성지는 단 한 번도 외지인에게 실체를 드러내지 않았다.

그런 참화를 겪은 것은 역사상 유례없는 마교의 대적자가 출현했기 때문이다.

적호연.

흑영신교의 신녀와 광세천교의 그림자 교주를 능가하는 대예언가.

하운국 황실에서 그녀의 존재를 거둠으로써 두 마교는 진정한 재앙을 만나게 되었다. 그들의 뿌리까지 태워 버릴 진정한 불꽃을.

만마박사가 말했다.

"…참으로 무서운 여자였지."

"본 적이 있는가?"

"있소. 죽기 직전에."

"그대는 흉왕에게 죽었다고 들었다."

생전에 흑서령이었던 만마박사는 운강 유역에서 귀혁과 자웅을 결하고 전사했다.

그 싸움으로 만마박사의 육신은 흔적도 없이 소멸하고 머리만이 남았다. 그것이 산의 짐승들의 먹이가 되고 이래저래 굴러 다니다가 이번에 부활 의식을 치르던 곳까지 가 있었던 것이다.

"그 자리에 그 여자도 있었지. 그녀는 맹인이었고 목소리도 내지 못하는 이였소. 심지어 혼자서는 거동조차 제대로 하지 못하더군."

"그런데 전장에 나왔단 말인가?"

"스스로를 거부할 수 없는 미끼로 던지기 위해서였지. 적이지만 대단한 인물이었소. 선대 신녀께서는 자신이 그녀보다 못함을 한탄하셨지."

"흠······."

"적호연 그 여자는 젊었소. 나와 만났을 당시에 교주보다 서너 살 많은 정도였을 텐데, 실제로는 훨씬 더 어린 소녀처럼 보였지."

대예언가 적호연이 하운국 황실에 거둬진 계기는 그녀가 스스로의 능력을 알려 스스로를 중용하길 청했기 때문이다.

나면서부터 장애를 지닌 채로 가난한 농민의 딸로 태어나서, 하루하루 죽어가던 그녀는 스스로의 운명을 알고 삶의 행보를 정했다. 누구의 가르침도 없이 예지력만으로 타인의 말을 이해하는 법을 터득한 것은 물론이고 글을 읽고 쓰는 법까지 읽혔다.

여덟 살 때 그녀는 각지에 일어날 흉사(凶事)와 인상적인 기상 현상을 예지하여 관에 보내었고, 관은 곧바로 성주 일족에게 그것을 알렸다. 결국 황실에서 직접 사자를 보내어 그녀를 거두었다.

'의미 있는 삶을 살고 싶습니다. 소녀의 작은 목숨으로 수많은 사람의 미래를 구하는 것을 허락해 주시옵소서.'

어린 그녀는 하운국의 선대 황제에게 그렇게 청하였다.

황제는 그녀의 능력을 높이 사서 막대한 지원을 해주었다. 곧 황실에 그녀를 중심으로 한 마교 대책반이 편성되었고 역사상 유례없는 치열한 싸움이 시작되었다.

그 싸움은 그 후로 10년이 넘도록 계속되었고, 마침내 중원삼국의 어떤 황제도 달성하지 못한 '2대 마교의 성지 토벌'이라는 위업을 선물한다.

"당시에 우리가 쌓아둔 여력은 어마어마했지. 황실이 전력을 다해 몰아붙인다고 하더라도, 국가의 기반을 파괴해 가면서 끈질기게 버티다 보면 중원삼국 중에 하나쯤은 멸망으로 이끌 수도 있을 것 같았소."

심지어 그 싸움에는 광세천교도 함께하고 있었다.

물론 둘이 직접적으로 손을 잡은 것은 아니다. 지금 세대가 예지로 장기를 두듯이 간접적인 협력을 하고 있는 데 비해 당시에는 서로 같은 전장에 있을 때는 1차적으로 황실이나 그에 협력하는 강호인들을 처치하고, 그다음으로는 서로를 공격할 정도로 적대심이 강했으니까.

하지만 애당초 적호연은 둘 모두를 파멸시킬 목표로 그 싸움을 시작했다. 둘이 협력을 하든 말든 어차피 적이라는 사실에는 변함이 없었다.

"문제는 아무리 여력이 넘친다고 해봤자 황실과 강호 전체와 비교한다면 새 발의 피였다는 점이지."

황실에 적호연이 없을 때만 해도 별문제가 없었다. 적은 드러나 있고 마교는 숨어 있었다. 그리고 흑영신교에는 신녀가, 광세천교에는 그림자 교주라는 걸출한 예지자들이 있었다.

하지만 이 둘을 능가하는 적호연이라는 예지자가 나타나자 완전히 상황이 달라졌다.

그때까지 가졌던 우위는 거짓말처럼 무너지고, 2대 마교는 피할 수 없는 싸움을 강요받게 되었다.

위장도, 계책도, 전술도… 적호연의 예지와 그녀의 구상을 따르는 압도적인 병력 앞에서 차례차례 부서져 갔다.

한 번 이기고 한 번 지는 형국으로 전개하면 전혀 수지가 안 맞는다. 아니, 세 번 이기고 한 번 져도 마교 측이 손해 보는 싸움이었다.

게다가 적호연의 수중에는 수십 개가 넘는 강력한 패들이 있었다. 그중에서도 흉왕(凶王) 귀혁과 멸존(滅尊) 나윤극은 전장에 나서기만 하면 치명적인 전과를 달성했다.

당시에 두 마교의 무인들 중에 이 둘과 일대일로 맞설 수 있는 무인은 한 손에 꼽을 정도에 불과했다.

"자랑은 아니지만, 나도 그중 하나였다오."

만마박사는 선대 흑영신교 최강의 무인 중 하나였다. 한없이 극마지체에 가까운 자질을 타고났다고 불렸던 그는 귀혁과 일대일로 자웅을 결했고, 패배해서 전사했다.

이것은 흑영신교에게는 큰 손실이었다. 그는 교의 모든 비술을 머릿속에 담고 있는, 걸어 다니는 비술 서고와 같은 존재였으며 그렇기에 수많은 교인들의 스승 역할을 하고 있었기 때문이다.

"그렇기에 적호연은 나를 피할 수 없는 전장으로 내몰았을 것이오."

만마박사는 아무리 상대가 귀혁이라고 쉽게 당할 인물이 아니었다. 여유가 있었다면 충분히 자기 한 몸은 빼낼 수 있었으리라.

적호연은 그럴 여지를 완전히 차단했다.

스스로를 미끼로 내던져 가면서 신녀의 예지를 유도, 흑영신교주를 전장으로 끌어내었다. 그리고 흑영신교주에게 중상을 입힘으로써 그를 살리기 위해 만마박사가 그곳에 뼈를 묻을 각오로 싸우도록 강요했던 것이다.

"우리가 당한 국면은 다 그런 식이었소. 거기서 그 인물이 죽는 게 너무나도 큰 손실인데, 도저히 그 인물이 발을 뺄 수 없는 상황을 만들었지."

흑영신교가 상대에게는 큰 타격으로 작용하지 않는 승리를 거둘 때마다, 다른 쪽에서는 치명적인 패배가 차곡차곡 쌓여가고 있었다. 그러다가 결국 성지의 위치가 발각되어 토벌당하는 최악의 참화를 겪고 말았다.

"이후의 이야기는 나보다 교주께서 더 잘 알고 계실 테지."

성지가 황실이 동원한 토벌대에 짓밟히던 날, 그 선두에 선

귀혁이 팔대호법 중 셋을 죽이고 선대 교주와 신녀까지 참살했다.

교주가 씁쓸한 표정으로 말했다.

"세 개의 기둥 중 하나였던 우리가 무너지자 그때까지 유지되던 균형이 일거에 붕괴하면서 광세천교도 순식간에 벼랑 끝까지 몰렸다."

흑영신교를 무너뜨린 적호연은 공세를 늦추지 않고 광세천교를 몰아쳤다.

둘을 상대하느라 분산되어 있던 전력이 하나로 집중되자 광세천교는 속절없이 밀리기 시작했다.

한번 균형이 무너지자 상황은 도저히 수습할 수 없는 국면으로 흘러갔다. 이에 광세천교주는 용단을 내렸으니, 그것은 바로⋯⋯.

"목숨을 도외시한 암살이었느니."

광세천교가 성지에 비장하고 있던 신물들을 아낌없이 동원, 그림자 교주가 적호연의 예지력을 흐려놓았다.

이 틈에 광세천교주가 비밀 전력들을 이끌고 제도 하운성에서 대난동을 피웠다. 그리고 혼란을 틈타서 적호연을 암살하는 데 성공했다.

그러나 마치 모든 것을 예견하고 있었다는 듯 의연한 모습으로 죽음을 맞이한 적호연의 유언이 그의 간담을 서늘하게 했다.

'고맙습니다, 미치광이들의 우두머리여. 이 두 눈으로 마지막을 지켜보지 못하는 것이 아쉬움으로 남겠지만, 당신이 와준 덕분에

내 죽음은 보다 의미 있게 쓰이게 됩니다.'

적호연은 스스로의 죽음을 예견했으면서도 광세천교주를 요격할 비장의 수를 준비하지 않았다.
광세천교주는 그로부터 얼마 후에 그 이유를 깨닫게 된다.
그녀가 죽은 직후, 성지의 위치가 발각되었다.

'병으로 고통스럽게 죽어가거나, 아니면 최후의 일격을 위한 방향타가 되거나.'

적호연은 병마에 시달리고 있었다. 그녀가 안고 있는 장애도 병마로부터 비롯되었고, 황실에 들어와 최고의 약과 최고의 의술로 치료를 받으면서도 늘 죽음을 가까이 느껴야만 했다.
그렇기에 그녀는 일찌감치 스스로의 최후를 알고 있었다.
광세천교주가 직접 행차한 덕분에, 그녀는 예지한 스스로의 죽음 중에 가장 의미 있는 죽음을 맞이할 수 있었다. 스스로의 죽음을 연결 고리로 삼아서 광세천교의 성지가 어딘지를 밝혀낸 것이다.
광세천교주가 그 사실을 파악하고 제도를 빠져나왔을 때는 미리 후보지에 분산해서 대기하고 있던 토벌대가 움직인 후였다. 그 토벌대에는 귀혁과 나윤극, 현재도 팔객으로 남아 있는 풍령국의 장군, 풍마창(風魔槍) 호준경이 포함되어 있었다.
최후의 싸움에서, 귀혁은 혈혈단신으로 칠왕 중 다섯을 맞이하여 넷을 죽였다

광세천교주는 황급히 성지로 돌아왔으나 토벌대가 한발 빨랐다. 성지가 불타는 것을 본 광세천교주는 자신의 수명을 대가로 바쳐 광세천교의 수호마수들을 현계에 불러냄으로써 교인들이 도망쳐 훗날을 도모할 시간을 벌었다.

하지만 그 자신은 도망칠 수 없었다. 결국 나윤극과 사투를 벌인 그는 패하여 회복 불가능한 중태에 빠지고 말았다.

자신이 죽은 후의 일들을 들은 만마박사가 웃었다.

"큭큭큭, 끝까지 무시무시한 여자였소."

"동감이다. 한 번쯤 만나보고 싶을 정도로. 하지만 그럴 수 없음을 다행으로 여겨야겠지."

흑영신교주는 자신이 조급해하는 원인을 잘 알고 있었다.

선대가 겪은 파멸이 그를 몰아붙인다. 적호연이라는 인물이 각인시킨 두려움은 한번 죽어 다시 태어난 후에도 지워지지 않았던 것이다.

언제 또 적호연 같은 인물이 나타날지 모른다.

먼 미래를 보고 한 발 한 발 차분하게 내디뎌 봤자, 그녀 같은 인물이 나타나면 한 방에 쌓아온 것들을 잃고 나락으로 떨어질지도 모른다. 그러니 신녀의 예지력이 세상을 상대로 싸울 만한 우위를 제공할 때 확실한 승기를 잡아둬야 했다.

"이 싸움으로 우리 교는 앞으로 다시 천년을 싸울 힘을 얻어야 한다."

지금의 흑영신교는 철저하게 공격하는 입장에서 세상에 방어만을 강요할 수 있었다. 그러나 적호연 같은 대적이 나타난다면 공격과 방어, 양쪽을 소화해야 하고 그 결과는 파멸밖에 없으리라.

만마박사가 물었다.

"희생을 감수하고 나를 얻은 것은 어떤 변수 때문이오?"

"그대는 무엇이든 꿰뚫어 보는구나. 내 마음을 읽기라도 하느냐?"

"이래 봬도 선대에는 책사 노릇도 했다오."

그 말에 흑영신교주는 쓴웃음을 지었다. 과거의 이야기를 들으면 들을수록 그때 잃은 것들이 아까웠다. 지금 그만한 여력이 있다면 훨씬 일이 수월해졌을 터인데……

"신녀의 예지가 흐려지는 지점이 늘어났다."

신녀라고 해서 모든 것을 예지하는 것은 아니다. 그녀의 예지가 닿지 못하는 존재들도 있었다.

더 정확히 말하자면 예지를 방해하는 요인은 두 가지 부류로 나뉜다.

들여다보기 어려운 것과, 들여다봐서는 안 되는 것.

전자는 특수한 힘으로 예지로부터 보호받거나, 혹은 그 자체로 너무 많은 변수를 내포하고 있어서 미래를 확정짓기 어려운 경우다. 이것은 대부분 어떤 인물이라기보다는 장소다. 중원삼국의 황실이나 별의 수호자의 총단, 태극문의 본산지 등이 여기에 속한다.

후자는 들여다보는 순간 상대 쪽에서도 이쪽을 들여다보게 되는 경우다.

중원삼국의 황실을 수호하는 신수의 일족들이 대표적이다. 신위(神威)를 갖고 신기(神氣)를 휘두르는 자는 신안(神眼)이라 불리는, 세상 만물의 본질을 꿰뚫어 보는 눈을 가졌다. 그 눈의 본질은 신녀의 것과 같다.

신녀가 그들을 들여다보는 것은, 그들에게 이쪽을 들여다보는 기회를 제공해 준다는 것과 같은 의미다.

그렇기에 신녀는 이런 요소들에 대해서는 예지하기보다는 예측하고자 한다. 그들 자체는 볼 수 없지만 그들로 인해 벌어지는 일들, 주변의 반응을 예지하는 것은 가능하니 큰 부담을 져 가면서 그런 정보를 그러모으는 것이다.

"그럼에도 조금씩 각오한 것보다 출혈이 커지고 있다. 혼마 그 작자만 해도 골치인데……."

혼마 한서우는 실로 무시무시한 존재다. 그의 행동을 직접적으로 들여다볼 수 없는 것은 물론, 그와 적극적으로 뜻을 같이하는 인물까지도 마치 한 우산 속에 들이듯이 예지의 사각지대로 끌고 들어간다.

더 큰 문제는 그 자신도 강력한 예지 능력자이기까지 하다는 것이다. 적호연처럼 대국을 결정할 정도는 아니지만 사사건건 두 마교에 출혈을 강요하고 있었다.

"그런 상황에서 흉왕의 제자가 또 다른 변수가 되고 있다."

"흠. 그 애송이에 대해서는 말은 많이 들었소만… 어떤 존재이기에?"

"예지할 수는 있으나 예지해서는 안 되는 존재가 되어가고 있느니."

"예지 능력이 없는데도 말이오?"

"그렇다. 마치 신수의 일족처럼……."

형운이 운룡궁으로 불려 갔을 때, 그곳에서 천견장의 직위를 지닌 운룡족 운월지는 형운의 눈에 천견을 행하는 신안에 가까운 권능이 깃들어 있다고 했다.

즉 형운의 미래를 들여다본다는 것은, 그에게 이쪽을 볼 기회를 제공한다는 것과 같다. 신녀는 그 사실을 깨닫고 형운을 직접적인 예지 대상에서 제외하고 있었다.

"그대가 부활한 지점에서, 우리는 흑서령의 희생으로 선검을 없앨 수 있으리라 확신했다."

운강의 사건은 만마박사를 얻는 것만이 목표가 아니라 적의 전력을 없애기 위한 함정이기도 했다.

이 사건에서, 신녀가 예지한 가장 나쁜 결과에서도 기영준은 죽일 수 있었다.

가장 좋은 결과는 그들이 세운 목표를 모두 달성하는 것이었다.

마교 척살대는 몰살하고 형운도 죽는다. 성운의 기재인 진예와 천유하는 산 채로 붙잡아서 교주에게 별의 힘을 바치는 제물이 된다. 그리고 마창사괴가 삼괴만을 잃고 나머지 셋은 흑영신교에 귀의한다.

하지만 실제로는 예지를 뛰어넘는 최악의 결과가 나왔다. 기영준은 한 팔을 잃었지만 새로운 깨달음을 얻었고, 두 성운의 기재를 포함한 정파의 유망한 무인들도 목숨을 보전했다.

만마박사가 말했다.

"그 모든 것이 흉왕의 제자라는 변수 때문이었다는 거구려."

"그러하다."

형운은 그들이 짜둔 판을 어지럽히는 흉악한 변수다. 더 크기 전에 제거하고 싶지만 쉽지가 않았다.

"참으로……."

문득 만마박사가 턱뼈를 딱딱거렸다. 아무래도 혀를 차려고 한 것 같았지만, 해골만 남은 상태로는 불가능한 행동이었다.

"한결같으신 분이오, 당신께서는."

"선대를 포함해서 하는 이야기인가?"

"그러하오. 그래서 좀 안타깝기도 하구려."

"어째서인가?"

"사람의 몸으로 태어나, 사람의 마음을 가졌으면서도 사람일 수 없으니 어찌 안타깝지 않겠소?"

하지만 그렇기에 흑영신의 화신인 것이다. 아득히 먼 곳에서 세상을 굽어보는 초월자의 의지를 대변하는 존재로서, 흑영신 교주는 사람이 아닌 무언가여야만 했다.

"교주를 보며 이런 감정을 느끼는 날이 올 줄이야. 생전에는 상상도 못 했던 일이오."

"만휘군상을 허상으로 인식하는 그대는 어쩌면 내게 무언가를 깨우쳐 주기 위해 이 자리에 나타난 것인지도 모르지. 그것이 무엇일지 궁금하구나."

흑영신교주는 그리 말하며 눈을 감았다.

3

예은은 요즘 들어서 한가하게 보내는 날이 많았다.

형운이 총단에 있을 때, 그녀의 업무는 한둘이 아니다. 형운을 곁에서 모시면서 생활 전반을 신경 써야 하니 당연한 일이다.

형운은 나이를 먹으면서 점점 임무로 나다니는 시간이 많아졌다. 그녀는 어디까지나 형운의 전속 시비다 보니 모셔야 할 형운이 없으면 한가할 수밖에 없었다.

업무가 비게 되니 자연스럽게 시비들끼리 돌아가면서 휴가를 쓰게 되었다. 예은도 오늘 오전 업무를 마치고 나면 앞으로 닷새간 휴가였다.

그녀가 형운의 처소에 어디 정리 안 된 곳은 없나 한번 둘러보고 있을 때였다.

"음? 이 녀석은 어딜 갔어?"

무단으로 형운의 처소에 들어와서 주변을 두리번거리는 것은 마곡정이었다. 곧 그가 예은을 발견하고는 눈을 크게 떴다.

"어디 외출이라도 해?"

곧 휴가를 가는 예은은 평소 입던 시비의 옷이 아니라 사복을 입고 있었다. 총단 밖으로 나갈 때는 계절을 염두에 두어야 하기 때문에 총단에 있을 때보다 옷감이 얇고, 차분한 느낌의 파란색 옷이다.

예은이 대답했다.

"아, 저는 오늘부터 휴가거든요."

"예은이 네가 휴가라니 별일을 다 보네."

몇 년 동안이나 보아왔기 때문에 마곡정도 예은의 이름 정도는 편하게 부르고 있었다.

"잠깐. 그럼 설마 형운 이 녀석 또 어디 나갔어?"

"그저께 임무를 받아서 진해성 본성 쪽으로 출타하셨어요. 서 아가씨도 같이 가셨는데요."

"누나도? 형운 이놈은 그렇다 치고 누나는 나한테 한마디 말도 안 해주고……."

마곡정이 표정을 구겼다.

그는 형운과 달리 하루 일과가 별로 규칙적이지 않았다. 무인으로서, 풍성의 제자로서 수련은 꼬박꼬박 하지만 그것조차도 엿가락처럼 시간이 제멋대로다.

이번에는 마침 수련 중에 좋은 느낌이 와서 사흘 밤낮 동안 몰두하고, 그 반동으로 이틀 내내 잠들어 있었다. 그리고 수련의 성과를 확인할 겸 형운이랑 한판해 보자고 찾아왔는데 이런 날벼락 같은 소식이 기다리고 있을 줄이야.

머리를 벅벅 긁는 그에게 예은이 조심스럽게 말했다.

"앉으세요. 차라도 내올게요."

"됐어. 이제부터 휴가 가는 사람이 무슨. 모처럼 예쁘게 차려입었는데 괜히 일하다가 옷이 상하기라도 하면 기분 나쁠 거 아냐."

"……."

그 말에 예은이 멍청한 표정을 지었다. 마곡정이 의아해하며 물었다.

"왜 그래?"

"…아, 아뇨. 아무것도 아니에요."

예은은 괜히 얼굴을 붉혔다. 산적 두목처럼 차려입은 것만 빼면 마곡정은 그림으로 그린 듯한 미모의 소유자다. 그런 마곡정이 아무렇지도 않게 '예쁘다'고 말해주는 것을 들으니 왠지 얼굴이 상기된다.

마곡정이 물었다.

"그럼 예은이 너는 이제 성해 시내로 가는 거야?"

"아니에요."

"그럼?"

"휴가 일정을 동생이랑 맞춰서… 동생이 일하는 곳으로 가봐야 해요."

"동생도 여기서 일했어? 몰랐네."

"작년에 취직했어요. 아직은 견습 기간이지만……."

"동생도 시비야?"

"네. 저랑은 좀 하는 일이 다르지만요."

"음?"

"동생은 무재(武才)가 있다고 평가받아서 호위시녀 교육을 받고 있거든요."

별의 수호자에서 일하는 사람들은 적성에 따라서 다양한 일을 맡는다. 그중에서도 호위를 겸하는 시녀는 수요가 많은, 어딜 가나 환영받는 특수 직종이었다.

마곡정이 물었다.

"혹시 동생이 몇 살이야?"

"열다섯 살이에요."

"그럼 무공에 입문한 게 열네 살? 그 전에는 무공 안 배웠고?"

"네."

"흠. 힘들겠네. 아, 호위시녀는 요구하는 무위가 그렇게까지 높지는 않나?"

마곡정은 자신이 무위를 판단하는 기준이 굉장히 높다는 사실을 알고 있었다. 형운과 서하령이 가까이 있어서 그렇지 젊은 무인 중에 그와 상대할 만한 인물은 정말 드물다.

예은이 말했다.

"그래도 형운 공자님께서 동생을 좋게 보시고 지원을 많이 해주셔서, 입문이 늦은 것을 고려하면 굉장히 성취가 빠르다고 들 하세요. 견습 기간이 끝나면 저보다 봉급이 훨씬 높을걸요."

"그렇군. 근데 호위시녀들의 부서는 총단 북쪽에 있잖아?"

"네."

"걸어갈 거야?"

"그렇죠?"

당연한 이야기를 묻는 마곡정에게 예은이 고개를 갸웃했다. 마곡정이 혀를 찼다.

"예은이 네 걸음이면 거기까지 가는 데만 반 시진(1시간)도 넘게 걸릴걸. 휴가 가기도 전에 녹초가 되겠다."

총단의 부지는 대단히 넓었다. 환예마존 이현이 구축한 기환진 때문에 밖에서 보는 것보다 실제 면적이 더 넓기 때문에, 일반인 걸음으로는 정문부터 후문까지 직선으로 간다고 하더라도 한 시진(2시간) 넘게 걸릴 정도였다.

"내가 마차 불러줄 테니까 타고 가."

"아, 그런… 괜찮아요. 제 신분에 혼자서 총단에서 마차를 탈 수는 없어요."

"내가 같이 타고 가면 문제없잖아?"

"그렇게까지 신세를 질 수는……."

"어차피 놀러 온 거라 딱히 일정도 없었어. 평소에 올 때마다 대접해 주는 답례라고 치지."

마곡정은 예은이 더 말할 기회를 주지 않고 몸을 돌렸다.

"마차 불러둘 테니까 천천히 준비하고 나와."

4

마곡정과 함께 마차를 타고 가는 내내 예은은 좌불안석이었다. 좁은 마차 안에서 그와 마주 보고 있자니 무슨 말을 해야 할지 모르겠다.

다행히 마곡정이 먼저 말을 걸어주었다.

"그러고 보니 형운은 무슨 일로 나간 거야?"

"본성 쪽에 위장 신분을 만들러 나간다고 하시던데요?"

"위장 신분? 그 녀석한테 이제 와서 그런 게 의미가 있나?"

"그건 저도 잘……."

"혹시 누나는 왜 따라간 건지 알아?"

"공자님께서 나가시는 것을 보시고 충동적으로 따라가신 것 같아요."

"…보통 그런 걸 충동적으로 따라가나? 하여튼 누나도 참."

마곡정이 어이없다는 듯 혀를 찼다.

예은이 물었다.

"마 공자님은 위장 신분 같은 거 안 만드세요?"

"나는 딱히……. 이 눈 보이지?"

청안설표의 혈통을 이은 마곡정의 눈은 눈에 확 띄는 푸른색을 띠고 있었다. 예은은 무심코 그 눈이 마치 푸른 보석 같다고 생각했다.

"이거 때문에 어딜 가도 눈에 띄어. 그래서 위장 신분 같은 건 별로 의미가 없을 것 같거든."

"하긴 그렇겠네요. 마 공자님은 누구든 한번 보면 잊어버릴 수 없는 귀공자시니까……."

"컥, 귀, 귀공자?"

예은의 말에 마곡정이 기겁했다. 예은이 그 반응에 놀라서 물었다.

"제가 뭔가 말을 실수했나요?"

"아, 아니… 그런 말은 처음 들어보는데. 귀공자라니……."

"하지만 다들 그렇게 말하는걸요?"

"다들? 누구?"

"시비들끼리요. 마 공자님이 오실 때마다 다들 공식 행사 때 이야기를 하면서 아쉬워해요."

"음? 왜 아쉬워해?"

"아, 그게……."

예은은 자기가 말실수를 했다는 사실을 깨닫고 당황했다. 하지만 마곡정이 의미를 모르겠다는 듯 멀뚱멀뚱 쳐다보고 있었기 때문에 대답할 수밖에 없었다.

"그, 그게… 그때 예복을 차려입으신 마 공자님이 너무 멋져서 평소에 그렇게 안 입으시는 게 아깝다고……."

"그때 그거? 누나는 그냥 봐줄 만했다고만 하던데. 역시 누나는 다른 여자들이랑은 보는 눈이 다른가?"

마곡정이 고개를 갸우뚱했다. 그 반응을 보면서 예은은 그의 감각이 굉장히 어긋나 있다는 사실을 깨달았다.

"혹시 옷차림에 대해서 조언해 주시는 분이 서 아가씨 말고는 안 계세요?"

"없는데? 누나도 딱히 조언 같은 건 안 해. 하는 말이라고는 '꼴 보기 싫다, 꺼져 버려, 오늘은 좀 사람 같아 보이네…' 뭐 그런 독설뿐이지."

마곡정은 투덜거렸지만 예은은 왠지 그 심정 이해할 것 같았다. 어린 시절부터 친하게 지낸 동생이 저 모양 저 꼴로 입고 다니면 자신도 그렇게 말하고 싶지 않을까?

"마 공자님도 전속 시비들이 있지 않나요?"

"있긴 한데… 행사에 참석할 때가 아니면 옷을 고르고 입는 문제는 도움을 안 받아. 난 누가 시중든다고 내 몸을 만지작거리는 것을 좋아하지 않아서."

"그렇군요……."

어쩐지 옷차림 말고 머리도 전혀 누가 다듬어준 기색이 없다 했다. 대충 칼로 쓱쓱 자른 기색이 풀풀 나는 머리였다.

예은은 용기를 내어서 말했다.

"마 공자님께서는 옷차림에 조금만 신경 쓰시면 정말 근사할 거예요."

"하지만 예복 같은 건 영 답답해. 그리고 이 옷이 얼마나 귀한 가죽으로 만든 건데 알아봐 주는 사람이 없단 말야."

마곡정이 산적 두목 같은 털가죽 옷을 매만지며 투덜거렸다.
예은이 말했다.

"사람들이 옷차림을 판단하는 기준은 얼마나 귀한 옷감으로 만들어졌나가 아니에요. 격식을 차린 옷은 답답하시겠지만, 마 공자님은 편하고 무난한 옷만 입어도 여자들은 다들 눈을 떼지 못할걸요. 기왕이면 머리를 다듬는 일 정도는 시비들에게 맡겨 주시면……."

열을 올려서 말하던 예은은 문득 마곡정이 자신을 빤히 바라보고 있다는 사실을 깨달았다. 그녀가 퍼뜩 정신을 차리고 고개를 숙였다.

"죄, 죄송해요."

형운은 그녀를 가족처럼 대해서 부담이 없지만, 형운과 비슷한 신분의 타인을 마음 놓고 대해서는 안 된다. 그 사실을 잘 알면서도 실수를 하고 말았다.

마곡정이 당황했다.

"화낸 거 아닌데… 혹시 내가 노려봤어? 그런 거면 미안해."

"네?"

"난 영수의 혈통이라 종종 나도 모르게 위압감을 발하는 경우가 있어. 만약 그래서 겁먹은 거면……."

"아, 아니에요. 그냥 제가… 너무 주제넘은 말을 해서……."

"주제넘은 말은 무슨. 좀 놀랐을 뿐이야. 나한테 그런 말을 해주는 사람이 없었거든."

마곡정이 손사래를 쳤다.

예은은 의아했다.

'왜지? 마 공자님은 정말 배려도 있으시고 친절하신 분인데……'

하지만 그것은 오해였다. 예은은 그가 형운을 찾아왔을 때만 봐서 실감하지 못하고 있지만, 사실 아랫사람 입장에서 마곡정은 대하기 어려운 인물이었다.

지금은 좀 얌전해졌지만 예전의 그는 그야말로 망나니였다. 형운과 첫 만남이 어떠했는지만 생각해 봐도 그의 과거 행실을 쉽게 짐작할 수 있지 않은가?

마곡정을 모시는 아랫사람들은 다들 그를 두려워했다. 이런 인식에는 마곡정이 성장기에 한번 외모가 야수처럼 거칠게 변했다가 다시 귀티 나는 미소년으로 돌아온 것도 한몫했다. 그 과정을 지켜본 이들 입장에서 마곡정은 자신들의 이해를 벗어난 괴물이었던 것이다.

"음. 혹시……."

"네?"

"형운 그 녀석이 만날 나보고 산적 같다고 그러거든. 그게 괜히 시비 걸려고 하는 말이 아니었나?"

예은은 잠시 말문이 막혔다. 형운의 말은 문자 그대로의 의미였는데 마곡정은 그걸 자기한테 시비 걸려고 트집 잡는 것으로 받아들이고 있었단 말인가?

"…결코 그런 뜻은 아니었을 거예요. 형운 공자님이 마 공자님을 얼마나 좋아하시는데요. 소중한 친구라고 생각하세요."

"뭐어?"

마곡정의 눈이 휘둥그레졌다. 잠시 멍청한 얼굴로 눈을 껌벅

거리던 그가 어이없어하며 물었다.

"친구라니 그 녀석이랑 내가?"

"네."

"아니, 어딜 봐서… 아니, 잠깐. 생각해 보니 틀린 말은 아니군. 친구 맞나?"

반박하려고 하다가 스스로 납득하는 마곡정을 보면서 예은은 묘한 기시감을 느꼈다. 왠지 다른 사람이 이러는 것을 본 적이 있는 것 같은데?

"하핫. 그 녀석이 그렇게 생각하고 있었단 말이지? 그렇게 생각한다면 내가 친구 해주지 못할 것도 없지만……."

부끄러워하며 횡설수설하는 마곡정의 얼굴은 살짝 붉어져 있었다. 그것을 본 예은은 자기도 모르게 생각했다.

'마 공자님, 귀여워!'

실실 웃던 마곡정은 예은의 시선을 느끼고 퍼뜩 정신을 차렸다. 그리고 화제를 돌렸다.

"그나저나 어쩌지? 이제부터라도 시비들한테 옷을 골라달라고 해야 하나?"

"그러시는 게 좋을 거라고 생각해요. 그리고 괘, 괜찮으시면……."

"응?"

"제가 휴가 다녀온 후에… 마 공자님 머리를 한번 다듬어 드려도 될까요?"

"내 머리?"

마곡정이 눈을 휘둥그레 떴다. 예은이 약간 상기된 얼굴로 고개를 끄덕였다.

"마차를 태워주신 보답으로요."

"누가 머리를 다듬어준다니, 고향에 있을 때 말고는 진짜 오랜만이네. 좋아. 행사 때는 옷도 남이 골라주는 판인데 머리도 한번 맡겨보지 뭐. 그런데 너는 형운의 전속 시비인데 그런 일 해도 되나?"

"괜찮아요. 공자님은 그런 일에는 관대하시니까요."

마곡정이 흔쾌히 수락하자 예은은 마음속으로 쾌재를 불렀다.

5

형운과 서하령, 무일은 9월 초에 총단으로 복귀했다. 돌아왔음을 보고하고 형운의 거처로 간 두 사람은, 그곳에서 기다리고 있던 사람을 보고 경악했다.

"헉!"

형운과 서하령이 똑같은 표정을 지었다. 그 놀람의 대상이 떨떠름한 표정을 지었다.

"뭐야? 오늘 온단 소리 듣고 와 있었던 건데, 못마땅하냐?"

그렇게 투덜거린 것은 마곡정이었다. 형운과 서하령은 잠시 동안 멍청하니 그를 바라보다가 말했다.

"대체 무슨 바람이 불어서……."

"혹시 어디 아파? 내가 아는 곡정이는 이렇게 사람다운 몰골로 다니는 애가 아닌데?"

"무슨 말을 하나 했더니만. 그렇게 이상해 보여?"

어색한 표정을 짓는 마곡정의 잘 정돈된 흑발이 윤기 있게 찰랑거린다. 말끔하게 정돈된 외모에 은은한 문양이 들어간 감청색의 옷을 맵시 나게 입은 것만으로도 그림 속 귀공자처럼 근사한 자태를 자랑하고 있었다.

'젠장! 잘생겼어!'

평소 그가 산적 두목처럼 차려입고 다니는 것을 안타깝다고 생각했던 형운이지만 이렇게 귀공자처럼 꾸민 모습을 보니 묘하게 아니꼽다. 척 보는 순간 정말 잘생겼다고 감탄했지만 그게 자신이 아는 마곡정이라는 인물임을 인정하고 싶지 않은 기분이 든다.

서하령이 고개를 저었다.

"이상하긴. 무슨 심경의 변화가 있어서 그런 건지는 모르겠지만 앞으로 계속, 가능하면 평생! 그렇게 하고 다녀."

"…누나한테 그런 소리를 들을 정도면 괜찮은가 보군."

마곡정이 안도하는 기색으로 가슴을 쓸어내렸다. 본인은 이런 모습으로 두 사람 앞에 나서는 게 굉장히 부담스러운 일이었나 보다.

형운이 물었다.

"진짜 무슨 바람이 분 거야? 오늘 무슨 행사 있나?"

"그게 아니라 그냥… 예은이가 옷차림을 좀 바꿔보는 게 어떻겠냐고 해서."

"예은이가?"

형운이 놀라서 방 한구석을 바라보았다. 예은이 부끄러운 듯 몸을 배배 꼬고 있었다.

'대체 두 사람 사이에 무슨 일이 있었던 거야?'

서하령이 그렇게 푸념해도 산적 두목 같은 모습을 포기하지 않더니 예은의 말을 듣고 바꾸다니?

물론 속사정을 잘 보면 서하령은 마곡정에게 단 한 번도 구체적으로 뭘 어쩌라고 말한 적이 없다. 평소 옷차림에 대해서는 독설을, 그리고 예복을 입었을 때는 봐줄 만하다거나 사람 같다고 말했을 뿐.

즉 마곡정의 감각이 구체적으로 어떻게 잘못되어 있는지, 어떤 식으로 고치면 되는지 알려준 사람은 예은이 최초였던 것이다.

마곡정이 물었다.

"갔던 일은 잘됐냐? 위장 신분 만들러 갔었다며?"

"그럭저럭. 솔직히 그 신분은 써먹을 일이 있겠냐 싶긴 하지만… 무인들의 생리에 대해서는 여러모로 좋은 공부를 했어."

형운이 품에서 인피면구를 꺼내서 손가락으로 빙글빙글 돌렸다. 마곡정이 말했다.

"혹도 녀석들하고 싸우기라도 했냐?"

"그런 일이었어. 근데 말하는 투를 보니 넌 혹도에 대해서 좀 아나 보다?"

"예전에 많이 싸워봤지."

"응?"

"지금도 성해 혹도 녀석들은 마곡정이라는 이름을 들으면 벌벌 떤다."

"……."

여기저기 시비를 못 걸어서 안달이 났던 시기에 흑도의 조직들과도 싸웠던 모양이다. 그때면 지금보다도 어릴 때인데 폭력으로 먹고사는 놈들에게 거침없이 시비를 걸다니…….

'예은이는 이런 녀석을 대체 어떻게 말을 듣게 만든 거야?'

형운이 신기해하면서 마곡정을 보는데 그가 물었다.

"그래서 어디서 뭘 한 건데?"

"음. 우리 산하에 있는 산운방이라는 곳이 청룡방이라는 놈들과 싸움이 붙었는데……."

형운은 다녀온 이야기를 하면서도 궁금증 때문에 계속 예은 쪽을 흘끔거려야 했다.

6

위장 신분 만들기를 끝내고 돌아온 형운은 일상으로 돌아왔다. 귀혁과 수련하고, 홀로 수련하고, 가려와 수련하고, 강연진과도 수련하고, 호위단과도 수련하고, 종종 영성의 제자단의 수련에도 불려 나가서 참가하는… 그야말로 수련으로 시작해서 수련으로 끝나는 나날이었다.

"넌 그렇게 살면서 몸이 남아나냐?"

지난 며칠간의 형운의 일정이 어땠는지를 들은 마곡정이 기가 막혀 했다.

형운이 고개를 갸웃했다.

"멀쩡한데?"

"…와, 저놈의 일월성신."

일월성신은 강인할 뿐만 아니라 경이로운 회복력을 자랑한다. 형운은 평소에는 한 시진(2시간)만 자도 충분했고, 피곤해서 죽을 것 같은 상황이라도 두 시진(4시간)만 숙면을 취하면 멀쩡한 모습으로 깨어날 수 있었다.

피잉!

마곡정과 한바탕 대련을 벌인 뒤, 형운은 5장(약 15미터) 정도 떨어진 곳에다가 물 잔을 놓고는 그쪽으로 손가락을 튕겼다. 그럴 때마다 미약한 기공파가 쏘아져 나가서 물 잔 위쪽의 공기를 흔든다.

마곡정 입장에서는 의미를 알 수 없는 수련이었다.

'기공파의 정확도라도 다듬나? 아니, 그런 목적으로 보면 완전히 무의미한 수련인데……'

마곡정은 형운이 하는 수련 중에 허투루 넘길 것이 없음을 알고 있었다. 왜냐하면 그것은 별의 수호자 최강의 무인이며, 최고의 무학자인 귀혁이 고안한 수련이니까.

문득 형운이 잔에서 시선을 떼고 마곡정에게 물었다.

"그러고 보니 예은이 휴가 나갈 때 마차로 바래다줬다며? 예은이가 많이 고마워하더라."

예은에게 마곡정과 무슨 일이 있었는지 묻자 그녀는 부끄러운 듯이 웃으면서 그날의 일을 말해주었다. 마곡정이 마차를 불러서 그녀와, 동생 예진을 집 앞까지 바래다주었다는 것이다.

형운은 놀릴 생각으로 은근한 투로 물었지만 마곡정의 반응은 기대를 벗어났다. 마곡정이 심드렁한 표정을 지으며 한마디

했다.

"넌 여자에 대한 배려가 너무 없어."

"뭐?"

생각지도 못한 말에 형운이 눈을 휘둥그레 떴다. 마곡정이 훈계하듯이 말했다.

"거 평소에 너를 돌봐주는 사람인데 네가 없을 때도 필요하면 마차 정도는 쓸 수 있게 배려해 줘야지. 무공도 모르는 아가씨가 걸어서 총단을 횡단해서 동생을 만나러 가고, 다시 집까지 걸어가게 하냐? 내가 마차 안 불러줬으면 집에 갈 때쯤에는 해가 저물었겠더만."

"······."

형운이 입을 쩍 벌렸다. 충격이 너무 커서 일순간 머릿속이 새하얗게 변해 버렸다.

'다른 사람도 아니고 마곡정에게 이런 소리를 듣다니!'

분명히 올바른 지적이다. 형운이 생각하기에도 반성할 만한 일이었다. 아랫사람 입장에서 저런 걸 요구할 수는 없는 노릇이니 형운이 알아서 배려해 줬어야 했다.

'문제는 그 지적을 한 사람이 누구냐는 거지!'

할 말을 떠올리지 못하고 입을 붕어처럼 뻐끔거리고 있는 형운에게 마곡정이 물었다.

"그러고 보니 예은이는 뭘 좋아하냐?"

"응?"

"그날 옷가게에 들러서 옷을 골라줬거든. 휴가 다녀와서는 머리도 잘라줬고. 그래서 뭔가 보답을 하고 싶은데."

"그, 글쎄다. 장신구나 토산품을 선물로 가져다주면 좋아하
긴 하지만 특별히 좋아하는 게 뭔지까지는……. 여자애가 좋아
할 만한 거라면 하령이한테 물어보는 편이 낫지 않겠어?"

"…누나한테? 말이 되는 소리를 해라."

마곡정이 노골적으로 표정을 찌푸렸다. 그에게 있어서 서하
령은 이미 '여자'가 아닌 무언가로 인식되고 있었다.

형운은 서하령이 뻔뻔하고 폭력적이기는 해도 미적인 감각은
뛰어나다는 것을 알고 있었다. 하지만 마곡정의 표정을 보니 죽
어도 받아들이지 않을 것 같아서 대안을 생각해 보았다.

"내가 예은이한테 넌지시 물어봐 줄까? 혹시 갖고 싶은 거 있
냐고?"

"됐다. 여자들 눈치가 얼마나 좋은데 그런 걸 눈치 못 채겠
냐?"

"딱히 본인이 모르게 할 필요는 없잖아?"

"예은이는 시비잖아. 직접 모시는 너도 아니고 내가 뭐 답례
품을 주겠다고 하면 잘도 뭐가 좋다고 말하겠다."

"……."

분명 맞는 소리를 하고 있는데 왜 절대 들으면 안 될 소리를
듣는 기분이 드는 것일까?

"그냥 내 시비들한테 물어보는 게 낫겠군. 아무리 그래도 여
자들한테 물어봐야겠지."

"그야 그렇겠지."

형운은 할 말이 없어져서 다시 물 잔으로 시선을 돌렸다. 놀
릴 만한 건수라고 생각해서 말을 꺼낸 건데 본전도 못 찾고 정

신적으로 두들겨 맞았다.

"어휴."

형운이 한숨을 쉬는 순간이었다.

팍!

물 잔이 깨져 나갔다. 마곡정이 깜짝 놀라서 눈을 휘둥그레 떴다. 형운도 어리둥절해했다.

"어, 됐네?"

"…너 지금 뭘 한 거야?"

조금 전까지 형운은 미미한 기공파를 쏘아내고 있었다. 하지만 지금은 아무런 조짐도 없이 물 잔이 박살 났다.

형운이 실실 웃으며 말했다.

"격공(隔空)의 기(技)."

"뭐라고?"

마곡정의 표정이 경악과 불신으로 물들었다.

기가 공간을 따라가서 날아가는 궤적조차 남기지 않고, 말 그대로 공간을 뛰어넘어서 적을 치는 진정한 격공의 기.

그것은 의념으로 몸 밖의 기운을 자유자재로 다루는 경지에 이르러야 가능한 절기다. 무인들에게 하나의 도달점으로 여겨지는, 고수의 증명이라고 할 수 있는 기술을 터득했단 말인가?

"보통 허공섭물과 의기상인을 완성하고 나서야 된다는데… 난 어째 순서가 거꾸로네, 이거."

형운이 혀를 차며 손을 들어 올렸다.

콰자작!

부서진 물 잔의 파편들이 들썩거리다가 한층 더 잘게 부서져서 흩어졌다.

허공섭물을 시도한 결과였다. 원래는 파편들을 들어 올려서 허공에서 맞춰볼 의도였는데 부서져 버린 것이다.

허공섭물은 물리적인 영향력을 가진 기파를 뿜어내어 사물을 뜻대로 조종하는 기술이다. 기공파를 다룸에 있어 몸 안에서 생성된 기운을 외부로 발출하는 것에 그치지 않고, 발출된 후에도 의념으로 그 궤도와 형질을 자유자재로 통제하는 경지에 도달한다면 허공섭물을 구사할 수 있게 된다.

격공의 기는 이것보다 한층 더 어렵다.

이것은 기공파와 달리 중간 과정이 존재하지 않는다. 외부로 뿜어낸 무형의 기파를 자신이 원하는 순간, 원하는 지점에서 유형화하기 때문이다.

마곡정이 어이없어했다.

"말도 안 돼……."

"나도 그렇게 생각해."

"직접 해 보인 놈이 할 소리냐?"

"내가 해놓고도 실감이 안 가네, 이거."

형운이 실실 웃었다. 지난 몇 개월 동안 도전하던 과제를 성공해서 그런지 웃음을 참을 수가 없었다.

허공섭물과 격공의 기에 도전하게 된 계기는 운강에서의 싸움이었다.

흑서령이 발한 심상경의 절예에 의해 기화한 형운은 기와, 기가 모여서 빚어낸 형상 사이에 그어진 경계를 넘었다. 본래는 그대로 흩어져서 사라질 운명이었지만 조화의 심상을 구한 기영준이 그를 다시 육화시켰다.

이미 운화를 통해서 자신의 육신을 기화하고 육화하는 경험에 익숙해진 형운이었지만, 심상경을 체험한 것은 완전히 다른 의미로 다가왔다. 기에 대한 기존의 시각이 완전히 박살 났다가 재구축되었을 정도의 충격이었다.

그 경험이 형운을 새로운 경지로 이끌었다.

이전부터 잡힐 듯 말 듯하던 감각이 확실한 형태로 완성되고, 그 너머에 있는 것들이 손짓해 왔다.

너는 할 수 있다고. 네 안에는 이미 그것을 할 수 있는 기반이 마련되어 있다고.

형운은 그 부름에 응하여 도전했고 마침내 성과를 거두었다.

마곡정이 혀를 내둘렀다.

"아무리 그래도 그렇지 격공의 기라니……."

직접 보고도 믿을 수가 없었다. 형운이 깨진 물 잔 파편들을 한곳으로 모으면서 말했다.

"아, 그거 알아? 하령이는 허공섭물 되게 능숙하게 한다?"

"뭐? 진짜냐?"

마곡정이 깜짝 놀랐다. 모르고 있던 사실이었다.

형운이 말했다.

"저번에 산운방에 갔을 때 술기운 살짝 돌더니 보여주더라. 거참."

그때는 형운도 어이가 없었다. 아무리 성운의 기재라고 해도 그렇지 세상에 고작 스무 살에 허공섭물의 경지에 도달하는 무인이 얼마나 되겠는가?

물론 형운도 남 말 할 처지가 아니다. 허공섭물의 경지는 이루지 못했지만 대신 격공의 기를 터득했으니까.

문득 형운은 강렬한 감정이 담긴 시선을 느끼고 뒤를 돌아보았다. 마곡정이 분함과 질투를 불사르며 씩씩거리고 있었다.

"젠장. 두고 보자. 내가 이대로 뒤처진 채로 있을 것 같아?"

"…아니, 그런 뜻으로 한 말은 아니었는데."

"시끄러워!"

마곡정은 씩씩거리며 돌아가 버렸다.

7

이 시대에 먼 곳으로 소식을 전하는 수단은 정해져 있었다.

가장 진보한 방법은 기환술을 통하는 것이다.

이 방법은 저급에서도 약간의 시간 차를 두고 문자나 목소리를 전하는 게 가능하다. 그리고 최상급에 이르러서는 마치 상대가 바로 앞에 있는 것처럼 실시간으로 서로를 보면서 대화를 나눌 수도 있었다.

하지만 기환술사는 존재 자체가 귀하다. 그리고 이런 통신망을 구축하고 유지하는 데 큰돈이 들어가기 때문에 이 혜택을 누릴 수 있는 이들은 극히 한정되어 있었다.

다른 방법으로는 전서구가 있다. 어느 정도 덩치가 있는 집단이라면 특정한 지점끼리의 통신을 훈련된 비둘기로 해결한다. 이것은 사람을 통하는 것보다 훨씬 빠르지만, 서로 주고받을 수 있는 지점이 한정되는 데다가 한 번에 보낼 수 있는 정보의 양도 많지 않다는 단점이 있었다.

마지막으로는 아직도 가장 많은 사람이 쓰며, 가장 전통적인 방법, 즉 인편이다. 사람을 통해서 말이나 편지를 전하는 것이다.

8

천유하는 산속 깊은 곳에 있는 샘에 몸을 담근 채 운기조식을 하고 있었다.

시기도 벌써 10월 중순, 가을이 깊어서 산의 기온이 싸늘한데 남자 혼자서 이런 곳까지 와서 목욕을 한다니 무슨 짓인가 싶지만 이 샘은 보통 샘이 아니다. 이 산의 정기가 모여 있는 영험한 샘인지라 그 기운을 흡수하는 천유하의 몸에서 김이 모락모락 피어오른다.

"유하, 몸이 더 근사해졌네."

물 밖으로 드러난 천유하의 상반신 근육을 보며 눈을 반짝이는 것은 헐렁한 옷을 입은 소녀였다.

소녀라고는 하지만 누가 봐도 인간이 아님을 알 수 있었다. 겉으로 보면 열예닐곱 살 정도로 보이지만 긴 머리칼은 회갈색을 띠고 있고 엉덩이에는 고양이의 그것을 연상시키는 꼬리가 살랑거린다. 반짝이는 황갈색 눈동자 아래로 벌린 입안에서 뾰족한 송곳니가 존재감을 과시했다.

천유하는 놀라는 대신 쓴웃음을 지었다.

"초련 님, 여자가 남자의 벗은 몸을 훔쳐보고 있으면 안 좋은 소리를 듣습니다."

"난 인간 아니니까 괜찮아. 그리고 훔쳐보는 게 아니고 당당하게 보고 있는걸?"

"으음."

너무 당당해서 뭐라고 할 말이 없다.

초련이라 불린 소녀는 영수였다. 이 산에 살던 살쾡이가 영수가 된 경우로 벌써 200년도 넘게 살아왔다고 한다. 아직 스무 살밖에 안 된 천유하 입장에서는 정신이 아득해질 정도로 오랜 세월이었다.

그녀와 천유하의 인연은 5년 전, 천유하가 열다섯 살일 때로 거슬러 올라간다.

당시에 초련은, 정확히는 이 산의 주인이라 불리는 영수들은 다른 지방에서 쫓겨 온 지네 마수에게 위협받고 있었다. 지네 마수와 사투를 벌인 그녀는 중상을 입은 것에 그치지 않고 독에 중독되어서 사경을 헤매야 했다.

이때 산중수련을 하던 천유하가 그들의 격돌이 빚어낸 기파를 감지하고 다가왔고, 초련을 구명해 주었다. 천유하는 의술이라고는 응급처치만을 알 뿐이었지만, 영수인 초련은 그의 진기를 전해 받는 것만으로도 극적으로 상태를 회복할 수 있었던 것이다.

초련은 천유하에게 은혜를 갚기 위해 지네 마수를 무찌르고 그 내단을 정화해서 선물했다. 천유하는 그것을 취함으로써 내공을 한 단계 상승시킬 수 있었다.

초련이 은근히 물었다.

"나도 들어가면 안 돼?"

"안 됩니다. 제가 나가면 하시지요."

"치잇. 유하는 너무 고루해."

"고루하고 말고의 문제가 아닙니다."

"난 영수인데 인간의 잣대로 이러쿵저러쿵할 필요 없잖아? 그 정도는 괜찮아."

"안 괜찮습니다."

천유하는 딱 잘라서 말하고는 샘에서 나왔다. 드러나는 그의 조각상 같은 근육질의 몸을 보는 초련은 군침을 삼키고 있었다. 천유하는 식은땀을 흘렸다.

'이러다가 진짜 덮쳐지는 거 아닌지 모르겠군.'

천유하는 종종 산중수련도 할 겸, 초련을 비롯한 영수들도 만날 겸 산에 들어오고는 했다. 그런데 어느 순간부터 그를 보는 초련의 눈빛이 달라지기 시작했다.

"유하야, 눈 딱 감고 나랑 하룻밤만 자주면 안 돼?"

…이런 소리를 하기 시작했던 것이다.

천유하는 옷을 입으며 말했다.

"자꾸 그러시면 저 다시 안 오겠다 했던 것 같습니다만?"

"치사해. 그럼 나 또 울 거야."

"이번에는 그래도 안 올 겁니다."

천유하가 딱 잘라서 말했다.

초련은 저런 소리를 하기 시작했을 무렵, 명상에 빠져 있던 천유하를 알몸으로 끌어안고는 유혹해 온 적이 있었다. 천유하는 기겁해서 도망갔고 한동안 산에 출입을 하지 않았다.

문제는 그다음이었다. 산속에서 여자가 우는 소리와 살쾡이가 날카롭게 울부짖는 소리가 섞여서 들려오더니 짐승들이 괴상한 움직임을 보이는 등, 사람들이 흉사(凶事)의 조짐이라면서 불안에 떨 정도로 기괴한 분위기가 조성되기 시작했다.

원인을 아는 천유하는 사태를 외면하지 못했다. 결국 마음을 굳히고 다시 초련을 찾아왔고 다시는 그런 짓을 안 하겠다는 확약을 받은 후에 전처럼 지내게 되었다.

초련이 토라진 기색으로 말했다.

"내가, 200년도 넘게 이 산의 주인 행세하면서 사람들의 존경을 받아온 이 초련이 미모로 유혹하는데 매정한 대답만 하다니."

"저한테 초련 님은 너무나도 신령한 존재라서 범접할 수가 없군요."

"인간 여자처럼 결혼해서 구속되어 달라는 것도 아니고 그냥 하룻밤 자기만 하자는데 쩨쩨해. 나도 슬슬 애를 갖고 싶단 말이야."

인간 사회의 상식 따위는 어디론가 던져 버린 말이었다.

물론 영수들은 인간이 아니었으니 인간 사회의 규범에 얽매이지 않는다. 그들이 인간의 모습으로 인간의 말을 하면서도 짐승 같은 행동을 한다면, 그것은 지극히 당연한 일이다.

천유하가 한숨을 푹 쉬었다.

"그게 초련 님 입장에서는 쩨쩨하다고 하실 일일지 몰라도 인간 입장에서는 절대… 음?"

문득 천유하가 눈살을 찌푸리며 하늘을 올려다보았다. 거의 동시에 초련도 같은 곳으로 시선을 향하고 있었다.

초련이 중얼거렸다.

"어라, 못 보던 양반이네. 우리 구역에서 뭘 찾고 있는 걸까?"

"저게 보이시는군요."

천유하가 혀를 내둘렀다. 그는 영수의 기운을 감지하기는 했지만 워낙 높은 곳에 있어서 까마득한 점으로만 보일 뿐이었다.

초련이 우쭐거렸다.

"이래 봬도 위대하신 영수님이니까. 독수리야. 그런데 저쪽에서도 날 봤나 봐. 이쪽으로 내려오네?"

"적은 아니겠죠?"

"마수는 아니지만 어떤 의도로 왔는지는 모르지."

영수끼리도 영역 다툼을 하거나, 혹은 이런저런 이유로 피 튀기는 싸움을 벌이는 경우가 흔치 않다. 이 산의 주인으로 군림하는 세 영수만 하더라도 100년 전까지는 세력을 나누어서 투닥거리는 사이였다.

곧 날갯짓 소리와 함께 전신이 흑갈색을 띠고 부리가 노란 독수리가 지상으로 내려왔다.

'크다!'

날개를 펼친 독수리의 덩치는 천유하보다도 훨씬 컸다. 지금까지 본 그 어떤 새와도 비교할 수 없는 크기라서 천유하는 감탄과 두려움을 동시에 느꼈다.

"이 산의 영수이신가 보군. 인사드리겠소. 동쪽의 바다에서 온 흑뢰라고 하오."

독수리 영수가 근엄한 목소리로 자신을 소개했다. 천유하는 이미 영수들을 몇 차례나 보아왔지만 커다란 독수리의 부리에서 명료한 인간의 말이 나오는 것은 놀라웠다.

초련이 신기해하며 물었다.

"동쪽 바다면 위진국?"

"인간들이 나눈 기준으로는 그렇지요."

"와아, 엄청 먼 길을 오셨네. 난 초련이에요. 여기까지 무슨 일로 왔어요?"

"다름이 아니라 초련 당신의 옆에 있는 인간을 찾아왔소."

"엥? 유하를?"

초련이 눈을 휘둥그레 떴다. 천유하도 깜짝 놀랐다.

흑뢰가 그를 바라보며 말했다.

"소협, 조검문의 천유하가 맞으시오?"

"그렇습니다만… 제게 볼일이 있으시다고요?"

"그렇소. 이것을 전하기 위해 왔소이다."

독수리가 한쪽 날개를 펼치자 그 안에서 두루마리 하나가 둥실 떠서 천유하에게 날아왔다.

"양진아 공주님께서 그대에게 보내신 서신이오. 읽어보고 답을 주기 바라오."

그 말에 천유하가 깜짝 놀라서 그를 바라보았다.

"잠깐. 뭐라고 하셨습니까?"

"양진아 공주님께서……."

"고, 공주님? 양 소저가 말씀입니까?"

"그렇소만?"

흑뢰가 고개를 갸웃거렸다. 표정을 알아볼 수 없는 새의 얼굴이지만 의아해하고 있다는 사실을 알 수 있었다.

"모르고 있었소?"

"어, 청해용왕의 제자라는 사실은 알고 있었습니다만 위진국의 공주라는 사실은 금시초문……."

"허허, 아니오."

"예?"

"그분은 위진국의 공주가 아니라오. 청해궁(靑海宮)의 공주님이시오."

무슨 말인지 이해할 수가 없었다. 청해궁이라니?

흑뢰는 자세히 설명하는 대신 날개를 들어 서신을 가리켰다.

"일단은 서신을 읽어보시지요."

"아, 네."

천유하는 두루마리의 금 인장 봉인을 뜯고 그것을 펼쳐 보았다. 겉은 거창했지만 그 안에는 짧은 글이 담겨 있을 뿐이었다.

—올해 너희를 초대하지 못한 것은 사과할게. 피치 못할 사정이 있었어. 남자답지 못하게 그런 일로 마음 상하지는 않았겠지? 대신 내년에 청해궁에서 열리는 생일잔치에 초대할게.

　　　　청해궁의 공주이며, 청해용왕 진본해의 제자 양진아.

제54장
청해궁으로

성운을 먹는 자

1

청해궁(青海宮).

일반적으로는 알려져 있지 않은 지명이다. 하지만 영수인 흑뢰가 청해궁의 사신을 자처하며 찾아오자 별의 수호자 총단은 떠들썩해졌다.

귀혁도 놀라고 있었다.

"양진아라, 성운의 기재라는 것만 알았지 청해궁의 공주일 줄은 몰랐군. 역시 청해군도 쪽은 정보가 너무 제한적이야. 쯧쯧."

"그 말괄량이 아가씨가 '공주님'이라니… 저는 만나는 공주님마다 왜 그 모양인지 모르겠는데요."

형운이 혀를 찼다. 그는 흑뢰로부터 양진아가 청해궁의 공주라는 사실을 듣고는 천유하만큼이나 놀랐다.

귀혁이 말했다.

"하지만 그 아이가 청해궁의 공주라면 진본해, 그 작자가 제자로 거둔 것도 이해가 되는구나. 청해검귀(靑海劍鬼) 해파랑이 호위로 따라붙은 것도 그런 이유였군."

양진아를 호위했던 노인, 해파랑은 영수의 혈통으로 청해용왕대에서는 세 손가락 안에 꼽히는 고수로 알려져 있었다.

형운은 그 사실을 알게 되었을 때 자기도 모르게 고개를 끄덕였다. 그의 실력을 제대로 볼 기회는 없었지만 내공이 8심에 이르는 노검사의 지위가 별 볼 일 없다면 그게 더 이상한 일이다.

형운이 물었다.

"청해궁이 뭐 하는 곳인데요?"

"용궁 이야기는 알고 있겠지?"

"바다를 다스리는 용신님이 거하는 궁전 아닌가요? 전설에 나오는……."

"그렇다. 네 말대로 전설 속의 존재지. 하지만 용궁은 실존한다."

"용궁이 진짜로 있다고요?"

형운이 깜짝 놀랐다. 귀혁은 형운의 반응이 재미있다는 듯 미소 지었다.

"있긴 하지만 이 세상에 있는 것은 아니다."

"…있긴 하지만 없다니, 그거 혹시 제게 던지시는 화두예요?"

"화두를 던지면 깨달을 머리는 되느냐?"

"와, 그게 제자한테 하실 말씀이십니까?"

"제자니까 하는 거다. 어쨌든 용궁은 천계에 있다."

운룡만이 아니라 세상에 알려진 몇몇 용들은 모두 신수다. 천재지변에 가까운 현상으로 현계에 모습을 드러내는 일은 있으나 그들의 본질은 천계에 있다.

"그러고 보니……."

형운은 예전에 황실에 갔을 때의 일을 떠올렸다. 운희가 운조를 타박하면서 말하길,

'지난번 동해용왕의 셋째 딸과 선보는 자리에서 도망치셔서요.'

…라고 하지 않았던가?

동시에 하나의 의문이 떠올랐다.

"사부님, 천계의 낮은 곳이라는 게 무슨 의미인가요?"

운룡족들은 '천계의 보다 낮은 곳'에서 각각의 삶을 구가하는 것이 그들의 의무라고 말했다. 당시에는 의미를 알 수 없어서 흘려 넘겼지만 묘하게 마음에 걸리는 말이었다.

귀혁이 말했다.

"말 그대로의 의미다. 우리가 아는 천계, 선경(仙境) 등의 이야기는 모두 현계와 인접해 있는 '천계의 낮은 곳'에서 벌어지는 일들이다."

"…잘 이해가 안 되는데요?"

"이해가 안 된다니, 너는 천계의 높은 곳을 직접 보지 않았더냐?"

"네?"

"운룡 말이다."

"어……."

"운룡처럼 인간의 세상에서 받아들일 수 있는 범주를 초월한 존재가 거하는 곳이 천계의 높은 곳이니라. 그리고 인간이 이해할 수 있는, 인간에 가까운 모습으로 인간의 언어와 문화를 향유하는 존재들이 있는 곳이 천계의 낮은 곳이지. 이 둘의 차이가 정확히 무엇인지, 현계의 존재들인 우리들은 그저 추측할 수 있을 따름이다만……."

귀혁은 자신의 추측을 덧붙였다.

"알려진 이야기를 토대로 추측해 보면 천계의 높은 곳에서 벌어지는 일들은 세상의 운명을 결정하고 있으며, 천계의 낮은 곳에서 벌어지는 일들은 국지적인 현상… 예를 들면 천재지변이나 기상변화 등과 밀접한 관련이 있는 것 같더구나."

세상에 알려진 신화들은 거의 대부분 천계의 낮은 곳에서 벌어지는 일들을 다룬다. 거대한 힘을 지녔으면서도 인간처럼 행동하는 존재들의 이야기를.

귀혁이 턱을 쓰다듬었다.

"이야기가 좀 샜구나. 어쨌든 청해궁은 현계에 존재하는 용궁이라고 생각하면 된다. 인어여왕과 그가 다스리는 바다 영수들의 집단이지."

"인어여왕? 인어가 진짜로 있어요?"

"영수를 그만큼이나 보고도 인어의 존재 유무를 묻는 것이냐?"

"하긴 그렇군요."

형운은 스스로도 어이가 없어서 피식 웃고 말았다. 귀혁이 물었다.

"인어의 전설은 알고 있느냐?"

"반인반어(半人半魚) 아닌가요? 보통 상반신은 미녀고 하반신은 물고기인……."

"그렇다. 인어여왕은 그들을 다스리는 대영수이니라. 양진아가 인어여왕의 혈통이라면… 신체적인 잠재 능력은 역대 성운의 기재 중에서도 아주 높은 수준이겠구나. 이번 세대에서는 빛이 좀 바래기는 한다만."

이전 세대였다면 양진아는 성운의 기재들 중에서도 단연 돋보이는 존재였으리라. 하지만 이번 세대의 성운의 기재들은 그 특출함이 이전 세대와는 비교도 할 수 없을 정도였다.

신수의 일족과 인간 사이에서 난 위해극.

대영수 광령익조의 딸 서하령.

대영수 인어여왕의 혈통을 이어받은 양진아.

대마수 암익신조의 아들이며, 전설 속의 극마지체이기도 한 흑영신교주까지.

귀혁이 말했다.

"양진아, 그 아이가 청해궁의 공주가 아니었다면 네가 초대에 응하긴 어려웠을 것이다."

형운은 무인으로서 매우 뛰어난 고급 인력이었다. 위진국에 다녀오는 것만으로도 1년 가까운 시간이 날아갈 테니, 조직의 입장에서 형운을 딱히 써먹을 만한 일도 없이 위진국에 보내는 것이 꺼려질 수밖에 없다.

하지만 양진아가 청해궁의 공주임이 밝혀지자 문제가 달라졌다.

청해군도는 위진국의 통제에서 벗어난 무법지대다. 게다가 청해궁은 역사적으로도 외부와의 교류가 극히 드물기 때문에 알려진 바가 거의 없었다.

즉 이것은 청해궁에 대한 정보를 알 수 있는 귀중한 기회다. 또한 청해궁에는 별의 수호자에서도 탐내는 귀한 물품들이 있으니 만큼 그것을 거래로 확보하는 임무도 부여되리라.

"이번에는 네가 부럽구나. 청해궁이라니 나도 가보지 못한 곳이거늘."

"정말요?"

"왜 그러느냐?"

"아니, 사부님이 못 가보신 곳이 있다니 신기해서요."

"나라고 세상천지를 다 보았겠느냐? 무엇보다 영성이라는 자리는 어지간해서는 하운국에서 벗어나는 것이 허락되지 않는단다."

별의 수호자의 오성은 하운국에 세 명, 위진국과 풍령국에 한 명씩 배치되는 것이 기본이다. 별의 군세의 우두머리인 영성은 총단이 있는 하운국에 있어야만 했다.

문득 그가 피식 웃었다.

"만약 네가 내 뒤를 이어서 영성이 된다면… 그때는 은퇴하고 유유자적하면서 아직 못 본 세상을 둘러보고 싶긴 하구나."

"아주 먼 훗날의 이야기네요, 그건."

형운이 장난스럽게 대꾸했다.

2

형운이 위진국으로 떠나는 일정은 흑뢰가 초대장을 전한 이
듬해 1월로 잡혔다.

청해군도까지는 아주 먼 길이다. 정상적인 여로를 따라간다
면 족히 반년 이상이 걸리리라.

하지만 이번에는 대규모 인원을 끌고 가는 게 아니라 소수의
무인들만으로 일행을 구성하기로 했다. 현계의 용궁이라고 할
수 있는 청해궁에 대인원이 가는 것이 어떤 문제를 일으킬지 알
수 없었기 때문이다.

참고로 별의 수호자에서 흑뢰가 들고 온 초대장을 받은 인물
은 셋이었다.

형운, 서하령, 그리고 마곡정.

"…왜 곡정이도 초대장을 받았는데 오량 선배는 빠진 건지
모르겠지만."

형운의 의문에 서하령이 대답했다.

"형운 너야 기억 못 할 수가 없을 거고, 나야 성운의 기재니까
그렇고, 곡정이가 낀 것은… 영수의 혈통이라서가 아닐까? 아마
그 여자는 오량 공자는 아예 기억을 못 하고 있지 않을까 싶은
데."

"진짜 그럴 것 같다는 게 무섭군."

양진아가 보여준 태도로 보건대 그러고도 남을 것 같다.

문득 그녀가 물었다.

"네가 하는 시범 비무 순서는 언제야?"

"비무회 끝나고 나서 하라더라."

"보통 그런 건 하기 전에 하지 않아?"

"나도 그렇게 생각하는데… 진행부 측에서 그랬다가는 비무회에 대한 흥이 식을 거라고 끝나고 나서 해달라고 요청했대."

출발 일정이 1월로 잡혔을 때, 형운과 마곡정은 한숨을 쉬었다. 물론 두 사람이 내쉰 한숨의 의미는 서로 달랐다.

마곡정은 이번에는 신년 비무회에 참가할 수 있게 되었다는 사실에 안도의 한숨을 쉬었다. 그가 참가 못 한 작년에 오량이 우승했다는 소식을 들었을 때 얼마나 분통이 터졌던가. 참고로 오량은 작년의 우승을 끝으로 더 이상 비무회에는 참가하지 않는다.

형운은 거절할 수 없는 요청을 받았다. 비무회에 참석할 필요는 없지만, 차기 오성으로 주목받는 몸으로써 젊은 무인들에게 자극을 주기 위해 시범 비무를 치러달라는 요청이었다.

상대는 풍성의 둘째 제자 정무격이었다. 차기 지성으로 손꼽히는 유력 후보 중 한 명이다.

"그나저나 왜 매번 나랑 부딪치는 건 풍성의 제자들뿐인지 원."

처음 문제를 일으킨 마곡정도 풍성의 제자고, 공개 비무 이후로 한동안 악연이었던 오량도 풍성의 제자고, 그리고 이번에도 풍성의 제자라니…….

형운의 투덜거림에 서하령이 말했다.

"그럼 다른 사람이 좋아? 이번 시범 비무 이야기가 나왔을 때 다른 지원자들도 있어서 후보를 많이 추렸다고 하던걸?"

"그건 나도 알지. 상대가 누구든 시범 비무 자체가 싫은 거야."

참고로 이번 시범 비무 상대로는 장로회 직속의 성운검대를 이끄는 성운검대주의 제자, 그리고 은퇴한 전임 지성의 제자가 포함되어 있었다. 상부에서 갑론을박을 벌인 끝에 정무격으로 당첨되었다는 모양이다.

서하령이 웃었다.

"패기 없기는."

"귀찮은 일이 싫을 뿐이야. 곡정이랑 무일만 아니었어도 새해가 되기 전에 출발하는 거였는데……."

"자기가 그러자고 설득해 놓고는."

형운이 투덜거림에 서하령이 한마디 했다.

아무리 소수의 무인들로만 일행을 구성한다고 하더라도, 4개월도 안 되는 기간 동안 청해군도까지 가는 것은 굉장히 빽빽한 일정이다. 상식적으로 생각하면 한 달은 더 빨리 출발하는 게 옳았다.

하지만 마곡정이 작년에도 신년 비무회에 참가하지 못했다는 사실 때문에 좀 무리해서 출발을 늦추었다. 그리고 그 선택으로 인해 형운은 정무격과의 시범 비무라는 귀찮은 일을 겪게 된 것이다.

3

신년 비무회 유소년부는 이번에도 영성의 제자단이 휩쓸었다.

유소년부가 신설된 이래 전국 각지에서 뛰어난 어린 기재들이 영광을 차지하고자 몰려들었지만 아무도 영성의 제자단의 아성을 넘지 못했다.

"축하한다."

형운이 환하게 웃으며 강연진에게 축하의 말을 건넸다.

강연진은 올해 유소년부에서 우승을 거머쥐었다.

"감사합니다. 사형 덕분에 마지막에 유종의 미를 거둘 수 있었어요."

얼굴이 홍분으로 상기된 강연진이 꾸벅 고개를 숙였다.

유소년부의 연령 제한은 열다섯 살 때까지다. 그래서 강연진의 숙적이라고 할 수 있는 양우전은 올해는 청년부에 참가 신청을 했다.

형운이 그의 어깨를 두들겨 주었다.

"내 덕분이긴. 네가 잘해서지. 청년부에서는 그 녀석한테 지지 말고."

"네."

신년 비무회 유소년부 우승의 가치는 결코 작지 않다. 영성의 제자라는 신분에 실적까지 있으면 큰 지원을 따내기가 쉬웠다.

작년까지 죽 유소년부의 우승자였던 양우전의 경우만 봐도 제자단의 다른 아이들에 비해 큰 지원을 받고 있었다. 이제 강연진도 그 뒤를 따르게 될 것이다.

4

작년까지 유소년부에서 연속 우승을 기록했던 양우전은 청년
부에서도 8강에 오르는 기염을 토했다. 청년부에서도 뛰어난
기량을 발휘하며 승승장구하던 그는 8강에 가서 비로소 강적과
조우했다.

"으윽, 사형의 호위무사 따위가……."

양우전이 이를 갈았다. 그의 앞에는 여우처럼 웃고 있는 무일
이 있었다.

둘 다 8강까지는 수월하게 이기고 올라왔다. 시합을 장기전
으로 끌고 나가서 기력을 소모하는 일도 없었고, 부상을 입지도
않았다.

이쯤 되면 대진 운이 좋았다는 수준이 아니라 그만큼 실력이
뛰어난 것이다. 그런데도 양우전은 내심 무일을 얕보고 있었다.

첫 번째 이유는 무일의 신분이다. 형운의 호위무사나 하고 있
는 인물이 영성의 제자단 열 명 중에 최고인 자신보다 뛰어날
리가 없다고 여겼다.

두 번째 이유는 첫 만남에서 있었던 일 때문이다. 다른 아이
들과 함께 무일과 강연진을 핍박했던 경험으로 양우전은 자신
이 무일보다 상대적으로 강자의 입장에 있다는 인식이 있었다.

그런데 직접 붙어보니 그런 인식이 산산이 깨져 나갔다.

'이렇게 강한 작자들이 왜 사형의 호위무사 따위를 하고 있
는 거야?'

가려가 오량을 꺾고 비무회에서 우승했던 것은 총단에서 모르는 사람이 없는 일화다. 그래서 양우전도 가려를 좀 이상한 사람이라고 여길 뿐, 결코 얕보지 않았다.

하지만 무일까지 이 정도로 강한 것을 보니 도무지 이해를 못하겠다. 왜 이만큼이나 뛰어난 자들이 형운의 호위무사나 하고 있는 것일까?

쉬쉭!

무일은 양우전이 느긋하게 숨을 고르도록 기다려 주지 않았다. 혼란으로 인해서 양우전의 집중력이 떨어진다 싶자 곧바로 공격해 들어온다.

들숨에서 날숨으로 바뀌는 그 순간을 절묘하게 노린 공격이지만 양우전의 감극도가 정확하게 막아낸다. 하지만 그 순간 무일의 검이 현란한 변화를 일으켰다.

'젠장! 이놈은 광풍혼과 중압진을 너무 잘 알잖아!'

양우전이 몰리고 있는 이유는, 무일이 그의 무공에 대해서 아주 잘 알고 있다는 것이다. 형운을 모시고 있는 몸이니 당연한 일이다.

광풍혼을 일으켜서 가속시키게 두지 않는다. 은밀하게 중압진을 펼칠 여유도 주지 않는다.

심지어 감극도를 공략하는 법조차 잘 알고 있다. 형운이 무공의 요체를 풀어서 알려준 게 아닌가 의심스러울 지경이다.

파파파파파!

공격 하나하나에 위력을 싣기보다는 속도와 변화에 치중한다. 허와 실을 섞어서 양우전이 감극도로도 따라가기 벅찰 정도로 많은 변수를 일으키고 있다.

그저 검의 움직임만을 이용하는 게 아니다. 시선으로, 기파로, 몸짓으로 양우전을 자극한다. 그 모든 것에 대응하는 것은 양우전 입장에서 극심한 부담이었다.

'침착해! 이자의 내공은 나보다 아래다. 이런 기세는 얼마 못 간다!'

양우전이 이를 악물었다.

이만한 변수로 양우전을 압박하기 위해서는 그만한 속도가 담보되어야 한다. 양우전의 반응 속도에 부담을 줄 만한 쾌속한 변화가 아니고서는 의미가 없다.

즉 그만큼 많은 내력을 소모한다는 뜻이다. 양우전의 내공은 벌써 4심에 도달해 있으니 철저하게 방어에만 치중한다면 무일 쪽이 먼저 지칠 것이다.

그리고 그 순간은 생각보다 빨리 찾아왔다.

'역시!'

양우전이 눈을 빛냈다.

무일의 검세가 둔해지기 시작했다. 내력의 흐름이 흐트러졌는지 변화가 줄어들고, 검격과 검격 사이의 이음에서 허점이 보인다.

어느 순간, 결정적인 허점을 발견한 양우전이 수세에서 공세로 전환했다. 무심반사경으로 무일의 검을 비껴내고, 침투경까지 흘려 넣은 다음 결정타를 날린다.

'어?'

다음 순간, 양우전의 시야가 빙글 돌았다.

양우전은 자신의 몸이 기울어졌다는 사실을 깨달았다. 분명히 무일의 자세를 흐트러뜨려 놓고 결정적인 허점을 찌르러 들어갔는데, 어째서 하늘이 보이는 것일까?

털썩!

양우전의 몸이 경기장 바닥에 쓰러졌다.

"컥……."

뒤늦게 그의 입에서 신음이 흘러나왔다. 잠시 동안 상황을 파악하지 못하고 있던 양우전은, 퍼뜩 정신을 차리고 몸을 일으켰다.

아니, 그러려고 했다. 고개를 쳐드는 그의 앞에 날카로운 검 끝이 들이대어졌다.

"이런……."

그것으로 승부가 결정되었다.

"좋은 승부였습니다."

심판의 선언이 끝난 후, 무일이 예를 표하며 말했다. 이를 갈면서도 마주 예를 표하던 양우전은 자기가 철저하게 농락당했음을 깨달았다.

'졌다, 완벽하게……!'

무일은 감극도의 특성을 잘 알고 있었다. 그렇기에 철저하게 양우전의 강점을 봉하고, 부담을 가중시키는 방식으로 싸우면서 함정을 준비했다.

양우전이 어떻게 생각할지 예측하고, 적절한 순간에 그의 판단이 들어맞았다고 착각하도록 행동한 것이다. 양우전은 완벽하게 속아 넘어가서 무일이 일부러 만든 허점을 찔렀다가 예상치 못한 반격에 당했다.

무엇보다 화가 나는 부분은, 무일은 이 시합을 시작하는 순간부터 마지막을 위한 밑준비를 하고 있었다는 점이다.

양우전은 시합 중에 내내 무일의 내공이 자기만 못하다고 생각했다. 하지만 끝나고 나서 보니 그것조차도 의심스럽다. 사실 무일의 내공은 자신과 동등한 수준인데 기파와 공세를 조절해서 한 수 아래처럼 위장했던 것이 아닐까?

또한 무일은 마지막 직전까지는 오로지 검격으로만 공방을 감당했다. 하지만 마지막 순간, 양우전의 허를 찌른 것은 기다렸다는 듯 한발 물러나며 날린 무릎차기였다.

즉 검만이 아니라 신체도 활용하는 격투술을 연마했으면서도 그렇지 않은 것처럼 양우전을 속여 넘겼던 것이다.

'다시는 방심하지 않겠다. 다시는⋯⋯!'

양우전은 스스로의 방만함을 탓하며 다짐, 또 다짐했다.

5

결국 무일은 청년부에서 준우승을 차지했다.

결승에서 마곡정을 만나서 접전을 벌인 끝에 패배했던 것이다. 둘은 2년 전에도 준결승에서 겨룬 바 있었기 때문에 운영진 측에서도 대진표를 짤 때 신경을 썼다.

큰 부상 없이 시합을 치른 무일에게 형운이 말했다.

"아깝게 됐어."

"아깝기는요. 완패였습니다."

"전보다는 차이가 줄었다고 보는데?"

2년 전에 패배했을 때와는 내용이 달랐다. 이번에 마곡정은 초장부터 영수의 힘을 개방하고 전력을 다했다. 하지만 그럼에도 결판이 나기까지 일각(15분)이 넘게 걸리는 접전이었다.

마곡정은 2년 전보다 훨씬 강해졌다. 그 점을 생각하면 무일의 발전은 놀라웠다.

형운이 웃었다.

"안 나갔으면 후회했겠지?"

"음. 인정하지요. 그랬을 것 같군요."

무일이 겸연쩍어하며 웃었다.

원래 그는 이번 신년 비무회에 참가해 보라는 형운의 권유를 거절하려고 했다. 곧 형운과 함께 위진국으로 떠나는데 비무회에서 부상이라도 입었다가는 업무상 차질이 생길 수 있다고 보았기 때문이다.

배경이 없는 젊은 무인으로서 신년 비무회에서 좋은 성적을 거두는 것은 경력상 매우 중요하다. 하지만 거기에 집착하다가 업무를 망친다면 주객전도라고 여겼다.

하지만 형운이 부상을 입어도 꼭 데려가 줄 테니 무조건 나가라고 강권하는 통에 나갈 수밖에 없었는데, 그의 말대로 참가하지 않았으면 후회했을 것 같다.

중요한 것은 준우승이라는 성적을 거뒀다는 사실이 아니다. 무일은 비무회에서 싸워 나가는 동안 신기한 감각에 사로잡혔다.

'심마에 대해서 자각한 후인가?'

그 이후로 검을 휘두를 때면 묘한 여유가 느껴졌다. 분명히 자신이 아는 한계치까지 힘을 끌어내고 있는데도 힘을 적당히 뺐을 때처럼 자유자재로 조율할 수 있을 것 같은 그런 감각.

어떻게든 명확하게 붙잡아 보려고 노력해 오던 그 감각이, 비무회를 치르면서 완성되었다.

'좀 더… 위로 가고 싶다.'

무일은 오랜만에 무인으로서의 열망에 두근거리는 자신을 발견했다.

6

중장년부까지 신년 비무회의 모든 시합이 끝난 후, 형운과 또 한 사람이 비무대에 올라가 섰다.

차기 지성으로 거론되는 정무격은 30대 후반으로 형운보다 나이가 훨씬 많았다. 연령 차가 너무 크니 원래 이런 식으로 직접적으로 겨룰 만한 관계가 아니다. 하지만 형운의 입지가 워낙 특별하다 보니 이런 일이 벌어진 것이다.

여전히 임시로 지성을 맡고 있는 홍주민이 옆에 앉은 풍성 초후적에게 물었다.

"자네의 예상은 어떤가?"

"무격이가 이기는 거야 당연한 일이겠습니다만, 과연 얼마나 내실 있는 승리를 거두느냐가 관건이겠지요."

"호오. 전폭적으로 신뢰하고 있구먼."

"실력도, 실적도 있는 녀석입니다. 형운 저 아이가 떠오르는 별이기는 합니다만, 아직 어리지요."

초후적이 빙긋 웃었다.

이 시범 비무는 운중산 장로가 계획한 것이다. 현재 별의 수호자 내에서 가장 명성을 떨치고 있는 형운을 공개 비무로 누름으로써 실력을 과시, 정무격을 지성 자리에 올릴 셈이다.

별의 수호자의 인재층은 무섭도록 두텁다. 당장 오성에 올라도 아무 말이 안 나올 정도의 실력자는 찾기 어렵지만, 그건 강호 전체를 통틀어도 마찬가지다.

젊은 세대 중에 오성에 근접해 있는 실력자들은 정무격 말고도 여럿 있었다.

장로회 직속이라 별의 군세에는 속하지 않지만 오성과 필적하는 무위의 소유인 성운검대주가 손수 길러낸 제자 양준열, 은퇴한 전임 지성의 제자들, 외부 귀인들의 의뢰를 받고 호위 임무를 맡는 파견 경호대주 백건익 등등.

실적만으로 겨루자면 다들 쟁쟁하다. 그러니 이 자리에서 형운을 제물로 삼아서 정무격의 입지를 확고하게 다질 셈이었다.

홍주민이 능글맞게 웃으며 옆자리를 보았다. 그곳에는 귀혁과 이정운 장로, 그리고 서하령이 앉아 있었다.

"그렇다는데 자네는 어떻게 생각하나?"

"길고 짧은 건 대봐야 아는 법이지요. 무인은 나이 먹는다고 강해지는 게 아닙니다."

"굳이 결과를 보지 않아도 뻔한 일도 있지."

초후적이 코웃음을 쳤다.

귀혁도 싸늘하게 웃으며 받아쳤다.

"매사에 그런 식이니까 의외의 가능성을 발견하지 못하는 것이지. 뭐든지 종이 위에 적어둔 대로만 돌아가면 세상이 얼마나 재미없겠나?"

"그 자신감이 일각 후에는 어떻게 될지 궁금하군."

"그러게. 정말 궁금하군."

둘 사이에 냉기가 흘렀다. 주변에 앉은 사람들은 간이 쪼그라드는 기분이었지만 이런 상황을 만든 홍주민은 재미있어하며 웃고 있었다.

"그럼 이 늙은이를 쉬게 해줄 만한 인물인지 어디 두고 봄세."

그리고 비무대에서 형운과 정무격이 격돌했다.

7

무뚝뚝한 인상의 정무격은 8척(약 180센티미터)을 넘는 장신인 형운보다는 키가 약간 작았다. 하지만 근육이 발달해서 단단해 보이는 체격이었고 기파는 수천수만 번 두들겨서 연마한 칼날 같았다.

쾅!

첫 격돌에서 형운의 손날과 정무격의 도가 부딪치며 폭음이 울렸다.

정무격의 눈이 이채를 발했다.

이런 자리에서 첫수는 예의상 뻔히 보이는 가벼운 겨룸이게 마련이다. 정무격도 그런 마음가짐이었으나, 동시에 형운에게 실력 차를 보여주겠다는 생각도 있었다.

격돌의 순간, 정무격의 도가 절묘하게 비틀리며 가속했다. 형운의 손을 미끄러뜨리면서 자세를 무너뜨릴 의도였다.

하지만 형운은 그의 도세가 변화를 시작하는 바로 그 순간, 그보다 두 배는 빠른 속도로 대응수를 펼쳐서 의도를 봉해 버렸다. 그 결과 힘 대 힘의 격돌이 이루어지며 폭음이 울려 퍼졌다.

'일월성신! 말로는 들었지만 정말 저 나이에 내공이 나를 능가하다니……'

무인의 기량에 있어서 신체적 조건과 내공은 큰 영향을 발휘한다. 그 점은 고수가 된다고 해도 달라지지 않았다.

정무격의 내공은 7심이다.

이 경지에 도달한 것이 불과 몇 개월 전의 일이라 일곱 번째 기심은 불완전하다. 그래도 막대한 내공의 소유자라는 사실은 분명했다.

정무격 입장에서는 가벼운 한 수였지만, 형운 또래의 무인이라면 감당하기 어려운 충격이었을 것이다. 일반적인 무인이라면 형운처럼 대응하는 것이 오히려 내상을 부르는 악수로 작용할 수도 있었다.

하지만 형운은 전혀 흔들림이 없다. 내공으로는 정무격을 압도하니 당연한 일이다.

'빠르다!'

정무격 자신보다 빠르게 자세를 바로잡고 치고 들어오는 속도에는 간담이 서늘해질 지경이었다.

지금까지 보아온 그 누구보다도 뛰어난 신체 능력이다. 단순히 근력과 순발력만으로 보면 풍성 초후적보다 더 뛰어난 게 아닐까?

형운 역시 놀라고 있었다.

'역시 강해.'

정무격의 기파가 전신을 휘감아온다. 보이지 않는 기운이 기의 흐름을 압박하고, 물리적으로도 압력을 가해오고 있다.

의기상인(意氣傷人).

생각하는 힘만으로도 사람을 상하게 할 수 있다는 고차원적인 기술이다. 실전에서 이 기술을 능숙하게 쓴다는 것은, 정무격이 허공섭물을 자유자재로 다루는 경지에 올랐음을 보여준다.

형운의 머릿속에 귀혁의 가르침이 떠오른다.

'고수가 되는 길에는 두 가지가 있다. 하나는 신체를 쓰는 법을 연마하는 것이고, 또 하나는 기를 쓰는 법을 연마하는 것이다.'

무공이 인간을 초인으로 만들어주는 근원은 기를 제어하는 능력이다.

하지만 육신으로 체현하지 않고 내공과 기를 다루는 기술만을 연마한다면 무인이 아니라 기공사가 될 뿐이다. 무인이라면 육체와 기 양쪽을 고르게 연마하며 자신의 몸으로 이상을 체현할 수 있어야 한다.

시범 비무의 취지에 맞게 서로 살수를 쓰지 않고 기술전을 벌이는 지금, 형운은 정무격에게서 마창사괴의 일괴와 맞섰을 때 이상의 압력을 느꼈다. 다만······.

"음!"

정무격의 도법은 일괴의 창술보다 못했다.

신체 능력은 비슷한 수준일 것이다. 하지만 기술 하나하나의 완성도, 그것을 활용하는 능력도 일괴가 위였다.

그러나 육체를 다루는 무예가 아니라 기를 다루는 기공의 영역으로 들어가면 이야기가 완전히 달라진다.

정무격의 기공은 일괴보다 명백히 위였다. 위력적인 기공파를 사용할 수 없는 지금, 정무격의 의기상인은 대단히 유효한 기술이었다.

'확실히 강하긴 강한데······.'

형운 입장에서는 살수가 될 수 있는 위험한 기술들을 제외하더라도 공개 석상에서 모든 기술을 다 내보일 수는 없다. 그 점은 정무격도 마찬가지일 것이다.

중압진도, 운화도 봉하고 무심반사경의 사용 빈도도 최소한으로 억제하고 있다. 그런데도······.

'생각만큼 힘들진 않은데?'

혹시 정무격이 자신의 허점을 유도하기 위해 속임수를 쓰고 있는 게 아닌가 의심스러울 정도로 싸우기가 수월했다.

그렇게 느끼는 것은 형운만이 아니었다.

관중석에서 지켜보고 있던 이들, 그중에서 상황을 명확히 파악할 수 있을 정도의 고수들이 술렁거렸다.

"형운 저 아이가 이 정도였나?"

홍주민이 눈을 빛냈다.

사람들의 승패 예상은 정무격에게 기울어 있었다. 강호에서 형운이 성운의 기재조차 능가하는 무위의 소유자로 평가받는다지만 이제 20대에 접어든 청년일 뿐이다. 형운의 승리를 기대하는 이도 있기는 했지만 아무래도 정무격의 승리를 점치는 사람이 많았다.

그런데 막상 비무가 시작되고 나니 상황이 묘하게 돌아간다.

첫수부터 전혀 밀리지 않는 모습을 보여주더니, 갈수록 여유로워 보인다. 오히려 정무격 쪽이 점점 필사적으로 싸우고 있었다.

"이런……."

초후적도 경악하고 있었다.

형운에 대해서는 충분히 알고 있다고 생각했다. 제자인 마곡정을 통해서 얻는 정보도 있었고, 강연진도 운 장로의 눈 역할은 충실히 하고 있었으니까.

그런데 직접 눈앞에서 펼쳐진 현실은 예상을 초월했다.

귀혁이 비아냥거리는 소리가 들려왔다.

"설마 저 실력을 믿고 그렇게 큰소리를 친 건가? 난 또 뭔가 놀라운 한 수가 있나 싶었는데 고작 이 정도로 지성 자리를 내줘야 한다고 주장하다니, 쯧쯧. 풍성, 자네는 오성의 일원으로서 좀 더 스스로의 지위에 자부심을 갖는 게 어떻겠나?"

"뭐라고?"

"심상경까지 논하지는 않겠지만 최소한 팔대호법이나 칠왕과 맞서서 자기 안위를 지킬 수준은 되어야 할 터. 저 정도로 지성이 되었다가는 또 고인을 한 명 늘리는 것밖에 안 된다."

"크윽……!"

초후적이 이를 악물었다.

하지만 반박할 말이 없다. 상황이 시시각각 나빠지고 있었다.

점차 형운이 정무격을 몰아붙인다.

'기교만 보면 하령이랑 별 차이가 없어. 정말 이 정도인가?'

형운은 우세를 점하면서도 확신을 갖지 못했다.

서하령은 이미 허공섭물과 의기상인을 터득했다. 정무격의
의기상인은, 기교적인 측면에서는 서하령과 별 차이가 없다. 그
저 내공의 우위로 인해서 압력이 강할 뿐이다.

형운은 이미 의기상인에 익숙하다. 예전부터 귀혁을 통해서
의기상인을 겪어왔고 거기에 대한 대응법도 배워왔다.

'무예, 기공 양쪽 다 이 정도라고?'

정무격은 강하다. 하지만 신체 능력과 내공의 심후함을 제외
하고 순수하게 기술적인 측면만을 본다면?

기공은 그가 우위다. 그러나 무예를 포함해서 보면 서하령이
더 위다.

그 점이 형운을 혼란스럽게 했다. 별의 수호자의 젊은 세대
중에서 손꼽히는 강자 중에 한 사람이, 자기보다 훨씬 어린 서
하령보다 못하단 말인가?

'정말 이게 이 사람의 전력이라면…….'

형운은 혼란스러운 마음을 정리하고 결단을 내렸다.

목숨이 오가는 사투라면 좀 더 고민했을지도 모른다. 하지만
이것은 시범 비무다.

'여기서 끝낸다.'

형운의 움직임이 급가속했다.

정무격이 경악했다. 지금까지의 형운도 따라가기 벅찰 정도로 빨랐다. 의기상인으로 압박하고 있는데도 그 정도로 빠르다는 것을 믿기 어려울 정도로.

그런데 한층 더 빨라진다. 방금 전까지 두 번 행동하는 시간 동안 세 번 행동하는 속도로.

도저히 따라갈 수 없었다. 정무격의 도세를 뚫고 형운의 주먹이 뻗어나갔다.

"……."

형운의 주먹이 정무격의 코앞에서 멈춰 있었다. 그것으로 승부가 났다.

와아아아아아!

정적을 깨고 우레와 같은 함성 소리가 울려 퍼졌다.

8

형운과 정무격의 시범 비무는 많은 사람을 충격의 도가니로 몰아넣었다. 특히 이 시합을 계획한 풍성 초후적과 운 장로는 날벼락을 맞은 기분이었다.

비상식적인 것도 정도가 있다. 정무격은 분명 별의 수호자의 젊은 세대 중에서 손꼽힐 만한 실력자였다. 그런데 불과 스물한 살의, 그것도 무공에 입문한 지 겨우 8년 차인 형운이 그를 누르다니?

"다른 쪽에서도 난리가 났다더라."

형운에게 주변의 반응이 어떤지 전해준 것은 마곡정이었다.

형운이 물었다.

"다른 쪽이라면 어디?"

"지성 자리를 노리던 사람들이지 뭐. 너랑 한판해 보자는 소리가 쏙 들어갔다더만. 당장 너한테 지성 자리를 주자는 의견도 나오고 있다던데… 젠장."

"그건 사양하고 싶은데. 난 아직 사부님께 배워야 할 게 산더미 같다고."

"어제 그런 모습 보이고 나서 할 소리냐?"

"사부님이 종종 하시는 말씀이 있지."

"뭔데?"

"오성이 되려면 흑영신교의 팔대호법 정도는 일대일로 누를 수 있을 정도가 되라고. 오성은 누군가의 보호를 받는 자리가 아니라, 만인의 목숨을 책임지고 앞에 서야 하는 자리야. 아직은 내게 버거워."

형운은 냉정하게 스스로를 판단했다.

최고가 되겠다고, 그래서 귀혁의 자리를 이어받겠다고 다짐했다.

하지만 그게 지금은 아니다. 눈앞에서 흔들리는 유혹에 넘어가기에는 형운이 보고 겪은 위험이 너무 많았다.

"이번에는 많이 놀랐어."

"남들이 놀라면 몰라도 왜 네가 놀라?"

"너, 네 둘째 사형이랑 마지막으로 겨뤄본 게 언제야?"

"글쎄다? 꽤 오래됐지. 둘째 사형이야 워낙 바쁘고, 나랑 사이가 좋지도 않아서."

"…너랑 사이좋은 사형이 있긴 하냐?"

"그야 당연히… 이, 있다."

"누구? 오량 선배?"

"으음. 첫째 사형도 나를 귀여워해 주셨었다고."

"네 첫째 사형은 풍령국에서 일하고 계시잖아. 그게 언제 적 이야?"

"……."

"쯧쯧."

형운이 혀를 차자 마곡정이 발끈했다.

"젠장. 남들이 들으면 넌 사제들이랑 사이좋은 줄 알겠다?"

"나 연진이랑 사이좋은데?"

"사제가 열 명이나 있는데 사이좋은 건 달랑 한 명인 게 자랑 이냐? 게다가 걔는 운 장로님이 보낸 첩자잖아?"

"……."

이번에는 형운이 할 말이 없어졌다. 서로의 마음에 상처를 입 힌 두 사람은 잠시 동안 노려보다가 거의 동시에 한숨을 푹 쉬 었다.

마곡정이 화제를 돌렸다.

"어쨌든 둘째 사형하고 겨뤄봤냐는 건 왜?"

"아니, 이번에 시범 비무로 겨뤄보면서 느낀 건데……."

형운은 자신이 느낀 위화감을 말했다. 그러자 마곡정이 떨떠 름한 표정을 지었다.

"인정하기는 싫지만 그건 아무래도 누나가 성운의 기재라서 그런 것 아니겠어?"

그런 비상식적인 성장을 이루기에 성운의 기재가 천명을 받은 천재로 불리는 것이다.

"무예도, 기공도 기술적인 부분은 감각적인 부분이 크게 작용하니까. 다들 성운의 기재 하면 호들갑을 떨며 칭송하는 것은 바로 그런 부분이 뛰어나기 때문이겠지."

"그걸 감안해도 하령이는 좀……."

형운이 눈살을 찌푸렸다. 그는 행방을 알 수 없는 허용빈과, 흑영신교주에게 살해당한 사검우를 제외한 성운의 기재 전원을 만나보았다. 분명 그들은 하나같이 놀라운 재능의 소유자들이었다.

하지만 서하령의 재능은 그중에서도 특별했다.

"다들 무인으로서의 삶에 전념하는 사람들이었어. 하지만 하령이는 그렇지 않지."

서하령은 무공에 전념하지 않는다. 그녀가 무공 수련을 소홀히 한다는 의미는 아니지만, 이 장로의 후계자로서 연단술도 공부하고, 귀혁의 후계자가 되기 위해서도 온갖 학문을 배우고 있는데 그 양은 결코 녹록하지 않았다.

"그런데도 하령이는 다른 성운의 기재들에게 뒤떨어지지 않는단 말이지."

같은 성운의 기재들인데 재능의 격차가 그렇게 크단 말인가?

마곡정이 눈살을 찌푸렸다.

"그건 아마 누나가 광령익조의 혈통이라 그런 것도 있을걸?"

"대영수의 혈통이니까 육체의 잠재력이 뛰어나다고 하더라도……."

"아니 아니, 그런 의미가 아니라."

"그럼?"

"누나는 다른 영수의 혈통과는 많이 달라."

마곡정의 경우 영수의 힘을 일깨우면 내면에 자리한 청안설 표의 성질, 즉 야성이 강해진다. 어렸을 적에는 영수의 힘을 개 방할 때마다 야성에 사로잡혀서 이성이 휘발되었고, 그건 영수 의 혈통을 이어받은 자들에게서 쉽게 찾아볼 수 있는 문제였다.

서하령은 완전히 경우가 다르다. 그녀는 영수의 힘을 개방하 면 광령익조의 본질과 연결되며, 자신의 인격이 거기에 먹혀 사 라질 것을 두려워한다.

"누나가 '선조님'이라고 표현하는 건, 말하자면 광령익조가 다른 존재로 위장해서 살아갈 때의 인격들이 모인 거대한 군집 체인 것 같더라고."

광령익조는 영원히 새로운 삶을 살아가는, 한없이 신수에 가 까운 영수다.

그 존재의 시작은 인간이 역사를 기록하기도 전으로 추정된 다. 까마득한 세월 동안 무한히 전생하면서 확립한 무수한 인격 들이 본질에 누적되어 있었다.

"누나는 성운의 기재로 각성하기 전부터 천재였는데 그것도 언제나 광령익조의 본질과 이어져 있는 것과 관계가 있을 것 같 거든."

"그러니까… 음. 혹시 선조들이 이룩한 기억이나 감각을 이 어받고 있다는 거야? 굳이 영수의 힘을 개방하지 않더라도?"

"적극적인 것은 아니고 무의식중에 영향이 있는 정도로. 덤으로 그들은 지금도 누나가 특정한 사유를 하면 그것을 받아들여서 영감을 제공하는 게 아닐까……. 누나와 나는 그런 가설을 세우고 있어."

"그럴듯한 가설이군."

형운이 품은 의문의 답이 될 수 있는 가설이다.

마곡정이 말했다.

"너무 진지하게 생각할 필요는 없을 것 같은데. 어차피 허공섭물, 의기상인만 하더라도 평생 무공을 연마해도 도달할까 말까 한 경지잖아. 아무리 많은 비약을 먹는다고 해도 내공이 일정 수준 이상으로 심후해질 수 없는 것처럼……."

내공만 하더라도 기심을 하나 늘릴 때마다 난이도가 기하급수적으로 어려워진다. 많은 무인들이 4심이나 5심쯤에서 정체되어서 기심을 늘리기를 포기하고 있는 기심을 강화하는 데 전념한다.

6심 이상부터는 그저 비약 등의 수단으로 많은 기운을 체내에 유입시킨다고 해서 도달할 수 있는 경지가 아니다. 기에 대한 이해, 그것을 다루는 감각을 끌어 올려야만 보다 뛰어난 그릇을 만들 수 있다.

그러지 못한다면 아무리 극상의 비약을 먹더라도 자신의 것으로 소화하지 못하고 서서히 잃어버릴 뿐이다. 단순히 외부의 기를 받아들이는 것만으로 극상의 경지에 오를 수 있었다면 별의 수호자에는 9심의 내공을 이룬 자가 수두룩했을 것이다.

'이 녀석은 좀 예외지만.'

마곡정이 형운을 빤히 바라보았다. 형운의 성장은 무공의 상식을 완전히 무시하고 있다.

형운이 고개를 갸웃했다.

"왜 그런 눈으로 봐?"

"…아니, 아니다. 생각해 봤자 화만 나지."

마곡정이 구시렁거렸다.

9

귀혁은 형운이 떠나기 전에, 위진국으로 가면서 주의할 점들을 짚어주었다. 그의 눈에는 아직도 어리게만 보이는 제자가 먼 외국으로 나가게 됐으니 걱정되는 것도 당연했다.

"위진국은 황위 계승 과정에서 일어난 일들로 인해서 아직도 나라 분위기가 좀 어수선하니 주의하는 게 좋다. 우리 입지가 약하기도 하고."

"백리세가 때문이라고는 들었는데… 풍령국에도 금룡상단이 있잖아요? 왜 위진국 쪽의 입지가 눈에 띄게 약하죠?"

형운이 물었다.

대륙을 통틀어봤을 때, 최고의 금력을 지닌 집단 셋이 있다.

하운국에 총단을 둔 별의 수호자.

위진국에서 나는 새도 떨어뜨리는 권세를 자랑하는 백리세가.

풍령국에 총단을 둔 금룡상단.

이중에서 가장 넓은 사업망을 지닌 것은 별의 수호자다. 하지

청해궁으로 117

만 나머지 두 집단은 각각의 본거지가 있는 국가 안에서의 영향력이 매우 막강했다.

귀혁이 대답했다.

"금룡상단은 우리와 사업 영역이 별로 겹치지 않고 상부상조하는 거래 상대이기 때문이지."

금룡상단도 다양한 사업을 펼치고 있기는 하지만 가장 중시하는 것은 쌀과 소금, 그리고 철을 비롯한 광산업과 그것을 이용한 병장기 제조 및 유통이었다.

그들은 별의 수호자에서 약재와 비약을 받아다가 여기저기 팔고, 별의 수호자는 그들에게서 식량과 병장기를 구매한다. 서로 상부상조하는 관계라고 할 수 있다.

"백리세가는 지속적으로 위진국 황실과 밀접한 관계를 맺어온, 황실의 첫 번째 검이라고까지 불리는 가문이다. 우리가 위진국에서 정도 이상의 힘을 갖는 것을 끊임없이 견제하지."

어쨌거나 별의 수호자의 뿌리는 하운국이다. 위진국 황실에 충성하는 백리세가 입장에서 별의 수호자를 탐탁지 않게 보는 것은 지극히 당연한 일이다. 그리고 그들에게는 별의 수호자를 견제할 만한 힘이 있었다.

"권력을 가진 놈들이 무력과 금력까지 갖추고 있으니 쉽지가 않다."

원래 금력을 지닌 이들은 권력자들과 줄을 대어 입지를 확보하게 마련이다. 하지만 백리세가는 자체적으로 권력, 금력, 무력 세 가지를 모두 갖추고 있는 무서운 집단이었다.

"특히 백리검운 그놈은 나하고 감정이 좋지 않으니 주의하도록 해라."

"음. 그리고 보니 사부님, 전부터 여쭤보고 싶은 게 있었는데
요."

"뭐냐?"

"환예마존 그분을 제외하고, 이존팔객 중에서 사부님하고 사
이좋은 사람이 있어요?"

무상검존 나윤극하고는 여러 번 싸웠다고 한다.

설산검후 이자령과는 냉기가 풀풀 날린다.

혼마 한서우와는 사투를 벌여서 서로 저승 구경을 할 뻔한 사
이다.

암야살예 자혼에 대해서도 별로 좋은 감정을 품은 것 같지 않
다.

폭성검 백리검운에 대해서 이야기하는 태도를 보면 서로 불
구대천의 원수지간이라고 해도 믿겠다.

그나마 선검 기영준은 나쁘지 않은 관계로 보인다.

남은 것은 백무검룡 홍자겸과 풍마창 호준경 정도인데…….

귀혁이 말했다.

"딱히 마존, 그분과 내가 사이가 좋지는 않다만?"

"비교적 그래 보인다고 해두죠."

"흠. 영 불손한 생각이 느껴진다만……."

"어쨌거나요. 백무검룡이나 풍마창과는 사이가 어떠세요?"

"별로 안 좋다."

"……."

역시 그럴 것 같았다. 그런 생각이 노골적으로 드러나는 형운

의 눈길에 귀혁이 눈살을 찌푸렸다.

"풍마창과는 좋지도 나쁘지도 않다. 그냥 흑영신교 토벌 당시에 대연합을 구축하면서 몇 번 본 정도지."

"그럼 백무검룡은요?"

"충고하마."

"네?"

"혹시 위진국에서 그놈이 가까이 있다는 소리를 들으면 무조건 자리를 피해라."

"왜요?"

"그놈은 무공에 미친 놈이니까. 상식이 결여되어 있지. 일단 싹수가 있어 보이는 무인을 보면 칼부터 날리고 본다."

그런 사람이 어떻게 팔객으로 불린단 말인가? 형운이 황당해하자 귀혁이 설명해 주었다.

"강호 이야기에 그런 거 많이 나오지 않느냐? 무작정 공격해서 실력을 보는 것을 무인의 멋으로 생각하는 것. 그런 걸 굉장히 좋아하는 놈이니 주의하도록 해라. 50이 다 되어가는 나이에도 그랬는데 나이 좀 먹었다고 철이 들었을 것 같지는 않군."

"…주의할게요."

아무래도 동경심은 일찌감치 버리는 게 나을 것 같다. 그렇게 생각하는 형운에게 귀혁이 덧붙였다.

"그리고 화성에게 의지하지 마라."

위진국의 별의 군세를 책임지고 있는 것은 화성이었다. 현재 임시로 지성을 맡고 있는 홍주민의 제자로 현재의 오성 중에서는 가장 젊은 편이라고 한다.

형운이 의아해하며 물었다.

"아니, 홍 노사님하고는 사이좋으시잖아요. 근데 그분 제자인 화성은 왜……."

"사부와 사이가 좋다고 해서 그 제자와 사이가 좋으리란 법은 없지."

"……."

어째 귀혁이랑 사이좋은 사람 찾기가 더 어려운 것 같다. 별의 수호자 무인들에게 일종의 신화로 자리 잡은 인물인데 왜 안팎으로 다 으르렁거리는 사람들만 잔뜩인가?

귀혁이 말했다.

"화성은 제자가 일월성신에 도전했다가 실패한 일도 있어서 널 좋게 보지 않을 게다."

"네?"

형운이 깜짝 놀랐다. 자신 말고도 일월성신을 이루려고 한 사람이 있었단 말인가?

"너라는 성공 사례가 나왔고 그 뛰어남도 입증했으니 제2, 제3의 일월성신을 이루려고 하는 것이야 당연하지 않느냐? 화성의 제자는 실패했고, 수성의 제자가 단계를 밟는 중이고, 성운검대에서도 움직임이 있다."

"그렇긴 하군요. 하지만 일월성단은 쉽게 지원받을 수 있는 게 아니잖아요?"

형운은 이전까지 쌓아 올린 입지가 압도적인 귀혁이 늘그막에 들인 제자였기에 특혜를 받을 수 있었다. 하지만 원래 일월성단은 오성의 제자라고 해도 쉽게 취할 수 있는 것이 아니라서, 이후에 들인 제자단은 아직까지 일월성단 지원은 전혀 이야기가 없었다.

"그러니 그만한 입지가 있는 자들이 신중하게 도전 대상을 선별하는 것이지. 화성의 제자는 태양과 별을 먹었지만 이 둘을 융화하는 데 실패해서 달을 지급받지 못하게 되었다고 하더구나."

"허어……."

그런 일이 있었다면 화성이 형운을 좋게 보지 않을 만도 하다.

물론 형운 입장에서 보면 불합리한 감정이지만 사람 마음만큼 합리와 거리가 먼 것이 또 어디 있던가?

10

위진국을 향해 출발하기 전날 밤, 형운은 예은이 끓여준 차를 마시며 말했다.

"이렇게 아무것도 하지 않는 날도 오랜만이네."

"그러게요. 하루 종일 거처에만 계시는 것도 정말 간만이에요."

요즘 형운은 총단에 있는 동안에도 이런 수련 저런 수련을 하느라 거처에서 한가하게 시간을 보내는 일이 없었다. 그 점을 짚는 말에 형운이 피식 웃었다.

"가끔은 이런 시간도 괜찮은 것 같아. 음. 그러고 보니… 이번에 다녀오면, 어쩌면 예은이 너도 스무 살이 되겠네?"

"…내년 제 생일이 지날 때까지 안 돌아오실 생각이세요?"

형운보다 두 살 어린 예은은 올해 생일이 지나면 열아홉 살이 된다. 어이없어하는 그녀의 반문에 형운이 말했다.

"얼마나 걸릴지 감이 안 잡혀서 그래. 그쪽에서 얼마나 있을지 모르겠네."

청해궁에 전할 예물이야 미리미리 준비해서 위진국 쪽으로 보내둔 모양이지만 하운국을 서쪽에서 동쪽으로 가로지른 다음, 다시 위진국의 동쪽 끝까지 가서 그곳의 바다로 나가는 여로를 채 4개월도 안 되는 기간 만에 소화해 내겠다니 참으로 무모한 이야기였다.

형운이 왠지 아련한 눈으로 말했다.

"하지만 예은이 네가 벌써 스무 살이 목전이라니 참……."

문득 형운은 처음 예은을 봤을 때의 일을 떠올렸다.

당시 예은은 열한 살밖에 안 된 어린 소녀였다. 일찌감치 별의 수호자에 들어와서 허드렛일을 하다가 외모가 곱고 행동이 얌전해서 귀한 사람들을 모시는 시비로 교육받게 되었다. 그리고 견습 기간을 거쳐서 1년 정도 다른 곳에 배속되어 있다가 형운의 전속 시비로 배속된 것이다.

당시에 형운은 예은을 보면서 자기보다는 그녀가 더 귀한 신분 같다고 생각했던 것을 기억한다.

'지금도 예은이가 귀티 나긴 하지.'

예은은 지금도 나이보다는 좀 어려 보인다. 귀여운 인상에 체구가 작고, 행동이 얌전해서 사복을 입고 있을 때는 좋은 집안의 아가씨 같았다.

형운은 예은의 얼굴에서 예전의 모습을 찾아냈다. 8년 가까이 같이 지내다 보니, 장시간 어디 나갔다 올 때를 제외하면 눈에 띄는 변화를 느끼기가 어렵다. 하지만 옛날 기억을 떠올려 보면 세월의 흐름을 실감할 수 있었다.

"왜, 왜 그렇게 보세요?"

형운이 자신을 빤히 바라보자 예은이 부끄러워했다. 형운은 빙긋 웃으며 다른 이야기를 했다.

"외국에 나가는 건 처음인데 향수병 걸리는 거 아닌지 몰라."

"그러기 전에 후딱 일을 마치고 돌아오세요. 언제 돌아오셔도 집이 최고라고 생각하실 수 있도록 유지해 둘 테니까요."

"집이라……."

예은이 선택한 집이라는 단어가 왠지 의미심장하게 다가왔다.

귀혁의 제자가 된 후로는 이곳이 형운의 집이었다. 외부에 나가서 이런저런 일을 겪고 돌아올 때마다 그 의미는 점점 더 커져 갔다.

그리고 그 집에 예은이 있는 것도 당연한 일이 되었다. 어려서부터 지금까지 시중을 들어준 예은은 단순한 시비가 아니라 형운이 그리움을 느끼는 집의 일부, 가족이나 다름없는 사람이었다.

형운이 고개를 끄덕였다.

"그래. 집이 최고지. 올 때 선물 사 올게."

"안 사 오셔도 괜찮아요. 부디 몸조심하세요."

"응."

제55장
진조의 일족

성운을 먹는자

1

형운이 위진국을 향해 출발한 것은 신년 비무회가 끝난 지 나흘째 되는 날이었다.

일행의 수는 열여섯 명이었다. 형운과 그의 호위단 여덟 명, 그리고 서하령과 마곡정을 따라나선 호위무사 다섯 명.

원래 이정운 장로는 손녀가 외국으로 나간다는 사실에 호위무사를 잔뜩 붙여주려고 했지만 서하령이 거절했다. 일정도 빡빡한데 인원을 늘려서 좋을 것이 없었기 때문이다.

"일자가 맞을지 모르겠네. 너무 빨리 온 것 같은데……."

형운이 길 저편에 보이는 도시를 보며 중얼거렸다.

진해성을 떠난 뒤로 하운성을 지나 남쪽의 미우성으로, 그리고 거기서 다시 동남쪽으로 향해서 위진국과의 관문 역할을 하는 유운성으로 들어와서 국경 관문도시 운진을 앞두고 있었다.

여기까지 걸린 시간은 불과 한 달 반가량.

진해성에서 유운성까지 오려면 하운국을 북서쪽 끝부터 남동쪽 끝까지 비스듬하게 가로지르는 여정이라는 것을 감안하면 놀랍도록 빠른 속도였다.

일행 전원이 강철 같은 체력을 지닌 무인인 데다가, 사전에 완벽하게 계산된 여로를 따라서 중간중간에 지친 말들을 새 말들로 바꿔 타기까지 하면서 이동했기에 가능한 일정이었다.

하지만 그런 그들도 지쳐 있었다.

서하령이 말했다.

"어차피 일정에 여유도 있고 길이 어긋날 일도 없으니 운진에서 며칠 쉬어 가면 되잖아."

"그야 그렇지만."

형운은 미리 천유하와 서신을 주고받아서 운진에서 합류하기로 일정을 맞춰두었다. 어차피 목적지도 같으니 함께 행동하는 게 좋다고 여겼기 때문이다.

천유하도 기꺼이 형운의 제안을 받아들였다. 그에게는 정말로 고마운 제안이라 거절할 이유가 없었다.

곧 운진으로 들어서자 형운이 주변을 둘러보며 중얼거렸다.

"아직 우리나라도 못 가본 곳이 많은데 외국에 나가게 될 줄은 몰랐어."

운진은 위진국과의 관문도시답게 사람도 많고 활기가 넘쳤다. 두 나라 간의 무역을 책임지는 곳이니 당연한 일이다.

별의 수호자도 유운성 지부를 본성이 아닌 이곳에다 두었다. 일행은 이곳에서 위진국으로 출발하는 별의 수호자의 상단과 합류해서 국경을 넘을 계획이었다.

문득 서하령이 고개를 들었다.

"걱정할 필요는 없을 것 같아."

"응?"

뜬금없는 말에 형운이 의아해했다. 서하령은 설명하는 대신 샐쭉한 표정으로 말했다.

"오늘은 무조건 여기서 쉬고 내일 출발하는 거야, 알겠어?"

"그렇게 말하는 걸 보니 유하가 와 있나 보군."

성운의 기재끼리 공명한 모양이다. 조금 더 나아가다 보니 형운도 천유하의 존재를 알아차릴 수 있었다.

"아직 점심도 안 됐으니 식사만 하고 후딱 넘어가고 싶지만……."

그 말에 서하령이 눈을 부라렸다. 여기까지 워낙 강행군을 했기 때문에 오늘 하루는 푹 쉬고 싶었던 것이다.

형운도 그런 심정을 잘 알았다. 놀리기 위해 말해본 것뿐이다.

'내가 하령이를 놀리다니 이것도 격세지감이 느껴지는군.'

늘 그가 놀림받고 독설을 듣는 입장이다 보니 꽤 재미있다. 하지만 형운은 서하령 말고 다른 일행들을 생각해서 이쯤 해두기로 했다.

"어차피 지부에서 위진국으로 넘어가는 상단이 준비되어야 하니까 무조건 우리 사정을 밀어붙일 수도 없어. 오늘만이 아니라 며칠 쉬게 될 수도 있으니까 걱정 말라고."

"흥."

자기가 놀림받았다는 사실을 깨달은 서하령의 표정이 새침해
졌다.

2

형운이 말한 대로 국경을 넘기 위해서는 준비가 필요했다. 한
시가 급한 상황이기는 하지만 같이 국경을 넘는 상단이 채비를
마치려면 사흘은 걸린다고 해서 그동안 휴식을 취하게 되었다.

천유하가 물었다.

"서 소저랑 마곡정은?"

"피곤해서 쉰대."

그날 저녁, 형운과 천유하는 근처 주루로 가서 술잔을 기울였
다.

천유하가 웃었다.

"진해성에서 여기까지 한 달 반 만에 오다니……."

천유하의 경우 여기까지 오는 데 3개월하고도 보름 가까이
걸렸다. 진해성, 그것도 서쪽 끝에서부터 온 형운 일행보다는
오는 길이 가까웠고, 중간에 수로를 이용하거나, 인적이 없는
길은 수련 삼아서 경공으로 빠르게 이동했는데도 그랬다.

형운이 말했다.

"우리야 전원 말을 타고 왔으니까. 위진국 쪽에서도 어떻게
이동할지는 정해져 있기는 한데 여기까지 오는 길보다는 변수

가 많겠지. 일정이 빡빡하니 별일 없기를 바라지만……."

"나야 전적으로 의지하는 입장이니 잘 부탁한다."

천유하가 쓴웃음을 지었다.

그는 다른 조검문도를 대동하지 않고 혼자서 왔다. 초대장을 받은 것도 그 혼자였고, 외국에 나가는데 사문의 다른 사람들에게 같이 가자고 하기도 부담스러웠기 때문이다.

물론 형운의 제안이 아니었다면 누구든 일행으로 데려왔을 것이다. 생전 처음으로 외국에 나가는 몸이다 보니 형운의 마음 씀씀이가 고마웠다.

"어차피 같은 곳에 가는 길인데 뭘. 부담 갖지 마. 아, 그런데 혹시……."

"왜?"

"말 탈 줄 알아?"

"배워두기는 했어. 근데 별로 타본 적이 없는데……."

"진에 소저 보니까 엄청 빨리 배우더라. 너도 그럴걸."

두 사람은 못 보는 동안 있었던 일들을 이야기했다. 매번 오랜만에 만나는 것이다 보니 이야기할 거리는 차고 넘쳤다.

"예령공주님 생일은 어땠어?"

"굉장히 피곤한 자리였지."

천유하가 한숨을 쉬었다.

예령공주의 생일에는 당연히 황족을 비롯해서 귀하신 분들이 득시글거렸다. 천유하는 거기서는 정말 이질적인 존재였는지라 불편하기 짝이 없었다.

게다가 예령공주가 남들 이목을 아랑곳하지 않고 조금이라도 그와 붙어서 말을 나누려고 하는 바람에 더더욱 피곤해졌다. 예령공주에게 마음이 있는 좋은 집안의 자제들부터 시작해서 수많은 사람들이 못마땅한 시선을 보내오며 수군거렸으니…….

"진수성찬이 있었지만 모래를 씹는 기분이었지, 정말……."

그 상황을 상상만 해도 위가 거북해지는 것 같다. 천유하가 얼마나 고생했을지 눈에 선했다.

"여전히 고생이 많다, 정말."

형운은 그렇게밖에 해줄 말이 없었다.

영수 초련과의 일까지 들었을 때는 더더욱 그랬다.

3

밤바람은 시원했다.

형운은 높은 곳에서 운진의 야경을 내려다보고 있었다. 장소는 도시에서 가장 높은 건물인 승룡루라는 10층 주루의 지붕 위였다.

살짝 술기운이 올라서 그런지 충동적으로 평소라면 안 할 행동을 하고 말았다. 하지만 밤에도 곳곳에 불이 밝혀져 있고 사람의 기운이 느껴지는 풍경은 보기 좋았다.

문득 형운이 뒤를 돌아보며 물었다.

"누나도 좀 쉬지그래요?"

"…공자님께서 들어가서 쉬셔야 가능한 이야기입니다만."

그늘진 곳에서 가려의 대답이 들려왔다. 왠지 퉁명스러운 기색이라 형운은 웃고 말았다.

"미안해요. 기분이 들떠서 그만⋯⋯."

"많이 드신 것 같은데 괜찮으십니까?"

"살짝 취기가 도는 정도예요."

"취객들은 다들 그렇게 말하더군요."

"정말이라니까요. 내공으로 술기운을 날려 버리지 않는 경우에 주량이 얼마나 되는지 사부님하고 대작하면서 파악해 놨으니까 괜찮아요."

강호를 돌아다닐 때는 술을 조심해야 한다는 것이 귀혁의 지론이었다. 술에 취하면 아무리 고수라도 제 실력을 발휘할 수 없으니까.

그래서 형운이 술을 마실 만한 나이가 되자 대작을 통해서 철저하게 주량을 파악하게 했다. 주량을 파악하는 일조차도 검증을 위한 실험으로 여기는 것이 귀혁다운 점이라고 하겠다.

"누나, 나와보지 않을래요?"

"싫습니다."

"에이, 그러지 말고요."

"술 냄새 나는 사람에게는 가까이 가기 싫습니다."

"오, 누나도 술 냄새는 싫어하는군요. 혹시 술 자체를 싫어해요?"

"술 냄새만이 아니라 어떤 종류든 강한 냄새는 은신에 치명적입니다. 만약의 사태가 벌어졌을 경우에는 목숨이 오가는 문제입니다."

"⋯⋯."

웬일로 사람 냄새 나는 이야기를 듣나 했더니 곧바로 그런 기분을 싹 가시게 한다. 하지만 이어지는 말에 형운은 또다시 웃어버렸다.

"물론 술에 취한 사람의 냄새는 제가 아니더라도 싫어하겠지요. 하지만 저는 임무 수행을 위해 공자님의 말씀을 거부하겠습니다."

"누나도 점점 말솜씨가 늘어가는군요. 하아. 어쨌든 몸은 괜찮아요?"

"부하들보다는 멀쩡한 것 같습니다만, 공자님을 따라가려면 더 튼튼해져야겠지요."

"아이고, 내가 잘못했어요. 그만 그만."

날이 서 있는 가려의 대답에 형운이 장난스럽게 고개를 숙였다.

술기운 때문일까? 가려의 저런 반응을 보는 것이 굉장히 즐거웠다. 과거에는 상상도 할 수 없었던 일이지 않은가?

문득 형운이 물었다.

"누나는 뭐가 되고 싶어요?"

"질문의 요지를 이해 못 하겠습니다."

"그러니까… 다들 장래의 꿈이 있잖아요. 누나는 그런 거 없어요?"

"……."

가려는 곧바로 대답하지 않았다. 형운이 밤하늘의 별들을 움켜쥐듯이 손을 뻗었다.

"예전에는 모든 게 너무 막연했어요. 사부님의 제자가 될 때는 상황에 떠밀려서 선택한 것이나 다름없었지요."

성운의 기재를 뛰어넘고 싶다.

그때의 마음은 진정이라기보다는 충동이었다. 그저 비루하게 하루하루를 살아가는 것만으로도 버거웠던 어린 시절의 울분이 성운의 기재와, 그 편린을 찾는 자들에게 핍박받으며 폭발했던 것뿐이다.

"하지만 점점 더 제 안에서 목소리를 높이는 것들이 있었지요."

귀혁의 제자로서, 최고가 되어서 그의 뒤를 이어받고 싶다.

어렸을 때는 그저 막연하기만 한 목표였다. 하지만 이제는 뚜렷하게 추구해야 하는 꿈이 되었다.

"…모르겠습니다."

얼마나 시간이 흘렀을까?

계속되는 침묵에 형운이 머쓱해질 때쯤에야 가려가 입을 열었다.

"생각해 본 적이 없습니다."

"누나를 원하는 사람들이 많잖아요. 그런데도요?"

별의 수호자에서 가려를 높이 평가하는 이들은 많았다. 이전에 신년 비무회에서 오량을 누르고 우승했을 때 이후로 이런저런 권유가 계속 이어지고 있었다.

형운에게 혼마 한서우의 평가를 전해 들은 후로는 귀혁조차도 그녀에게 다른 자리를 권했을 정도다. 귀혁이 제안한 자리는 외부 귀인들의 의뢰를 받고 호위 임무를 수행하는 파견 경호대의 단주였고 그것은 지금보다는 훨씬 좋은 자리였다.

하지만 가려는 그 제안조차도 거절하고 형운의 곁에 남았다.

"아무것도……."

속삭이듯 말하는 가려의 목소리는 왠지 공허하게 들렸다.

"그래야 할 이유를 느끼게 하는 일이 아무것도 없었습니다."

"……."

"그저 잘되어야 하니까, 더 높은 자리에 가야 하니까… 그런 마음이 제게는 없습니다. 그래서 가끔은 무일이 좀 부럽기도 하지요."

무일은 형운을 모시기로 한 순간부터 출세하고 싶다는 욕망을 숨기지 않았다.

많은 사람들이 그런 욕망을 따라서 살아간다.

더 큰 것을 이루고 싶다.

사람들에게 인정받고 싶다.

그럼으로써 자신의 인생이 가치 있음을 인정받고자 하는 열망은 얼마나 건전한 것인가.

가려는 그런 마음을 이해할 수 없었다. 마치 먼 곳에서 벌어지는 일들을 전해 듣는 것처럼 공감하지 못하고 구경하기만 하는 삶이었다.

"전에……."

형운은 문득 그녀의 시선이 자신을 떠나는 것을 느꼈다. 하늘이라도 바라보는 것일까?

"공자님께서 말씀하셨지요. 저와 예은이를 가족처럼 생각하신다고."

"그랬지요. 지금도 그래요."

타인에게 들으면 참으로 낯간지러운 말이지만, 그것은 형운의 진심이었다.

"그렇게 말해준 사람은 처음이었습니다."

"……"

"제 미래는 상상하기 어렵습니다. 다른 사람들이 꿈꾸는 그런 미래를 상상해 봐도 아무런 감정도 일어나지 않습니다. 하지만……"

형운이 꿈을 이야기할 때, 그 꿈을 이룬 형운을 보고 싶다고 생각했다.

자신이 아닌 누군가의 미래를 그리면서, 그리고 그 곁에 있는 자신을 상상하며 두근거려 보았다.

"…하지만?"

가려가 말끝을 흐리며 침묵하자 형운이 물었다. 가려는 어둠 속에서 작게 고개를 저었다.

"아니, 아닙니다. 그저 공자님께서 꿈을 이루신다면 그때는 저도 이런 생활을 졸업해도 되겠다는 생각이 들었을 뿐입니다."

가려는 마음속에 떠올린 말들을 묻어두고 다른 말을 했다.

형운이 빙긋 웃으며 말했다.

"지금 졸업해도 괜찮은데요?"

"저를 해고하고 싶으신가 보군요."

"쳇."

잠시 후, 두 사람은 밤공기를 가르며 지부로 돌아갔다.

4

위진국으로의 입국은 순조롭게 이루어졌다.

형운 일행은 상단의 호위라는 명목으로 국경을 넘었다. 하운 국의 관문도시인 운진을 떠나서 위진국의 관문도시인 진운까지 오는 데 사흘이 걸렸고 그사이 이런저런 위협들이 존재했지 만……

"덕분에 무사히 왔습니다."

상단을 이끄는 우두머리 상인이 고개를 숙였다.

오는 길에 일행은 마적 떼를 만났다. 이번 상단은 형운 일행 말고는 달리 호위를 두지 않았으니 해볼 만하다고 여겼으리라. 마적단의 수는 50명이 넘었고 전원이 어느 정도 무공을 배운 자 들이었다.

물론 결과는 정해져 있었다.

습격해 온 그들이 추풍낙엽처럼 죽어나가고 살아남은 열다섯 명이 투항하기까지는 불과 일각도 걸리지 않았다. 일행은 투항 한 마적들을 포박한 뒤에 운진의 관군에게 넘겨서 포상을 약속 받았다.

"아뇨. 마적 떼로 끝나다니 운이 좋았지요. 요괴들도 많이 있 다고 해서 겁먹고 있었습니다만."

"요괴가 나타난다 한들 무슨 일이 있었을 것 같지 않군요. 과 연 강호에 위명이 자자하신 선풍권룡다우십니다."

그 말에 형운은 어색하게 웃고 말았다.

곧 상단을 진운의 지부까지 데려다준 일행은 하루를 쉰 뒤에 떠나기로 했다.

일이 일어난 것은 그날 저녁이었다.

"흠. 관문도시라서 그런가? 별로 차이를 못 느끼겠는데……."

형운이 천유하, 서하령, 마곡정과 함께 거리를 둘러보며 중얼거렸다.

외국에 나오면 한눈에 다른 나라라는 것을 알아볼 수 있는 차이가 있을 줄 알았는데 딱히 그렇지는 않았다. 언어와 문자는 중원삼국 모두가 똑같으니 그렇다 쳐도 건물들도 비슷해 보인다.

서하령이 말했다.

"확실히 음식도 비슷했고."

"그렇지?"

심지어 지부에서 마련해 준 식사도 별 차이를 느끼지 못했다. 못 먹어본 음식들이 있기는 했지만 그게 위진국이라서 그런 건지 아니면 그저 지금까지 접할 기회가 없었던 음식인지 잘 분간이 되지 않는다.

"나가는 순간 '아, 여기는 우리하고는 문화가 다르구나' 하고 느낄 정도가 되려면 변방으로 나가야 할지도 모르지."

중원삼국이 대륙의 패권을 쥐고 있지만 그들이 세상의 전부인 것은 아니다. 그들의 영토 바깥에 여러 소국들이 자리하고 있었다.

"여기보다는 오히려 설산이 더 다른 나라 같아."

"그 점은 나도 동감이야."

형운의 말에 서하령도 고개를 끄덕였다.

그래도 처음 와보는 외국이다 보니 다들 주변을 두리번거리면서 구경하느라 정신이 없었다. 하운국도 다 돌아보지 못한 젊은이들이다 보니 두 나라의 문물이 모여서 활기를 띤 국경도시의 풍경은 흥미로웠다.

"음?"

그러던 중 문득 형운이 하늘을 바라보며 눈살을 찌푸렸다.

"왜 그래?"

다들 의아해하며 형운을 바라보았다.

뭔가 이상한 점이 있나 싶어서 형운의 시선을 따라가 보았지만 아무것도 없는 하늘이 펼쳐져 있을 뿐이다. 하지만 형운의 표정이 점점 굳어지고 있었다.

"뭔가가 오고 있어."

"뭔가라니?"

"나도 잘은 모르겠는데……."

"내 시선을 눈치챈 것이냐?"

문득 여성의 목소리가 들려왔다.

순간 일행은 깜짝 놀랐다. 공간에 물결 같은 파문이 번져 나가며 거기서 한 사람이 모습을 드러냈기 때문이다. 축지였다.

나타난 것은 열예닐곱 살 정도로 보이는 소녀다. 하지만 그 외모는 누구나 인간이 아니라는 것을 알아볼 수 있을 정도로 이질적이었다.

푸른 기가 도는 흑발을 길게 늘어뜨렸고 이질적인 눈동자는 좌우의 색이 서로 다르다. 왼쪽은 청백색, 오른쪽은 황백색을 띠고 있었으며 동공조차도 검지 않고 그저 색이 더 짙을 뿐이다. 머리 양옆, 귀 위쪽으로는 청색과 붉은색이 섞인 작은 깃털들이 자리하고 있었다.

형운이 표정을 굳힌 채로 물었다.

"혹시 진조의 일족이십니까?"

"그러하느니라. 한눈에 알아보다니 놀랍구나… 아니, 잠깐."

신수 진조의 일족에 속하는 소녀가 불쑥 형운에게 다가왔다. 하마터면 손이 나갈 뻔했던 형운은 가까스로 행동을 자제할 수 있었다.

숨결조차 닿는 거리에서 소녀가 형운을, 정확히는 형운의 눈을 빤히 들여다본다. 마치 그 안에 있는 것을 살피려 하듯이.

소녀가 고개를 갸웃하며 물었다.

"흠. 네가 형운이라는 아이냐?"

"그렇습니다."

"그래서 알아보았나 보구나. 그런데 어째서 인간의 눈이 이토록 신안(神眼)에 가까운가? 신수의 혈통도 아닌데 기이하도다. 심지어 이 기운은… 너 정말 인간 맞느냐?"

"맞습니다만……."

"신기하도다. 신기해."

소녀는 마치 늙은이처럼 형운을 요리조리 뜯어보면서 고개를 끄덕거리고 있었다. 실로 무례한 행동이었지만 신수의 일족이라는 것을 안 이상 화를 낼 수도 없는 노릇이다.

문득 그녀가 주변을 두리번거렸다.

사람들이 멀찍이 물러난 채로 수군거리고 있었다. 개중에는 꿇어앉아서 기도를 하는 사람들도 보인다. 하운국에 운룡 신앙이 존재하듯 위진국에도 진조 신앙이 존재하니 자연스러운 반응이었다.

"이런 이런. 오랜만에 인세에 나오다 보니 이목을 신경 못 썼군. 잠시 같이 가자꾸나."

"네?"

형운이 의아해하는 순간이었다.

우우웅…….

희미한 진동음이 울리며 공간에 파문이 그려졌다.

다음 순간 일행은 호화로운 방에 와 있었다.

"여긴 어디인지 여쭤도 되겠습니까?"

형운이 침착하게 물었다. 이미 축지를 여러 번 겪어봤기에 당황하지 않을 수 있었다.

소녀가 말했다.

"황궁의 내 방이니라."

"……"

국경도시에서 위진국의 황궁까지 단번에 날아왔단 말인가?

어처구니가 없다. 하지만 운희의 축지를 겪어본 적이 있기에 어떻게든 받아들일 수 있었다.

"걱정 말거라. 용무가 끝나면 곧바로 돌려보내 줄 테니."

"그 전에 차라도 대접하지그래요, 언니?"

불쑥 끼어든 것은 또 다른 진조족 소녀였다. 일행을 데려온 소녀보다 두어 살 정도 더 어려 보인다. 눈매가 가느다랗고 웃는 모습이 애교 있는 그녀가 우아하게 윗사람으로서의 예를 표했다.

"언니가 막무가내라 놀랐죠? 나는 위진국 황실을 수호하는 진조의 일족 진려."

"그러고 보니 이름도 밝히지 않았구나. 나는 진령이니라."

"아무리 세속에 관심이 없어도 그렇지 기본적인 예의는 지키시지요. 인간들이 난감해하잖아요?"

"흠. 그러하느냐?"

"아니, 괜찮습……."

"난감한 게 맞구나. 이런. 내가 인간을 대해본 경험이 별로 없어서 실수를 하였다."

형운은 괜찮다고 말하려 했지만 진령이 난감해했다.

'아, 거짓말 안 통하지, 참.'

신수의 일족은 참과 거짓을 알아보는 능력이 있으니 예의상이라고 할지라도 거짓말이 통용되지 않는다. 그저 그걸 못 본 척 넘기느냐 아니냐의 문제일 뿐.

진령이 물었다.

"시간이 별로 없느냐?"

"그렇진 않습니다만……."

"음? 시간도 별로 없는 게냐?"

"……."

거짓말이 안 통한다고는 해도 겉치레로 하는 말까지 이런 식으로 따지고 넘어가니 상대하기 난감하다.

형운이 한숨을 쉬는데 서하령이 대신 나섰다.

"일정이 촉박하긴 하지만 어차피 오늘은 진운에 머무를 생각이었으니 며칠 동안 이곳에 있어야 하는 게 아니라면 문제가 되지 않습니다."

"그렇구나. 그래도 시간이 귀중하긴 하다는 말이군. 사전에 약속을 잡지 않고 귀중한 시간을 빼앗았으니 그 건은 내가 보상하도록 하마."

"감사합니다."

"그런데 시간이 아니라면 무엇이 문제냐?"

"……."

이번에는 서하령도 할 말을 잊었다. 사람을 다짜고짜 머나먼 황궁까지 끌고 와놓고 뭐가 문제냐고 묻다니, 어처구니가 없지만 진령은 진짜로 궁금해하고 있었다.

진려가 배시시 웃으며 나섰다.

"미안해요. 우리 언니는 기본적으로 방에 처박혀서 연구하는 것밖에 관심이 없어서 사람 대하는 게 서투르거든요. 시간을 많이 빼앗진 않을 것 같은데… 뭔가 오는 과정에서 문제가 있었나요?"

"실은 저희들과 좀 떨어져서 따라오던 호위들이 있는데 그들이 난감해할 것 같습니다. 소식을 전할 수 있으면 좋겠습니다만."

"아하, 그랬던 것이었구나. 흠. 어쩐다?"

"다시 돌아가서 설명하기보다는 빨리 용무를 마치고 돌려보내는 편이 나을 거예요, 언니. 그리고 빼앗은 시간은, 이들의 일정을 당길 수 있는 수단을 제공하는 것으로 보상하도록 하지요."

"그래야겠군. 하지만 형운 너는 참으로 신기하도다."

"아, 이 인간은 혹시… 일월성신 아닌가요?"

"응?"

진려가 형운을 보고 한 말에 진령이 의아해했다. 진려가 생글생글 웃으며 설명했다.

"해와 달과 별의 힘이 하나로 모인 존재. 별의 수호자의 연단술사들이 전설로 이야기하던 존재 말이에요."

"그게 실현되었다?"

"그런 것 같은데요?"

"흐음……. 하지만 다른 것도 섞여 있는 것 같다만?"

"설산의 심(芯) 같군요. 굉장히 흥미로워요."

두 진조족이 눈을 반짝이며 바라보는데 심히 부담스럽다. 형운이 움츠러드는데 진려가 일행을 휘 둘러보고는 말했다.

"그런데 다들 상당히 특이한 면면이 모여 있군요. 언니는 어쩜 데려와도 이런 인간들만 데려왔어요?"

"형운과 천유하, 두 명과 같이 있길래 데려왔는데, 흐음, 이제 보니 다른 이들도 흥미롭구나."

"……."

도대체 용무가 뭔지 감을 잡을 수가 없었다. 그런 일행의 기색을 읽었는지 진려가 말했다.

"언니가 당신들을 데려온 이유는 당신들 때문이에요. 별의 수호자의 형운, 조검문의 천유하가 맞나요?"

"그렇습니다."

형운과 천유하는 조금 놀랐지만 이내 평정을 되찾았다. 자신이 불린 이유를 알 것 같았기 때문이다.

진려가 말했다.

"짐작하는 바가 있는가 보군요. 우리가 당신들을 보고자 한 것은 봉인되어 있던 괴령을 멸하는 과정에서 당신들이 신기를 품었기 때문이에요. 특히 천유하, 당신은 진조의 신기를 품었지요. 이미 운룡족으로부터 확인 결과 이상 없다는 이야기를 듣기는 했지만 우리 입장에서는 그냥 지나칠 수는 없는 문제라서요."

"역시 그랬군요."

그 일로 운룡족에게도 불려 갔으니 진조족이 부른다 해도 이상할 것은 없었다.

"괴령을 멸하는 건에 대해서는 하운국에서 마무리할 일이었다. 그 뒤에 남는 문제들도 운룡족의 관할이지. 하지만 그대들이 이 나라로 들어온 이상 신기의 잔재가 남아 있지는 않은지 세심하게 확인할 필요가 있었다. 이 나라에는 좀 곤란한 문제가 남아 있는지라……."

"혹시 진야의 추락지를 말씀하시는 건가요?"

서하령이 자기도 모르게 끼어들었다. 진령과 진려의 시선이 자신에게로 향하자 그녀가 아차 했다.

"아, 죄송합니다. 제가 무례를……."

"아니, 괘념치 말거라. 네 말대로다."

지금으로부터 20여 년 전, 신기를 봉인한 채 하운국의 인간들 사이에 섞여 살다가 모종의 사건으로 인해 광기에 사로잡혀 대참사를 일으킨 진조족이 있으니 그가 바로 진야다. 당시에는 운룡족은 물론이고 귀혁을 비롯한 인간 무인들도 그를 제압하는

데 한몫 거들었다.

천공에서 마무리된 격전에서 패한 진야는 저주를 토해내며 지상으로 추락, 국경을 넘어서 위진국 깊숙한 곳에 떨어졌다. 그리고 그곳은 아직까지도 사람이 접근할 수 없는 마경(魔境)으로 불리고 있었다.

진려가 말했다.

"진야의 소멸은 확인되었지만, 만약 신기의 잔재를 지닌 인간이 그곳에 가까이 갈 경우에는 무슨 일이 벌어질지 알 수 없는 노릇이라서요. 천견장께서 말씀하시길 당신들이 그곳을 지날 가능성이 있으니 반드시 확인하라고 하시더군요."

"그랬던 거군요. 진야의 추락지가 아직도……."

서하령이 혀를 내둘렀다.

그녀는 진야 사건에 깊은 흥미를 갖고 있었다. 귀혁이 관여한 사건이기 때문이다. 서하령을 성운을 먹는 자 일맥의 후계자로 결정한 귀혁은, 신수의 일족과 싸운 그 사건에서 무학자로서 많은 영감을 얻었다고 말한 바 있었다.

하지만 진야가 추락한 지도 벌써 20여 년이 지났다. 그런데도 진조족이 이렇게나 조심스러운 모습을 보일 정도로 상태가 심각하단 말인가?

진령이 물었다.

"형운과 천유하여, 두 사람 다 잠시 손을 빌려주겠느냐?"

형운과 천유하가 손을 내밀자 진령이 서슴없이 두 사람의 손을 잡았다. 그리고 그녀의 눈이 묘한 빛을 발하면서 전신에서 뇌광이 일었다.

지지지직……!

하지만 눈으로 보일 정도의 뇌광이 일었는데도 형운과 천유하는 몸이 살짝 떨리는 정도의 자극만을 느꼈을 뿐이다. 동시에 두 사람은 진령으로부터 비롯된 기운이 자신들의 기맥을 샅샅이 훑고 지나갔음을 알았다.

'운룡족보다는 상식적인 방법이군.'

형운은 운조가 운룡을 보여주는 바람에 혼비백산했던 경험을 떠올렸다. 그에 비하면 진령의 방식은 참으로 상식적이다.

곧 그녀가 말했다.

"흠. 기묘하구나."

"네?"

"아, 천유하 너는 아무런 문제도 없다. 네게 깃들었던 신기는 사명을 다하고 하늘로 돌아갔느니라. 그러나 형운."

형운이 흠칫했다. 설마하니 자기한테 신기가 남아 있기라도 하단 말인가?

"네게도 신기의 잔재는 남아 있지 않다. 그런데 너는 신기로 행했던 일의 일부를 재현할 수 있구나. 그렇지 않으냐?"

"그렇습니다."

형운은 솔직하게 대답했다. 거짓이 통하지 않는 상대고, 대답을 피할 수도 없는 상황이다. 그러면 차라리 당당한 편이 나았다.

잠시 무거운 침묵이 내려앉았다. 진령이 형운을 빤히 바라보는 가운데, 진려가 쓴웃음을 지으며 나섰다.

"언니, 잠깐만요."

"음? 왜 그러느냐?"

"그러면 마치 죄인을 추궁하는 것 같잖아요. 개인의 호기심으로 인간에게 부담을 주면 안 되지요."

"내가 언제?"

무슨 말인지 모르겠다는 진령의 태도에 다들 어이없어했다. 진려가 한숨을 쉬며 나섰다.

"형운, 당신이 죄를 지은 것은 아니에요. 언니가 학자로서 흥미를 드러낸 것뿐이지요. 애당초 운룡족도 방치한 문제인데 우리가 뭐라고 할 일이 아니잖아요? 그러니까 긴장할 필요 없어요."

그 말에 형운은 자기도 모르게 안도의 한숨을 내쉬었다.

'아, 진짜 좋은 일 해주고도 왜 이런 기분을 맛봐야 하는 거야?'

억울한 기분도 들지만 진령은 자기가 형운을 압박했다는 자각조차 없는 것 같았다.

진려가 말했다.

"언니는 자꾸 오해를 사니까 잠시 물러나 계세요. 제가 말하지요."

"으음. 알겠다."

진령은 못마땅해하는 표정을 지으면서도 그 말에 따랐다. 자기가 상식이 부족하다는 자각 정도는 있는 모양이었다.

진려가 생긋 웃으며 말했다.

"기왕 오셨으니 수고스럽겠지만 그곳에서 있었던 일들을 이야기해 주지 않으시겠어요?"

천유하와 형운은 이전에 운룡족에게 했던 이야기를 그대로 두 진조족 소녀에게 했다. 두 사람의 이야기를 다 들은 두 소녀가 서로를 바라본다.

"네 명 모두 관계자였군요?"

진령은 형운과 천유하를 찾아갔을 뿐, 서하령과 마곡정에 대해서는 전혀 모르는 채로 데려온 것이다. 그런 사정을 눈치챈 일행은 어이가 없었다. 신 같은 권능을 지녔으면서 뭐 이리 일 처리가 헐렁한가?

진려가 말했다.

"그래도 보상이 부족할 일은 없을 테니 다행이네요."

"보상이요?"

형운이 의아해하며 물었다. 괴령을 멸한 건에 대한 보상이라면 이미 운룡족에게 받았는데?

"여기까지 불렀는데 아무것도 드리지 않고 보내면 진조족이 속이 좁다고 생각하실 것 같아서요. 약소하나마 보상을 준비했답니다."

진령이 형운을 빤히 들여다보며 말했다.

"마음 같아서는 형운, 그대는 좀 여기에 머물러 줬으면 싶기는 하지만… 시간이 귀하다 하니 그럴 수는 없겠구나."

"언니도 참. 인간이 그런 걸 달가워할 리가 없지요. 당장 우리랑 마주하고 있는 것 자체가 그리 좋은 경험이 아닐 텐데."

"하긴 인간은 우리를 별로 좋아하지 않지. 그럼 볼일을 빨리 끝내는 편이 낫겠구나. 형운, 천유하. 그대들을 위해 준비한 것이니 받아다오."

진조족이 형운과 천유하에게 준 보상은 팔찌였다. 두 사람이 의아해하자 진려가 말했다.

"좋은 거랍니다. 일단은 사악한 힘으로부터 당신들을 지켜줄 거예요."

'일단은'이라는 점이 묘하게 걸리지만, 그렇다고 따져 묻기도 부담스럽다. 형운과 천유하는 잠자코 팔찌를 찼다.

"그러면… 흠. 시간에 대한 보상도 해야겠군. 기왕 이렇게 되었으니 통 크게 보상하겠느니라."

진령이 머리 옆으로 손을 가져가서 깃털 하나를 뽑았다. 곧 그녀의 손에 청색과 붉은색을 띤 화려한 깃털 하나가 들려 나왔다.

'뽑으면 커지는 건가?'

진령의 머리 옆에 달린 깃털은 작은 새의 그것처럼 작았는데 뽑자마자 마치 맹금류의 그것처럼 커다랗게 변한다. 그녀가 그것을 형운에게 건네주며 물었다.

"일주일 정도면 충분하다 여기느냐?"

"네?"

"시간에 대한 보상 말이다."

"…죄송한데 말씀하시는 의미를 잘 모르겠습니다."

"음. 그러니까……."

진령이 표현을 고민했다. 결국 진려가 쓴웃음을 지으며 나섰다.

"그 깃털은 당신들의 일행이 일주일 걸려서 갈 길을 한 번에 이동할 수 있게 해줄 것입니다. 축지로 말이지요."

그 말에 다들 깜짝 놀랐다. 그런 일도 가능하단 말인가?

"어디까지 갈지 결정한 뒤에 깃털을 쓰면 될 겁니다. 쓰는 법은 깃털을 쥐고 '진령에게 청한다'고 말하세요."

"아, 알겠습니다."

"그럼 돌려보내 드리지요. 이 나라에서의 일이 순탄하길 바랍니다."

진려가 생긋 웃는 것과 동시에 주변 공간이 물결치며 일그러졌다.

웅성웅성…….

그리고 일행은 다시 진운 한복판에 와 있었다. 갑자기 나타난 그들을 보고 사람들이 수군거렸다.

"…귀신에게 홀린 기분이군."

"그러게."

형운의 중얼거림에 모두들 고개를 끄덕였다.

백일몽이라도 꾼 게 아닌지 의심스러울 지경이다. 하지만 손에 들린 진조족의 깃털이 현실에서 일어난 일임을 증명해 주고 있었다.

형운은 그것을 품에다 넣고 말했다.

"자, 그럼… 일단 도망치자."

일행은 수군거리는 사람들을 피해서 그곳을 떠났다.

형운 일행을 돌려보내고 나자 진령이 눈살을 찌푸리며 진려
를 바라보았다.

"정말 괜찮겠느냐?"

"신기의 잔재는 없었잖아요?"

"그래도 저 형운이라는 아이는 위험해 보인다만."

"물론 설산의 심이 깃들어 있다는 점을 감안하더라도, 신기
를 품었을 때나 행하던 일을 재현할 수 있다는 것은 깜짝 놀랄
일이지요."

진령은 형운이 신기 없이도 운화를 재현할 수 있음을 읽어내
었다. 그리고 그녀가 보기에 그것은 가벼이 넘길 수 없는 문제
였다.

일월성신의 기운은 한없이 정순하여 원기에 가까운 기운이
다. 삼라만상을 구성하는 기의 본질에 가까운 그 기운은, 사용
자인 형운이 사용법을 깨닫기만 하면 현계에서 일어나는 현상
중 재현하지 못할 것이 없으리라.

신기 없이 운화가 가능한 것도 그런 이유다. 괴령이 봉인된
유적에서, 형운이 운룡의 신기가 아니라 진조의 신기를 쥐었다
면 지금쯤 냉기와 더불어 뇌기를 자유자재로 다루는 존재가 되
었을 가능성이 컸다.

진려가 말했다.

"신기가 없는 이상, 천견장께서 말씀하신 대로 진야의 추락
지에 가까이 간다고 해도 문제 될 것은 없으리라 봐요. 혹여 불

상사가 닥칠 수는 있겠지만……."

"내 견해는 다르다."

"어째서요?"

"저것은 능히 신을 담을 수 있는 그릇이니라."

그 말에 진려가 놀란 표정을 지었다.

"그 정도인가요?"

"그러하다."

"하지만… 아아, 그렇군요. 저 정도라면 충분히 가능하겠네요."

"잡귀가 아닌, 진짜 신을 담을 만한 그릇이라 우려하지 않을 수 없구나."

"놀랍군요. 하지만 그렇다고 하더라도, 우리가 상관할 문제는 아니에요."

진려가 고개를 저었다.

"아니, 상관해서도 안 되는 문제지요."

"안타까운 일이군. 부디 재앙의 씨앗이 되지 않기를 바라는 수밖에."

진령이 한숨 섞인 목소리로 중얼거렸다.

7

화성 하성지는 별의 수호자의 오성 중에서 가장 젊었다. 물론 오성의 연령층이 높아서 그런 것이지 올해 생일이 지나면 60세가 되는 사람을 두고 '젊다'고 말하는 것은 무리이리라.

그보다 화성을 더 특별하게 만드는 것은 그녀가 오성 중 유일하게 여성이라는 점이다.

무인들의 성비는 남성이 압도적이고 그 점은 별의 군세도 다르지 않다. 그러다 보니 여성이 오성의 자리에까지 오르는 일은 기나긴 역사 속에서도 드문 사례였다.

"귀혁 그 작자의 제자가 오늘 도착한다고?"

올해로 60세가 되는 그녀는 외모상으로는 30대 초중반으로밖에 보이지 않았다. 그녀의 정체를 모르는 사람은 도저히 진짜 나이를 알 수 없으리라.

그녀는 눈매가 가늘고 다소 신경질적인 인상의 소유자였다. 여성치고는 저음의 목소리가 딱히 그런 의도가 없다고 하더라도 위압적으로 들렸다.

하지만 그런 것보다 더 눈에 띄는 것은 눈동자와 머리칼이다.

그녀의 눈동자는 자주색을 띠고 있었고 머리칼에는 미미하게 붉은 기가 돌았다. 영수의 혈통에서 비롯된 특성이었다.

"그렇습니다."

서류를 넘겨 보면서 대답한 것은 그녀의 셋째 제자 아윤이었다. 그는 사람 좋은 얼굴을 지닌 청년으로 20대 중후반 정도로 보였다.

하성지가 물었다.

"예정보다 훨씬 빠르군. 어째서지? 아무리 일정을 넉넉하게 잡았다고 해도 그 정도는 아닐 텐데?"

"진조족 분들과 접촉했다고 합니다."

"뭐?"

"거기 일행에 성운의 기재 천유하가 같이 있는데, 그가 하운국에서 한 일이 진조족과 관련이 있었나 봅니다. 그래서 그분들에게 불려 갔던 대신 일주일 거리를 축지로 뛰어넘었다는데요?"

"진조족, 여전히 제멋대로고 터무니없는 존재들이로군."

혀를 차던 하성지가 눈살을 찌푸렸다.

"넌 그 녀석이 온다는데 아무런 감정도 못 느끼느냐?"

"그야 감정을 느낄 구석이 없지 않습니까?"

"네가 나가서 망신당한 비무회에서 우승한 놈이 아니냐."

"그거야 제가 부족해서 그랬던 거지요. 직접 싸워서 깨지기라도 했으면 모를까 붙어보지도 못했는데 무슨 감정을 느낍니까?"

그는 형운이 오량과 처음으로 맞붙었던 그 비무회에 참가했던 적이 있었다. 당시에는 하성지가 그를 데리고 위진국 본부를 대행에게 맡겨두고 총단에 머무르던 시기였다.

못마땅한 눈으로 그를 바라보던 하성지가 손가락을 튕겼다. 그러자 딱 소리가 울리며 아윤의 고개가 옆으로 기울었다.

"사부님, 부디 격공의 기로 머리 때리는 건 관둬주시지요. 제 나이가 몇인데 이런… 컥."

항의하던 그를 향해 하성지가 또다시 손가락을 튕겼다. 무인들이 꿈꾸는 이상의 경지 중 하나인 격공의 기를 참 시시하게 사용하고 있었다.

"투쟁심도 없는 녀석 같으니. 내가 왜 이런 놈을 제자로 받았을꼬."

"몇 년 전까지만 해도 너는 내 제자 중에 최고다, 이 재능이면 영성의 자리도 노려볼 수 있다! 뭐 그러셨던 것 같은데……."

"지금도 그 생각이야 변함이 없다만."

하성지가 뚱한 표정으로 말하자 아윤이 어색하게 웃었다. 스승은 좋게 말하면 솔직하고 자유분방한 사람이고 나쁘게 말하면 제멋대로였다.

'나이 먹으면 철이 든다는 말을 진리처럼 설파한 인물은 사람들의 보편적인 소망을 이용해서 현자인 척하는 사기꾼이었던 게 분명하다.'

그녀의 제자로 생활하는 동안 아윤은 그런 생각을 굳히고 있었다.

하성지가 한숨을 쉬었다.

"짜증 나는군. 그놈의 일월성신, 어디 얼마나 잘났는지 낯짝을 봐야지."

"잘났겠지요. 강호에 위명이 자자하지 않습니까?"

"넌 그냥 입을 다물고 있거라."

"네네."

"……."

곧 공간을 격한 타격음과 함께 아윤의 신음이 울려 퍼졌다.

하성지가 문득 좋은 생각이 났다는 듯 미소 지었다.

"그러고 보니 마침 협력을 구할 만한 사안이 있었지."

"음? 설마 그 건 말입니까?"

"그래."

"저들은 아주 일정이 바쁜 것으로 알고 있습니다만. 총단에서의 지시도 저들이 청해궁으로 가는 일정을 최대한 당길 수 있도록 배려하라는……."

"어차피 진조족 때문에 일주일씩이나 일정을 당겼다고 하지 않느냐? 이 사안은 황실의 요청이니 우리에게 있어서도 아주 중요하고, 많은 인명이 걸려 있는 데다가, 심지어 저들이 가는 길목에서 벌어지는 일이기까지 하지. 충분히 협력을 구할 만하다고 본다만?"

"……."

아윤은 전혀 동의하지 않는다는 듯 눈살을 찌푸렸다. 하지만 하성지는 싹 무시하고 콧노래를 부르기 시작했다.

8

진조족 진령이 제공한 축지 덕분에 형운은 관문도시 진운을 떠난 지 불과 12일 만에 일차적인 목적지에 도착할 수 있었다.

"위진국 본단도 규모가 상당하네."

위진국은 총 아홉 개의 성으로 이루어져 있다.

하운국과의 관문 역할을 하는 진운은 광진성에 속해 있고, 그곳에서 동쪽으로는 영익성이 있다. 이 영익성은 북쪽으로는 풍령국과 국경을 맞댄 진벽성으로 이어지고, 남쪽으로는 위진국의 수도인 위진성으로 이어지는 실로 절묘한 위치였는지라 상업의 요충지라고 할 수 있었다. 별의 수호자가 위진국의 본단을 여기에 세운 것도 그런 이유였다.

위진국 본단은, 여기까지 오면서 본 지부나 사업체들과는 규모가 크게 달랐다. 총단보다야 못하지만 무척이나 넓었고 성도의 탑을 연상케 하는 연단술사들의 연구 시설도 있었다.

형운은 일행에게 여장을 풀라고 지시해 두고는 마곡정, 서하령과 함께 화성에게로 향했다.

현재 위진국 본단의 최고 권력자는 화성이다.

최고 권력 기구인 장로회의 열두 장로는 모두 하운국 총단에 있으니 당연한 일이다. 물론 그녀의 권한은 별의 군세에 한정되어 있고 나머지는 각 부서의 최고 책임자들 관할이기는 하지만 그녀가 하고자 해서 안 되는 일은 없다고 봐도 되리라.

"화성께서는 중요한 손님을 만나고 계시는지라 잠시만 기다려 주시기 바랍니다."

화성의 집무실 앞으로 찾아간 그들은 시종에게 이런 이야기를 듣고 눈살을 찌푸렸다. 먼 길을 온 사람들이 여장을 풀지도 못한 채로, 곧바로 오라고 부르기에 왔더니 이런 소리를 하다니…….

형운과 서하령, 마곡정이 서로 눈짓했다. 의도가 너무 뻔했기 때문이다.

'이런 질 낮은 수법으로 우리 기를 죽여보겠다? 거참.'

위진국에 파견 나와 있는 입장에서 하운국 총단에서 온 이들이 고까워 보일 수도 있으리라. 하지만 이건 너무 저질스러운 수작이 아닌가?

문득 서하령이 생긋 웃었다. 그야말로 꽃이 피어나는 듯 아름다운 미소인지라 손님들 상대로는 감정을 보이지 않도록 훈련받은 시종이 넋 나간 표정을 짓고 말았다.

"그 중요한 인물이 누구신지 모르겠지만 위진국 본단은 윗선에서 하달한 지시를 수행하는 절차가 엉망인가 보군요? 실망스럽네요."

"예? 그게 무슨 말씀이신지……."

"도착하자마자 화성께서 부르신다는 말을 전달받고 온 것인데, 설마 그사이에 '중요한 손님'이 오시진 않았을 것 아니에요? 추측해 보건대 화성께서는 우리 일행이 오면 곧바로 부르라는 지시를 미리 내려두셨을 것이고, 그 지시를 수정하시지 않은 채로 손님을 맞이하셨나 보군요. 그런데 그 사실을 고려하지 않고 무작정 미리 내려둔 지시만을 우선시해서 총단에서 먼 길을 온, 화성께서도 곧바로 보자고 했을 정도로 중요도가 높은 사람들을 서서 기다리게 하다니……."

서하령이 혀를 찼다.

당돌하기 짝이 없는 항의에 시종은 안절부절못했다. 상대가 따지고 들 경우를 귀띔받지 못한 것은 아니다. 그는 그런 상황에도 자기는 모르는 일이라는 식으로 철통같이 잡아뗄 수 있는 인물이었다.

그런데 왜 이렇게 안절부절못하는 것일까? 자기가 뭔가를 잘못한 것처럼 가슴이 뛰고 안정이 되질 않는다.

그 모습을 보며 형운과 마곡정은 속으로 혀를 찼다.

'이 무서운 여자 같으니.'

'음공하고 의기상인을 결합해서 이런 짓을 해?'

서하령은 미미하게 진기를 실은 목소리와 의기상인의 기술로 상대의 심신을 뜻대로 움직이고 있었다. 이미 무섭도록 세련된 기술을 구사하는 경지에 오른 것이다.

서하령이 의도적으로 경멸을 내비치며 말했다.

"하다못해 기다리는 동안의 대접조차 준비하지 않고 있다니, 하운국에서는 있을 수 없는 일이에요. 접대를 책임지는 시종장이 이런 실수를 저질렀다면 그 자리에서 끌려 나갔겠죠. 그런데도 뭘 잘못했는지도 모르는 얼굴을 하고 있다니 위진국 본단의 조직 체계가 얼마나 엉망인지 알 만하군요."

"…이 요망한 것이 듣자 듣자 하니까!"

쾅!

순간 문이 벌컥 열리면서 속에서 노기가 실린 여성의 목소리가 울렸다.

형운은 누군가 문고리를 잡고 연 것이 아니라 허공섭물로 열었음을 알아차렸다. 문 안쪽에는 두 사람이 있었고 누가 화성인지는 한눈에 알아볼 수 있었다.

자신을 노려보는 하성지의 시선에도 서하령은 전혀 주눅 들지 않았다.

"어머, 들리셨나요? 중요한 손님과 만나고 계시는데 말소리가 전혀 들리지 않길래 방음이 아주 잘되어 있나 했는데 그게 아니었나 보네요."

"이 장로님의 손녀라고 세상 무서운 줄 모르는구나."

"무슨 의도로 그런 말씀을 하시는 거지요?"

"뭐라고?"

"전 아랫사람들이 실수해서 위진국 본단의 명예를 실추시키는 문제를 지적하고 있는 건데요. 그 실수로 인해서 피해를 본

진조의 일족 161

제가 지적하는 것이 문제가 되나요?'

"……."

하성지의 표정이 일그러졌다. 자기가 서하령의 의도에 말렸음을 깨달은 것이다.

그녀는 금세 표정을 가라앉히고 말했다.

"아무래도 우리 애들이 일처리를 좀 실수한 것 같군. 그 점은 윗사람으로서 사과하도록 하지."

"천만에요. 화성께서 직접 사과하실 만한 일은 아니지요."

서하령은 화사하게 웃으며 집무실 안으로 들어섰다. 그 뒤를 따라 들어간 형운이 예를 올렸다.

"정식으로 인사드립니다. 영성의 대제자 형운입니다."

"풍성의 제자 마곡정입니다."

"이정운 장로의 손녀인 서하령이 화성을 뵈어요."

"흠……."

하성지는 못마땅한 기색이었지만 얌전히 인사를 받아줄 수밖에 없었다.

"먼 길 오느라 수고했다. 거기 앉도록. 이쪽은 내 제자다."

그녀의 시선이 향한 곳에는 사람 좋은 얼굴을 한 청년, 아윤이 서 있었다.

"셋째 제자인 아윤입니다. 오랜만이군요."

예전에 하성지가 총단에 왔을 때 데리고 왔던 일 때문에 모두 초면은 아니었다. 형운과 서하령은 묘한 눈으로 그를 바라보았다.

'실패한 일월성신이라더니…….'

화성은 자신의 제자를 일월성신으로 만들고자 했다가 실패했다.

그 제자가 바로 아윤이었다. 그는 일월성단─태양과 별을 먹었지만 그 둘을 융화하지 못해서 실패 판정을 받았다.

'하지만 역시 일월성단을 두 개나 먹은 사람답게 내공은 상당하군.'

일월성신의 눈이 아윤의 내공 수위와 기질을 본다.

그의 내공은 6심에 도달해 있었으며 기심 하나하나가 크고 강건했다. 전신의 기맥이 막힘없이 뚫려서 밀도 높은 기가 순환하니 내공으로는 웬만한 강호의 명사들을 능가하리라.

하지만 일월성신은 단순히 내공이 심후하다고 해서 될 수 있는 것이 아니다. 해와 달과 별, 세 개의 일월성단을 질적인 차원에서 융화할 수 있어야 하고 아윤은 그 목표를 달성하지 못했다.

하성지가 말했다.

"총단에서 전한 이야기는 들었다. 5월이 되기 전까지 청해궁에 가야 한다고?"

"네. 청해군도 쪽으로 가면 그쪽에서 안내자를 보내주겠다고 했습니다만……."

"그럼 일정에 좀 여유가 있군. 여기까지도 예정보다 훨씬 빨리 왔고."

"하지만 동해 연안까지 간다고 해도 거기서 청해군도까지 가는 시간을 감안하면 여유 부릴 수는 없지요."

"일정을 확실히 맞출 수 있도록 지원해 줄 테니 마음 놓아도 된다. 그보다 형운, 자네는 하운국에서는 성운의 기재를 능가하는 후기지수라는 위명이 자자하여 선풍권룡이라고 불린다던데?"

하성지가 물었다. 형운은 굳이 그녀의 시선에 담긴 감정을 읽을 것도 없이 빤히 들여다보이는 의도를 읽고 대비했다.

"부끄럽게도 그렇습니다."

"어릴 적에 보았을 때도 과연 영성의 제자답다고 생각했지만 그 나이에 그런 명성을 얻다니 정말 놀랍군. 영성의 제자 육성 능력이 정말 뛰어난 모양이야."

"과찬이십니다."

"모두들 입을 모아서 말하는데 그럴 것 같지는 않군. 그래서 말인데……."

하성지가 은근한 어조로 말했다.

"내 제자와 한 수 겨뤄보면 좋겠다. 젊은이들끼리 겨뤄보면 얻는 것도 있을 것 같은데 어떤가?"

이런 이야기가 나올 줄 알았다. 형운은 표정 하나 바꾸지 않고 말했다.

"죄송하지만 거절하겠습니다."

"뭐?"

하성지의 눈썹이 꿈틀거렸다. 아무리 영성의 제자라고 해도 그렇지, 위진국에서는 최고 권력자라고 할 수 있는 화성이 부탁조로 말했는데 단칼에 거절하고 나설 줄은 몰랐다.

순간 험악한 기파가 뿜어져 나왔지만 형운은 전혀 위축되지 않고 말했다.

"마음 같아서는 부탁을 들어드리고 싶습니다만, 떠나기 전에 사부님께서 위진국 본단의 무사들과는 비무를 하지 말라고 명령하신 바가 있어서 그럴 수가 없습니다. 화성께서 넓은 아량으로 양해해 주시면 감사하겠습니다."

"귀혁 그자가 그런 쩨쩨한 명령을 내려두다니… 아니, 그 작자라면 그러고도 남지."

화성이 짜증을 냈다.

그녀가 귀혁에 대한 감정이 좋지 않음을 생각하면 충분히 내릴 수 있는 지시다. 그녀 입장에서는 형운의, 정확히는 자신의 제자가 도전했다가 실패한 일월성신의 실력을 보고 싶어 할 것이고, 그러기 위한 가장 편한 수단은 비무니까.

형운은 고개를 숙인 채로 살짝 웃었다.

'거짓말이지만.'

귀혁은 그런 명령을 내린 적이 없었다. 하지만 형운이 화성의 의도를 막고자 자신을 핑계로 댄다면 기꺼이 그러라고 할 것이다.

사실 형운 입장에서 비무 한번 해주는 게 그리 큰일은 아니다. 하지만 낯선 타국으로 와서 여러 사람 책임지면서 여기까지 오는 것만으로도 피곤한데 괜히 일을 벌이고 싶지 않았다.

'가뜩이나 고깝게 보는데 내가 이기면 그것도 안 좋을 거고.'

적당히 실력을 감추고 져 주는 방법도 있겠지만 오성씩이나 되는 자가 그 정도도 몰라볼 것 같지는 않았다.

어쨌든 사부의 명령이라는데 억지로 하라고 강제할 수는 없는 노릇이다. 귀혁은 머나면 하운국에 있으니 아랑곳하지 않고

폭거를 휘두를 수도 있었지만, 새파랗게 어린 애들을 핍박하는
것은 하성지의 자존심이 용납하지 않는다.

"어쩔 수 없군."

"이해해 주시니 감사합니다."

"대신 다른 요청이 있다."

"네?"

"이것은 위진국의 별의 군세를 총괄하는 화성으로서 정식으
로 요청하는 것이다."

그녀는 의미심장한 미소를 지으며 실로 난감한 요구를 해왔
다.

9

"젠장. 완전히 말렸네."

화성과의 면담을 끝내고 숙소로 돌아온 형운은 신경질을 냈
다.

뒤따라 들어온 서하령이 물었다.

"그냥 거절하지 그랬어?"

"어떻게 그러냐?"

하성지의 제안은 다음과 같았다.

'현재 위진국 황실에서 우리에게 무력 지원 요청이 들어와 있다.
우리가 손이 좀 부족하니까 도와달라.'

일정이 촉박한 형운 일행 입장에서는 응할 이유가 없는 요구다. 하성지 역시 자신이 무리한 요구를 하고 있음을 알고 있었다.

문제는 그녀가 형운에 대해서 요긴한 정보를 알고 있었다는 점이다.

'이번 일에 흑영신교가 관여하고 있는 것으로 추정된다. 이미 근방에서 그들의 흔적이 발견되었다.'

흑영신교가 관여하고 있다니 형운 입장에서는 그냥 지나치기 어렵다. 하지만 당장 주어진 일을 저버리고 거기에 매진할 정도냐고 하면 그건 또 애매하다.

쐐기를 박은 것은 서하령이었다.

"미안해."

"……."

그녀가 사과를 하자 형운과 마곡정의 표정이 순간 굳었다. 그야말로 못 볼 것을 본 얼굴이라 서하령이 새침해졌다.

"왜, 왜 사람을 그런 눈으로 봐?"

"아니 그게……."

"누나에게 이런 일로 사과를 듣다니 내일 해가 서쪽에서 뜨는 게 아닌지 의심스럽… 커억!"

마곡정이 말하던 도중 뭔가에 맞고 쓰러졌다. 형운이 황당해하며 말했다.

"아니, 애를 패는 것도 모자라서 허공섭물을 쓰냐?"

요즘 마곡정이 실력이 늘어서 그런지 서하령이 폭력성을 드러내도 막아내서 한층 더 매를 버는 경우가 있었다. 그렇다고 허공섭물 같은 고도의 수법으로 사람을 패다니? 아윤이 보았다면 아마 우리 사부님이랑 똑같다면서 짙은 동병상련의 정을 드러냈을지도 모르겠다.

"내 개인적인 호기심으로 너희들을 끌어들인 셈이니까 나도 미안하다는 생각 정도는 해."

서하령이 얼굴을 붉힌 채로 슬쩍 시선을 피하며 투덜거렸다. 평소의 그녀답지 않은 모습에 형운은 순간 눈길을 빼앗기고 말았다.

'와, 귀엽잖아?'

직전에 마곡정을 때리지만 않았으면 참 좋았을 것을.

형운, 그리고 마곡정까지 하성지의 요청에 응하게 된 이유는 서하령이 자기라도 참여하겠다고 말했기 때문이다. 하성지의 요청은 일전에 진조족에게 불려 갔을 때 언급되었던 문제, 진야의 추락지에서 일어나는 문제를 해결하기 위한 무력 지원이었던 것이다.

서하령이 말했다.

"어디까지나 내 개인적인 호기심으로 가는 거니까, 너희가 나설 필요는 없어. 진조족 덕분에 일정이 일주일 당겨졌다고는 하지만 앞으로 무슨 문제가 또 있을지도 모르니까, 형운 너는 일행을 이끄는 데 집중하는 게……."

"야, 서하령."

형운이 그녀의 말을 끊고 나섰다. 왠지 표정이 무서워 보여서 서하령이 움찔했다. 형운이 그녀에게 이런 식으로 정색하는 것은 처음이었다.

"너도 참 너무한다."

"뭐, 뭐가?"

"우리가 그래도 여태까지 함께 많은 위험을 헤쳐 온… 음. 그러니까… 치, 친구라고."

형운은 서하령을 친구라고 말하는 것을 굉장히 어려워했지만, 말했다. 결국 말하고 말았다.

정색한 형운에게 압도되어 있던 서하령은 순간 맥이 탁 풀려서 웃어버리고 말았다.

"왜 잘 나가다가 거기서 삐끗해?"

"그런 게 아니라… 음. 어쨌든 어쩜 사람을 그렇게 매정한 놈 취급하냐? 너 혼자 보냈다가 혹시 문제라도 생기면 내가 사부님이랑 이 장로님을 무슨 낯으로 보겠어?"

"그러게 말이야."

마곡정이 의기상인으로 맞은 이마를 문지르며 툴툴거렸다.

서하령은 시선을 피하고 구시렁거리는 두 사람을 잠시 바라보다가 부드럽게 미소 지었다.

"하여튼 못 말리겠어. 남자들은 평생 철이 안 든다더니."

"야, 그게 왜……."

"아아, 됐어. 알겠으니까! 내가 이번 일에 뛰어든 이유나 설명할게."

서하령은 형운의 말을 잘라 버리고 자기 할 말을 했다. 뭐라고 하려던 형운은 그녀의 얼굴이 여전히 살짝 붉어져 있음을 깨닫고는 피식 웃고 말았다.

"이번 일은 진야 사건의 잔재잖아? 귀혁 아저씨도 관여하셨던, 현계의 인간들이 신수의 일족과 맞서서 멸한 역사적인 사건이야. 그때 귀혁 아저씨가 무엇을 보셨는지, 나도 그 편린이나마 보고 싶어."

그녀의 말대로 이번 일은 지금으로부터 20여 년 전, 세상을 발칵 뒤집어놓았던 진야 사건과 관계되어 있었다.

10

진야(震野).

진조의 일족이었던 그는 인간의 일에 예속되는 것을 싫어하는 성품의 소유자였다. 위해극의 부친이 그러했듯이 신위를 감추고, 스스로의 정체를 감춘 채 위진국을 떠나 하운국에서 인간들 사이에 녹아들어서 살아가고 있었다.

그런 진야가 미쳐 날뛰게 된 계기는 인간이었다.

당시는 하운국의 현 황제가 제위에 오른 지 얼마 안 된 시점이었다.

황위를 두고 그와 다투던 황족 중에 자신이 황위에 오르지 못했다는 사실에 큰 불만을 품은 이가 있었다. 그는 현 황제의 숙부인 자훈영이었다.

선대 황제와 20여 년의 나이 차가 났던 자훈영은 권좌에 대한 열망으로 금기를 범하고 만다.

보통 이런 경우에는 반역을 떠올리겠지만, 그의 발상은 좀 달

170 성운을 먹는 자

랐다.

'이 나라의 제위를 얻지 못한다면 새로운 나라를 세워서 권좌에
오르겠다!'

하운국 영토의 일부를 분리 독립시켜서 왕이 되겠다는 의도
였다.

예전에는 하운국의 영토에 속한 각 성들이 각각의 나라이기
는 했지만 이제 와서 분리 독립을 외치기에는 명분이 없다. 하
지만 그는 개의치 않았고, 황실에서는 좌시할 수 없는 일이었
다.

문제는 자훈영이 목적을 달성하고자 한 방식이었다. 지방 군
부를 장악하고, 그것을 기반으로 분리 독립을 시도하는 '현실적
인' 과정을 거쳤다면 사전에 막기 어렵지 않았으리라. 그러
나…….

'신위를 지닌 존재와 신명을 나누어 정통성을 확보해야 한다.'

자훈영은 하운국 황실이 그러했듯, 신위를 지닌 천계의 존재
와 신명을 나누어 가호를 받는 것이 우선이라고 여겼던 것이다.

대륙에 수많은 나라가 있지만, 거대한 제국을 이루고 천년의
역사를 지탱할 수 있었던 것은 황제가 신수의 가호를 받은 중원
삼국뿐이다. 다른 어떤 나라도 이토록 장구한 세월 동안 유지되
지 못했다.

그러나 신화의 시대는 오래전에 끝났다.

현계의 존재들은 더 이상 천계의 높은 곳에 있는 존재들과 신명을 나눌 기회를 얻을 수 없었다. 그저 천계의 낮은 곳에 오르고자 노력할 수 있을 뿐이다.

그렇다면 어떻게 해야 할까?

'신(神)과 마(魔)는 동전의 양면과도 같다. 그 경계에 속한 자들에게 초월적인 권세를 구하리라.'

모든 신이 선량하고 도덕적인 것은 아니다. 제멋대로인 신들은 얼마든지 있었다.

고대에 인신공양을 받은 신들이 모두 흑영신이나 광세천 같은 악신이었을 것 같은가?

그렇지 않다. 지금 와서 신화를 보면 인류를 거스르는 대가를 받고 인간에게 풍요를 약속한 신들은 한둘이 아니었고 그들은 인간의 문명이 발달하면서 역사의 이면으로 사라져 갔다.

자훈영은 그 존재가 명확한 신들 중에 적당한 자들을 골라 소통을 시도하였다. 그리고 신명을 받기 위한 조건을 듣고 그 대가를 지불하고자 하였으니…….

'신에게 바칠 만한 값어치가 있는 인간 천 명의 목숨을 대가로 바쳐라.'

긴 세월 동안 인간에게서 잊혀 있던 신의 요구 조건은 가혹

했다.

제정신으로는 수행할 수 없는 조건이었지만, 자훈영은 망설이지 않았다. 그는 자신의 야욕을 이룰 수 있다면 그 정도 희생은 불가피하다고 여기는 인물이었다.

황실의 눈길이 좀처럼 닿지 않는 곳에서 그의 충성스러운 수족들이 끔찍한 일들을 벌였다. 그것은 마인들의 소행으로 위장되었다.

하지만 이 흉사의 끝은 예상외로 허무하고, 참혹했다.

그들은 '제물'을 선별하는 과정에서, 인간으로 위장한 채로 살던 진야가 소중히 여기던 아이들을 해쳤다. 그 아이들 중 몇몇이 '신에게 바쳐질 만한 소양을 갖췄다'는 이유로 끔찍한 방법으로 살해당한 것을 본 진야는 미쳐 버리고 말았다.

인세에 재앙이 강림했다.

금기를 범한 신수의 일족은 그 순간부터 죽어간다. 자신의 근본이라 할 수 있는 진조에게로 돌아가지도 못하는, 완전한 죽음으로 향하는 길이었다.

진야는 개의치 않았다.

그는 하운국의 하늘을 공포의 뇌명으로 물들이며 하운국을 뒤흔들기 시작했다. 자훈영과 그를 따르던 모든 이들이 몰살당하기까지는 채 하루도 걸리지 않았으나, 일은 그것으로 끝나지 않았다.

진야는 이 시점에서 이미 미쳐 있었다.

'그자와 티끌만큼이라도 연관이 있는 자 모두를 죽이리라!'

자훈영을 처단한 시점에서 그가 죽인 목숨은 이미 네 자릿수에 달하고 있었다.

운룡족들이 나서서 그를 막고자 했지만 어려운 싸움이었다. 그들은 결코 자유롭지 않다. 항시 천계의 직무에 묶여 있기에 인세의 재앙을 막을 수 있는 자는 한정되어 있었다.

이 일에 진조족이나 풍혼족은 나설 수가 없었다. 그들은 신위를 봉하지 않는 한 인간들이 지도상에 그어둔 중원삼국의 국경을 침범할 수 없었기 때문이다.

몇몇 인간이 목숨을 걸고 신들의 싸움에 뛰어들지 않았다면, 어쩌면 세계의 운명이 바뀌었을지도 모른다.

11

"…진야와의 싸움에 참가해서 살아남은 사람은 지금은 모두 살아 있는 전설로 불리는 사람들이야."

서하령이 자신이 아는 진야 사건에 대해서 이야기해 주었다.

신들의 싸움에 끼어들 수 있는 초인은 극소수에 불과했다. 인간의 한계를 초월한 무위를 지닌 자들이 아니고서는 그들의 전장에 다가가는 것조차 불가능한 일이었으니까.

운룡족은 그 사실을 알았기에 하운국 황실이 제공한 정보에 따라서 하운국의 초인, 귀혁과 설산검후 이자령을 전장으로 이끌었다.

"암야살예 자혼은 귀혁 아저씨가 부르셨다고 해."

귀혁은 하운국 황실에서 거액의 보상금을 약속받고는, 그것을 의뢰비로 써서 암야살에 자혼을 끌어들였다.

"청해용왕 진본해의 경우는 순전히 천운이었다고 하고."

청해용왕 진본해가 이 일에 끼어들게 된 것은 기막힌 우연이었다. 당시 그는 몇몇 제자들에게 세상 경험을 시켜주고자 대륙을 주유하던 중이었고, 그의 족적을 파악하고 있던 별의 수호자를 통해서 요청을 받고 참가했다.

"진야의 폭주가 시작되고 나서 싸움이 끝나기까지는 불과 이틀이었어. 하지만 그 싸움은 실로 경천동지할 것이었다고 하지."

그 싸움에서 패한 진야는 뇌광을 흩뿌리며 지상으로 추락했다.

추락의 과정은 길었다. 어느 정도로 길었냐 하면 국경을 넘고 나서도 한참이나 날아가다가 위진국 한복판에 떨어졌을 정도다.

"우리가 국경을 넘어서 온 길보다도 더 먼 거리를 날아와서야 추락한 거야."

그렇게 진야는 죽음을 맞이했다. 하지만 모든 게 끝난 것은 아니었다.

"진야가 추락한 자리로부터 저주의 힘이 퍼져 나가서 일대의 영맥을 오염시켰어."

진야가 품은 일그러진 증오가 비극을 부른 것이다. 인간의 힘으로는 도저히 정화할 수 없는 저주의 힘이 영맥을 오염시켰고, 일대에서는 요괴들이 출몰하여 인간을 위협하게 되었다.

"진조족을 만난 뒤로 여기까지 오는 동안 간간히 조사해 봤는데, 20년 가까이 지났는데도 아직 그 저주가 건재하다고 해. 약해지기는커녕 때때로 비가 많이 와서 물이 넘치듯이 기세가 불어나는데 아마 지금이 그런 상황일 거야."

저주의 힘이 강해지기 시작하자 위진국 황실에서는 군대를 파견했다. 그리고 인근의 문파들과 별의 수호자에도 무력 지원을 요청한 것이다.

설명을 들은 형운이 중얼거렸다.

"흑영신교 놈들, 이런 곳에서 또 무슨 일을 꾸미고 있는 거지?"

여기에 흑영신교가 관여되어 있다는 것을 알게 되니 벌써부터 불길한 예감이 물밀듯이 몰려온다. 형운과 그들이 부딪치는 곳마다 심각한 문제가 아닌 곳이 없었으니 그럴 수밖에 없었다.

12

"일이 이렇게 될 줄은 몰랐군."

흑영신교주는 불길한 공기가 흐르는 산속을 걷고 있었다.

언뜻 보면 아무런 문제도 없어 보인다. 하지만 사방이 쥐 죽은 듯이 고요하여 새소리조차 들리지 않는 것은 이상하지 않은가?

게다가 기감에 집중해 보면 사방에서 이질적인 기운이 피어오르고 있었다. 평범한 사람이라면 숨쉬기가 불편하고 감각이 어그러져서 괴로워하리라.

흑영신교주 역시 편치 않은 표정이었다. 그저 호흡하는 것만으로도 인간으로서의 자신이 파괴되고 요괴로 변하지 않을까 우려될 정도의 요기(妖氣)다.

"굳이 직접 오셨어야 했습니까?"

그렇게 물은 것은 눈매가 가느다란 사내였다. 겉으로 보면 마인으로 보이지 않을 정도로 점잖은 학자풍 인상의 소유자지만 그 몸에서 질식할 것 같은 지독한 마기를 풍기고 있었다.

허리춤에 길이가 2척(약 60센티미터)에 달하는 커다란 두 개의 부채를 달고 있는 그는 팔대호법의 일원인 암운령이었다. 흑영신교주가 몸소 이곳에 행차하자 그를 호위하기 위해 따라온 것이다.

"인형들을 보내셨어도……."

"그래서는·아무것도 얻을 수 없다. 그리고 그래서야 굳이 내가 올 필요도 없지."

흑영신교주는 딱 잘라서 말했다.

이곳에서 벌어진 일은 흑영신교에게 있어서도 뜻밖의 재난이었다. 예상치 못한 사고로 인해서 이곳에 설립했던 연구 시설이 파괴되고 말았다.

그로 인한 손실도 문제지만 더 심각한 문제는 위진국 황실에서 파견한 군대와 그들에게 협력하는 정파의 무인들이 몰려들고 있다는 것이다.

이미 흑영신교가 이곳에서 뭔가를 하고 있었다는 정보는 새어 나갔다. 하지만 파괴된 연구 시설을 그들이 파헤치게 둘 수는 없었다. 그곳에 남아 있는 것들 중 가치 있는 것들은 회수하고, 흔적을 말살해야만 했다.

물론 그런 일은 굳이 교주가 위험을 감수하고 나설 필요가 없는 일이다. 교주가 직접 행차한 것은, 이 불의의 사태로 인해서 죽 찾아 헤매던 사냥감을 포착했기 때문이었다.

"설마 이런 곳에 숨어서 신녀의 예지를 피했을 줄이야. 코앞에다가 본 교의 인물들을 배치해 두었으면서도 모르고 있었다니 역시 세상일은 알 수가 없군."

교주가 쓴웃음을 지을 때였다.

쿠르르릉…….

먼 곳에서 진동이 울려 퍼지면서, 주변에 피어오르던 요기가 한층 강해지기 시작했다.

그리고 아무런 기척도 없던 주변에서 무수한 시선이 느껴지기 시작했다. 암운령이 즉시 두 개의 부채를 꺼내서 양손에 쥐며 말했다.

"조심하십시오."

"알겠다."

교주가 기파를 해방하며 주먹을 쥐었다. 곧 무수한 요괴들이 나무들 사이를 누비며 그들에게 덮쳐들었다.

제56장
동주제강(同舟濟江)

성운을 먹는 자

1

그는 우거진 수목이 자아내는 옅은 어둠 속에서 하늘을 올려다보고 있었다.

분명 나뭇가지와 나뭇잎들 사이로 미약한 빛이 스며들어 오는데도 마치 깊숙한 어둠 속을 헤매는 기분이다. 열이라도 있는 것처럼 머리가 멍해서 자기가 겪는 일들이 명료하게 다가오질 않는다. 자기의 생각인데도, 그리고 직접 행하는 일인데도 마치 먼 곳에서 일어나는 일들처럼 거리감이 느껴지는 기묘함.

그는 동시에 여러 곳에 있었다.

이곳에서 수목이 가린 하늘을 올려다보는 동시에 질주하고, 하늘을 날며, 누군가와 싸워서 죽이고 있다.

어떻게 그런 일이 가능한지 모르겠다. 꿈이라도 꾸고 있는 것일까?

누군가의 목소리가 들린다.

―괴물이다! 아악! 도망쳐!
―젠장! 이미 시체들이 요괴가 된 것인가!
―이럴 수가, 온갖 잡것들이 다 요괴가…….

지직, 지지지직…….

그 목소리에 의식을 집중하려는 순간, 잡음이 끼고 보이는 풍경이 흐릿해진다. 그리고 이미 과거의 기억이 되어버린 목소리가 들려온다.

'아이참. 오빠, 밥 거르지 말고 살랬죠? 쌀이 떨어진 것도 아니면서 왜 만날 밥도 안 해 먹고 방구석에서 뒹굴거려요? 이럴 거면 얼른 장가들어서 밥해줄 사람이라도 구하시든가.'

욕을 하는 건지 걱정해 주는 건지 모를 태도로 재잘거리면서 밥을 지어주던 소녀가 있었다. 같은 마을에 사는 청이라는 소녀였다.

아마 산중에서 약초를 캐다가 늑대를 만났을 때 구해준 이후였던 것 같다. 그 후로 오빠, 오빠 하고 귀찮게 따라다녔다.

그럴 때마다 귀찮다고 생각했지만…….

'오빠는 외지에서 왔다면서요? 고향이 어디예요? 아, 그리고 보니 이름은 진짜 안 알려줄 거예요? 계속 안 가르쳐 주면 이상한 이름 지어서 불러 버릴까 보다.'

지금은 그 목소리가 그립다.

더 이상 들을 수 없다는 사실에 눈물이 날 정도로.

'왜 그랬더라?

어째서 그 아이의 목소리를 들을 수 없는 거였더라?

어렴풋이 기억이 난다. 얼마 되지도 않은 일인 것 같은데 이상할 정도로 흐릿하지만…….

평화로운 시골 마을이었다.

진야의 추락지에서 비교적 가까운 곳이라서 근처 산에 종종 요괴들이 나타나기는 했지만, 대신 주변의 땅이 비옥하고 산에도 먹을 것이 풍부했다. 은퇴한 관병들이 마을에 무관을 세우고 사람들에게 무예를 가르쳤고, 자경단 노릇을 하는 그들의 실력은 제법 쓸 만한 수준이었다.

하지만 그럭저럭 잘 살아온 산골 마을의 평화는, 인력으로는 어쩔 수 없는 천재지변 앞에 끝장나고 말았다.

마치 비가 많이 와서 수해를 입듯이, 진야의 추락지에서 흘러나오는 저주의 힘이 넘쳤다.

몇 년에 한 번씩 있는 일이지만 마을 사람들은 크게 걱정하지 않았다. 그래 봤자 요괴가 좀 더 많이 출몰하는 정도지 마을이 직접적으로 위협받았던 적은 없었기 때문이다.

그런데 만약을 대비하여 산에 올라가 있던 관군의 선발대가 혼비백산하여 후퇴해 왔다.

'당장 도망쳐야 합니다! 요괴가 홍수처럼 넘치고 있소!'

그들은 마을 사람들을 데리고 피난하면서, 본대에 지원을 요청했다. 본대는 차근차근 포위망을 구축하고 다가오는 중이었으니 병력 중 일부만 파견해 줬어도 마을 사람들은 살 수 있었으리라.

하지만 지원은 오지 않았다. 겁에 질려 울부짖던 사람들은 그 이유를 모르는 채로 몰살당했다.

'왜였을까?'

그리고 그는…….

지직, 지지지지직.

잡음이 끼어들면서 그의 의식이 또다시 도약한다. 보다 먼 과거로 뛰어들고 있었다.

2

그가 태어난 고향도 시골이었다. 몰락한 무가의 자식으로 태어나서, 어린 시절부터 관병이 되는 것을 꿈꾸면서 부친에게 무예를 배웠다. 부친은 젊은 시절의 부상으로 인해서 몸이 불편하여 집안 살림은 곤궁했다. 특히 남매가 넷이라 먹을 입이 많으니 더더욱 그랬다.

어려서부터 무예에 재능이 있다는 소리를 들었던 만큼, 그는 관병이 되면 가족에게 도움이 될 수 있다고 생각했다. 공을 세워 출세하면 다들 웃으며 살 수 있는 때가 오리라.

하지만 그런 날은 오지 않았다.

파국은 열세 살이 되는 해에 찾아왔다.

'과연 성운의 기재로군.'

다짜고짜 주먹질, 칼질을 하더니 흡족한 듯 영문 모를 소리를 하면서 그를 끌고 가고자 하는 자들이 있었다.

그런 자가 한둘이 아니었다. 그를 납치하려고 들지를 않나, 집안에 난입하더니 서로 싸우면서 없는 살림을 만신창이로 만들더니 가족을 인질로 잡고 그를 협박하기까지 했다.

가족은 여럿이었고, 그를 원하는 무리도 여럿이었다.

비극은 예정되어 있었다.

'오빠! 살려줘!'

영원히 잊지 못할, 여동생의 마지막 말이었다.

남동생과 여동생을 인질로 잡은 자들이 본보기를 보이겠다면서 여동생의 팔을 꺾었다. 죽일 생각은 아니었을 것이다. 하지만 몸이 약했던 여동생은 그 충격으로 숨이 끊어져 버리고 말았다.

목숨을 잃은 것은 여동생만이 아니었다. 결국 가족 모두가 그를 탐내는 미친놈들이 벌인 난리 통에 죽고 말았다.

'왜 이런 일을 겪어야 하죠?'

그는 악귀들의 손아귀에서 자신을 살려준 은인에게 따져 물었다.

'우린, 나는… 아무런 잘못도 하지 않았는데! 왜? 왜……!'

은인은 그 이유를 말해주었다.

'너는 성운의 기재다. 시대를 떨쳐 울릴 힘이 네 안에 잠재되어 있기에 그들이 너를 바란 것이다.'

그의 입장에서는 납득할 수 없는 말들의 나열에 불과했다.

은인은 받아들이라고 권하지 않았다. 분노하고, 자신의 의도를 의심하는 그를 먼 곳으로… 몸을 감추고 살 수 있는 곳으로 데려다주었을 뿐이다.

자신에게 아무것도 바라지 않고 떠나가는 은인을 보며 그는 물었다.

'왜 살아야 하죠?'
'살아 있으니까.'
'그저 살아 있다는 이유만으로 살아야 한다고요? 난 그럴 이유를 모르겠어요.'

'언젠가 그 답을 알게 되었으면 좋겠구나. 난 네게 답을 알려줄 수 없어. 왜냐하면 나는 살아야 하는 이유를 의심해 본 적이 없는 배부른 사람이니까.'

'왜 나를 살렸나요? 왜 살아갈 장소를 만들어준 거죠?'

'그럴 수 있었으니까.'

'······.'

'일단은 살아봐라. 그러고 나서 결정해도 늦지 않아.'

'은공의 이름을 알려주세요.'

은인은 그때까지 자신이 누구인지 알려주지 않았다. 하지만 대답을 망설이지도 않았다.

'자혼. 강호에서는 암야살예라는 허명으로 불리지.'

그리고 그녀가 구한 소년의 이름은 허용빈이라고 했다.

3

형운은 탐탁지 않은 표정으로 가려를 바라보았다.

"누나, 그냥 빠지면 안 되겠어요?"

"절대 안 됩니다."

가려가 고집스럽게 대답했다. 예상한 그대로의 반응이라 형운이 한숨을 쉬었다.

형운과 서하령, 마곡정은 화성의 요청에 의하여 무력 지원에 나서게 되었다.

이번 일이 얼마나 시일을 잡아먹을지 모르지만 일정 변경은 불가피했다. 어쩔 수 없이 일행을 둘로 나누기로 했다.

형운과 서하령, 마곡정은 무력 지원에 나서고 다른 일행은 예정대로 이동한다. 이 셋이라면 나중에 좀 무리해서 따라잡는 게 가능하다는 계산하에 내린 결정이었다.

하지만 가려는 격렬하게 반발하고 나섰다.

애당초 다른 일행들은 모두 호위무사들, 즉 세 사람을 호위할 목적으로 따라온 이들이다. 위험에 뛰어들면서 이들을 떼어두고 행동한다니 얼마나 어처구니없는 일이란 말인가?

결국 가려는 형운과 함께 가고, 무일이 다른 일행을 인솔해서 이동하기로 결정했다.

무일은 자신도 남겠다며 반발했지만 형운이 열심히 설득했다. 단장과 부단장이 다 없어지면 호위단을 통솔할 사람이 없다는 문제가 있고, 또 하성지가 충분한 수의 무사들을 지원해 줄 것을 약속했기에 어떻게든 설득할 수 있었다.

"하아. 뭐 누나 실력이면 괜찮겠죠. 그런데……."

형운이 또 다른 사람에게로 시선을 옮겼다.

"유하, 너는 정말 괜찮겠어?"

"물론이야."

천유하도 이번 일에 함께 하겠다고 한 것이다.

"네게 진 빚을 갚기는커녕 계속 불어만 나고 있는데 이런 일을 모른 척할 수는 없지."

"너도 참……."

형운은 그의 태도에 감격했다. 천유하는 이번 일과는 아무런 상관도 없는 외부인이다. 그런데 굳이 함께 위험한 일에 뛰어들겠다고 하다니…….

천유하가 쑥스러워하며 변명했다.

"그리고 진조족에게 귀한 보물도 선물받았으니 위진국을 위해서 뭔가 하긴 해야 할 것 같아서."

"고마워요, 천 소협."

서하령이 고개를 숙였다. 사실 고마워해야 할 것은 형운이 아니라 그녀였다.

일행이 떠날 채비를 갖추고 있는데 하성지와 아윤이 다가왔다. 하성지가 뻐딱한 표정으로 천유하를 보며 말했다.

"유성검룡, 자네는 아무런 상관도 없는 외부인이다. 정말 괜찮은가?"

"제 의지로 정한 일이니 괘념치 않으셔도 됩니다. 별의 수호자에는 신세 진 일도 많으니까요."

"흠. 자네의 뜻이 그렇다면 어쩔 수 없군. 그럼 출발하지. 좀 서두를 테니 열심히 따라오도록."

4

진야가 추락한 지점은 영익성의 동북쪽 외곽이다. 위진국 본단이 있는 곳에서 진야의 추락지에서 가장 가까운 도시인 분정까지는 말을 타고 서둘러도 나흘은 걸리는 거리였다.

하지만 일행은 이 거리를 하루 만에 주파했다.

"…언제쯤 느긋하게 풍광을 즐기며 이동할 수 있을지 모르겠네."

서하령이 투덜거렸다.

말을 타고 이동할 경우, 단거리에서는 굉장히 빠르지만 장거리에서는 생각만큼 빠르지는 않다. 말의 지구력은 생각보다 약하기 때문이었다.

그렇기에 형운 일행은 이번 여행 내내 별의 수호자 지부나 사업체에 들를 때마다 말을 바꿔 타면서 강행군을 펼쳤다. 하지만 그것도 이 하루에 비하면 아주 느긋한 일정이었다.

하성지가 지친 말에서 내리면서 투덜거렸다.

"매번 이런 느려 터진 속도로 이동해야 하니 원."

"……."

다들 할 말을 잃었다.

그녀의 말에 약간이나마 공감하는 것은 단 한 사람, 형운뿐이었다.

'이런 걸로 공감하긴 싫지만.'

일행은 군대에서 아주 급한 소식을 전하기 위해 전령을 운용할 때를 연상케 하는 속도로 움직였다. 하지만 형운 입장에서 보면 아무리 말이 빨라봤자 자신이 경공을 펼치는 것보다는 느리다. 귀혁처럼 울려 퍼지는 소리를 앞서갈 정도는 아니지만 형운도 마음만 먹으면 말보다 몇 배는 빠른 속도로 지형을 무시하고 몇 시진이고 달릴 수 있는 것이다.

형운이 말을 타고 움직이는 것은 어디까지나 다른 일행들이 있기 때문이다. 경공을 숙련한 무인들은 거리에 대한 개념이 일반인과는 전혀 달라지지만, 그런 그들에게도 말은 빠른 이동 수단이니까.

하성지가 말했다.

"다들 오전에는 쉬도록 해라."

하성지와 형운은 멀쩡했지만 나머지 사람들은 좀 지쳐 있었다. 특히 하성지가 데려온 화성 호위대원들은 당장 휴식이 필요해 보였다.

"일단 나는… 흠. 아니, 형운, 자네도 멀쩡한 것 같으니 나와 함께 관군이 있는 곳으로 가서 책임자를 만나지."

"관군의 책임자라면 누구인가요?"

"말해주면 아나?"

"물론 모르지만 신분이나 직함 정도는 알아두어야 무례를 범하는 일이 없지 않겠습니까?"

"말솜씨가 좋군. 제도수비대장인 백리 장군이다."

하성지가 코웃음을 치며 대답해 주자 형운은 일순 굳었다.

"…백리 장군이라면, 혹시 백리세가의 가주인 폭성검 백리검운을 말씀하시는 겁니까?"

"그렇다."

"……."

"그만큼 위진국 황실에서도 이곳의 일을 가벼이 보지 않는다는 의미다. 물론 백리 장군이 재작년에 실추된 명예를 회복하겠답시고 좀 공훈을 얻을 수 있을 것 같은 일에 자꾸 끼어들고 있기도 하지만……."

백리검운은 2년 전, 위진국의 제위를 두고 일어난 다툼에서

낭패를 당했다.

　황궁에서 대혼란이 일어나는 동안 흑영신교에게 급습당해서 그 자신은 중상을 입고 제자인 사검우는 살해당하고 만 것이다. 그 결과 황궁을 뒤흔든 무력 충돌이 정리되고, 새로운 황제가 옥좌를 차지할 때까지 아무것도 못 하고 침상에 누워 있어야 했다.

　황실의 첫 번째 검을 자처하는 백리세가의 가주이며 제도수비군을 이끄는 장군 입장에서는 너무나도 치욕스러운 일이었다. 한참 동안 정양하고 작년에 대외 활동을 재개한 그는 열정적으로 공을 탐하고 있었다.

　잠시 생각하던 형운이 말했다.

　"죄송하지만 전 여기에 있겠습니다."

　"합당한 이유가 있나?"

　"화성께서도 제 사부님과 백리 장군의 사이가 좋지 않음을 아실 겁니다. 백리 장군께서 제 존재를 아실지 모르겠지만, 안다고 가정해 보면 제가 그분을 만나는 게 결코 좋은 결과를 낳을 것 같지 않습니다만?"

　"바보는 아니구나. 해야 할 말은 확실히 할 줄 알고."

　하성지는 씩 웃고는 돌아섰다. 형운은 그녀가 자신을 시험했다는 사실을 깨달았다. 단순히 무위를 보고자 함이 아니라 과연 위에 설 만한 인재인지, 그 사람됨을 살피고자 하는 것이다.

　'방심할 수가 없네, 이거.'

　일행은 모두 기력을 회복하기 위해서 운기조식을 하고 있었다.

형운은 가려와 서하령, 마곡정, 천유하가 운기조식하는 동안 곁에서 호법을 서주었다. 원래 이런 상황에서는 서로 교대하면서 호법을 서야겠지만 형운은 굳이 운기조식을 할 필요가 없는 상태였다.

　제일 먼저 눈을 뜬 것은 서하령이었다. 형운이 물었다.

　"좀 더 해두지그래? 아직 반 시진(1시간) 정도밖에 안 지났는데……."

　"괜찮아. 완전히 회복했어."

　일행에서 가장 불평을 많이 하는 것이 그녀였지만, 그녀는 내공도 육신의 강건함도 탁월하다. 그녀는 눈빛에 드러나는 기운을 갈무리하고는 주변을 살폈다.

　그러던 중, 문득 형운과 서하령이 흠칫 놀라며 하늘을 바라보았다.

　"뭐지?"

　"너도 느꼈어?"

　서서히 기상이 변하고 있었다. 방금 전까지도 그리 맑은 날씨는 아니었지만 이제는 노골적으로 먹구름이 몰려든다.

　우르르릉…….

　먼 곳에서 천둥소리가 울려 퍼진다.

　당장에라도 비가 쏟아질 것 같은 하늘이다. 하지만 형운과 서하령이 신경 쓰는 것은 그게 아니었다. 서하령이 말했다.

　"바람을 타고 요기가 밀려오고 있어."

　"진원지는 저쪽 산 너머인데… 저기가 진야의 추락지가 있는 방향인가?"

"그런 것 같네."

하성지에게 듣기로는 이 도시에서 진야의 추락지까지는 지도 상의 직선거리로 40리(약 16킬로미터) 이상의 거리가 있었다. 그런데 여기까지 요기가 느껴지다니?

키이이이이……!

상황은 거기에서 그치지 않았다. 형운과 서하령은 먹구름 아래로 검은 연기를 뿜으며 날고 있는 괴조를 발견했다.

"요괴인가?"

"저게 요괴가 아니고 보통 까마귀라면, 위진국의 까마귀는 우리가 알고 있는 까마귀와는 전혀 다른 흉악한 종일 거야."

서하령이 대꾸했다.

괴조는 언뜻 보면 까마귀처럼 보였다. 하지만 덩치가 맹금류보다도 훨씬 더 크고 날개가 네 개나 달린, 고막이 찢어질 듯한 괴성을 질러대는 까마귀는 세상에 없다.

"저 검은 연기는 상처에서 뿜어져 나오는 것 같은데……."

형운이 훌쩍 날아서 옆 건물 지붕으로 올라섰다. 까마귀는 불과 40장(약 120미터) 정도의 고도를 날고 있어서 형운의 눈으로 상태를 알아볼 수 있었다.

"아마 허공을 날아서 관군의 포위망을 돌파한 모양이네."

요괴들은 진야의 추락지 주변 산지에서 발생한다. 그렇기에 백리검운이 이끄는 관군들은 주변을 광범위하게 포위하고 요괴들이 밖으로 나오는 것을 저지, 일부 인원들은 그 안쪽으로 들어가서 적극적으로 요괴들을 격멸하고 있었다.

하지만 요괴의 발생 빈도가 높아지다 보니 이렇게 포위망을 돌파하는 놈도 나오는 모양이다.

"그럼 볼 것도 없군."

"고도를 낮춰줄 테니까 곧바로 끝내."

서하령이 그 옆에 서더니 호흡을 가다듬었다. 그리고 순간 넋을 잃을 정도로 아름다운 목소리로 노래했다.

라아아아아……!

내공을 끌어 올린 서하령의 성량은 일반인과는 비교도 할 수 없을 정도로 풍부하다. 거기에 음공으로 음량을 배가하기까지 하니 수십 명이 같이 내는 소리와 필적하리라.

그런데 바로 옆에 있는 형운에게 들리는 소리는 생각보다 크지 않았다. 의아해하던 형운은 곧 그 이유를 깨달았다.

'음파를 목표물에게만 집중시켜서 효과를 높이는 건가?'

서하령은 음파의 공명을 이용해서 소리를 최대한 집중시킨 것이다.

곧 괴조가 비명을 지르며 떨어지기 시작했다. 균형 감각을 잃고 핑글핑글 돌며 추락해 간다.

"좋아."

괴조가 어느 정도 추락하자 형운이 허공으로 도약했다. 무시무시한 기세로 솟구쳐서 괴조에게 다가가더니 그 다리를 붙잡는다. 그리고 그대로 허공에서 한 바퀴 휘두른 다음 사람이 없는 공터로 내던졌다.

"무식하긴."

그 광경을 본 서하령이 투덜거렸다. 형운이 호쾌하게 던진 괴조는 무시무시한 속도로 떨어져서 추락하는 순간 쾅음이 울렸다.

그 반동으로 더 위로 솟구쳤던 형운이 허공을 박차고 반전, 그대로 떨어져 내린다. 청백색 섬광을 휘감은 채 낙하하는 그의 모습은 마치 한 줄기 유성 같았다.

콰앙!

재차 폭음이 울리며 지축이 뒤흔들렸다.

집 안에 있던 사람들이 깜짝 놀라서 나와보는 가운데, 형운이 괴조가 추락한 지점에 움푹 파인 구덩이에서 걸어 나오며 말했다.

"한 마리 끝. 이거 아무래도 놀고 있을 때가 아닌 것 같은데?"

"그렇네."

"대단하군요."

그때 느긋한 목소리가 끼어들었다. 형운과 서하령이 놀라는 기색 없이 그를 바라보았다. 아윤이 감탄한 기색으로 말하고 있었다.

"하늘을 나는 요괴를 그렇게 쉽게 처리하시다니."

"상처를 입은 놈이었으니 별거 아니지요."

겸양한 형운이 물었다.

"그나저나 여기까지 요괴가 날아올 정도면 안쪽은 꽤 심각한 상황 아닌가요?"

"그럴지도 모르겠습니다. 우리를 싫어하기로 유명한 백리 장군이 무력 지원을 요청했을 정도면……."

백리세가와 별의 수호자의 사이는 절대 좋다고 할 수 없고, 그중에서도 백리검운은 노골적인 적대감을 보이는 인물이다. 듣자하니 귀혁과 있었던 일 때문이었나 보던데……

'좀 자세히 알아보고 올 걸 그랬나?'

백리검운의 이름만 꺼내면 귀혁이 노골적으로 불쾌감을 내비 쳤기에 캐묻지 않고 넘겼는데 좀 후회가 된다. 형운이 말했다.

"아윤 공자, 안내역을 한 사람만 붙여주시지요. 저쪽의 상황이 걱정되니 저희 먼저……."

"제가 같이 가지요."

"네? 하지만……."

"다들 교대로 운기조식 중이니 멀쩡한 제가 가는 편이 낫습니다."

"알겠습니다. 하령아, 다른 사람 호법 좀 서다가 따라와 줄래?"

"알겠어."

서하령이 순순히 고개를 끄덕였다. 이 상황에서 한 명이 가야 한다면 형운이 최선임을 알았기 때문이다.

아윤이 빙긋 웃으며 말했다.

"말을 타고 가는 것보다는 경공으로 가는 편이 낫겠지요?"

"그러지요."

곧 두 사람은 질풍처럼 마을을 벗어나 달리기 시작했다.

5

"이거 참. 오늘은 쉬고 일은 내일부터나 하려고 했더니만."

백리검운에게 인사차 왔던 하성지는 눈살을 찌푸리고 있었다.

산 저편에서 불길한 암운이 뭉게뭉게 피어오른다. 멀리서 보기만 해도 기분이 나빠질 정도로 강력한 저주의 힘이었다.

그 여파로 땅 밑으로 뻗어 있는 영맥이 요동치면서 사방에서 요기(妖氣)가 솟아오른다. 일반인은 거기에 노출되는 것만으로도 졸도해 버릴 만큼 강한 요기였다.

"상황이 이렇게 심각했을 줄이야……."

저주의 힘이 전례가 없을 정도로 강해지면서, 가장 가까운 곳에 있던 마을 하나가 요괴들에게 변을 당했다는 정보는 들었다. 하지만 백리검운이 직접 병력을 이끌고 포위망을 구축했으니 그 이상 피해가 확산되지는 않을 거라고 여기고 있었다.

그런데 직접 와보니 생각했던 것보다 상황이 심각하다. 고작 하루 사이에 또 하나의 마을이 참변을 당했다는 소식은 그녀에게도 충격이었다.

키에에에에에!

기분 나쁜 울음소리를 내면서 괴조들이 날아들었다. 새의 종류는 가지각색이다. 한때는 손바닥 위에 올라올 정도로 작고 귀여웠을 녀석들부터 맹금류까지… 다들 크고 기괴하고 흉악한 모습의 요괴로 변해서 인간을 덮치고 있었다.

"쏴라!"

포위망을 구성하는 위진국 관군이 화살을 쏘아댔다. 요괴를 상대하기 위해서 기환술사들이 힘을 불어넣은 파마(破魔)의 화살을 잔뜩 가져오긴 했지만 대량생산품인 만큼 위력이 그렇게 뛰어나진 않다. 요괴들 중에 강하고 덩치가 큰 것들은 화살비를 돌파해서 병사들에게 뛰어들고 있었다.

198 성운을 먹는 자

"으아악!"

병사들이 비명을 질렀다.

하성지가 보니 새카만 불길을 휘감은 황소 같은 괴물이 날뛰고 있었다. 아마 지금은 사람들을 피신시킨, 인근 농가에서 키우던 황소였던 것 같은데 그야말로 집채만 한 덩치로 질주하니 병사들이 장난감처럼 튕겨 날아간다.

병사들이 무공을 연마했다고 하나 이런 놈을 상대하는 것은 무리였다. 실력이 뛰어난 지휘관들도 피하느라 정신이 없었다.

전열이 붕괴하는 가운데 갑자기 폭음이 울려 퍼졌다.

콰앙!

단 일격으로 황소 요괴의 머리통이 박살 나버렸다. 황소 요괴가 날뛰던 기세 그대로 균형을 잃고 쓰러져 땅을 미끄러진다.

그 위로 한 사람이 올라섰다. 산책이라도 나온 것처럼 느긋해 보이는 하성지였다.

'배치가 영 엉망이군. 이런 건 사전에 실력 좀 있는 놈들을 흩어서 배치해 놨어야지 일반 병사들보고 모든 상황에 대응하게 놔두다니……'

하성지가 혀를 찼다.

관군의 배치는 기본에 충실하고 대응력도 높다. 하지만 요괴들을 상대할 때는 워낙 변수가 많으니 일정 지점마다 고수들을 배치해 두어서 대비해야 하게 마련이다.

여기 와서 들은 바로는 요기가 치솟은 후로 백리검운이 뛰어난 고수들을 모아서 중심부로 향했다고 한다. 일견 단번에 결판을 내겠다는 용기 있는 행동으로 보이지만 하성지에게는 공명

심에 눈이 먼 것으로밖에 보이지 않았다.

'나이도 먹을 만큼 먹었고 위로 올라갈 만큼 올라간 작자가 뭐가 아쉬워서 저러는 건지, 원.'

백리검운은 하성지와 비슷한 연배다. 고귀한 신분을 타고난 것은 물론이요 공주와 성혼하여 부마도위가 되었다. 그리고 무수한 전공을 세운 끝에 제도방위군을 지휘하는 장군이 된 지금까지도 공명심을 버리지 못하다니…….

크워어어!

요기의 중심지를 보던 하성지의 측면에서 인간의 형상을 한 요괴가 달려들었다. 마을 사람들의 시신이 요괴로 변한 것이다. 괴성을 지르며 달려드는 요괴는 반쯤 함몰되고 피투성이가 된 끔찍한 얼굴을 하고 있었다.

보기만 해도 오금이 저릴 모습이다. 하지만 하성지는 눈썹 하나 까딱하지 않았다.

스르룽!

그녀가 허리춤에 차고 있던 검이 저절로 움직였다. 검은 마치 화살이 발사되는 것 같은 기세로 뽑혀 나오더니 그대로 요괴를 양단했다.

파학!

검붉은 핏방울이 사방으로 흩날린다. 하성지는 그것을 투명한 기의 장막으로 받아내면서 손을 뻗어 검을 쥐었다. 그녀가 엉덩방아를 찧고 있던 지휘관에게 말했다.

"숨통을 좀 틔워주지. 전열을 재정비하시게."

"고, 고맙소."

"그럼……."

하성지의 몸이 서서히 허공으로 떠올랐다. 경공술의 극치라 불리는 능공허도였다. 20장(약 60미터) 높이까지 떠오른 그녀가 주변을 슥 한번 둘러보더니 검을 하늘로 들어 올렸다. 그리고 사방팔방을 향해 질풍 같은 검격을 날려대었다.

그 결과는 놀라웠다.

파파파파파광!

허공을 격하고 무수한 검기(劍氣)가 쏟아져 내렸다. 병사들에게는 궤적 자체가 보이지 않는 격공의 기가, 그들 사이로 뛰어든 요괴만을 정확하게 베고 지나간다. 능공허도로 허공을 나는 하성지가 검을 휘두를 때마다 멀찍이 떨어진 요괴들이 머리통에서 피를 뿜었다.

"세상에……."

관병들은 다들 벌린 입을 다물지 못했다. 허공에 떠서 검을 휘두르는 것만으로도 난전을 벌이고 있던 주변 수십 장의 상황을 정리해 버리다니!

그저 막강한 기공파를 쏟아내어 휩쓸어 버리는 것과는 비교도 안 되는 일이다. 하성지는 아군과 뒤얽힌 요괴들을 정확하게 베어서 상황을 정리한 것이다.

"이제 좀 편하겠군."

한차례 검을 거두었던 하성지는 숨을 길게 들이마셨다가 다시 토해내며 벼락같은 일검을 뻗었다.

콰아아아아아앙!

검의 궤적을 따라서 노을빛 섬광이 뻗어나가면서 전방에 있던 요괴들을 일거에 베어버린다. 새카만 피 보라가 솟구치는 가운데 하성지가 병사들 앞을 질주하면서 걸리는 요괴들을 모조리 베고 지나갔다.

푸화아아악!

솟구친 검은 핏방울이 지상에 떨어지기도 전에 수십 마리의 요괴가 고혼(孤魂)으로 변했다. 요괴는 생명력이 기괴할 정도로 뛰어나다지만 밀도 높은 검기로 그 육체를 파괴해 버리면 아무런 문제도 없다.

순식간에 주변의 대지를 요괴들의 시체와 피로 물들인 하성지가 중얼거렸다.

"이걸로 끝나주면 좋겠는데 정말 끝도 없이 나오는군. 백리 장군 이 양반은 뭘 하고 있는 거지?"

그녀가 요기의 진원지를 바라보았다. 백리검운이 저곳으로 향했다면 뭔가 반응이 있어야 정상 아닌가? 하지만 요기는 건재하고 전투를 벌이는 흔적도 없다.

"이…… 노오오옴……!"

곧 지금까지와는 비교도 안 될 정도로 강력한 요괴가 나타났다. 멧돼지와 인간을 합쳐 놓은 것 같은, 하지만 집채만 한 덩치를 가진 놈이었다.

"흠……."

하성지가 눈살을 찌푸릴 때였다.

그녀의 옆을 한 줄기 섬광이 가로질렀다.

쫘앙!

폭음이 울리며 멧돼지 요괴가 뒤로 쓰러진다. 하성지가 뒤를 돌아보았다.

"아직 부른 기억이 없는데 왜 온 게냐?"

"마을까지 요괴가 날아와서요."

대답한 것은 형운이었다.

하성지가 뭐라고 하기 전에 괴성이 울려 퍼졌다.

그워어어어어!

쓰러졌던 멧돼지 요괴가 일어나서 덮쳐들었다. 덩치가 집채만 한 주제에 일어나서 달려드는 속도가 말도 안 되게 빠르다.

놀란 형운이 땅을 박찼다.

'호오?'

검을 뿌려내려던 하성지가 멈칫했다. 형운이 달려드는 속도가 그녀의 예상보다 훨씬 빠르지 않은가? 멧돼지 요괴가 일어나는 그 순간 땅을 박차고, 멧돼지 요괴가 달려드는 것보다 3배는 빠른 속도로 그녀를 스쳐 간다.

쾅!

형운의 주먹이 멧돼지 요괴의 머리를 강타하며 폭음이 울려 퍼진다.

펑!

멧돼지 요괴의 머리가 미처 뒤로 젖혀지기도 전에 형운의 일장이 몸통을 강타, 거기에 깊숙한 장인(掌印)을 새긴다.

인간의 육신이라면 열 번도 더 부서졌을 공격이지만 멧돼지 요괴의 몸은 강철보다도 단단했다. 그만한 공격을 정통으로 얻어맞고도 균형을 잃고 쓰러질 뿐이다.

그 옆에 형운이 착지했다. 그리고 그대로 몸을 틀며 옆구리에 일권을 날렸다.

꽈과광!

폭음이 울리며 멧돼지 요괴의 몸이 박살 나서 흩어졌다. 그것을 본 하성지가 놀라서 눈을 크게 떴다.

"…새파랗게 어린놈의 내공이 나와 대등하다는 게 헛소리가 아니었다 이건가?"

저 멧돼지 요괴는 어지간한 공격으로는 상처 하나 입힐 수 없는 놈이었으리라. 검기를 맞아도 흠집이 날까 의문스러울 지경이었는데 형운의 일권에 몸이 박살 나고 말았다. 실로 무시무시한 위력이었다.

"우와, 과연 일월성신. 들었던 것보다 더 엄청나군요."

"입을 헤 벌리고 감탄하고 있는 너를 보니 참, 뭐라고 말할 수 없는 감정이 밀려드는구나."

"어째서입니… 컥!"

순진하게 감탄하던 아윤이 공간을 격하고 날아든 타격에 신음했다. 하성지가 못마땅한 기색으로 말했다.

"너도 멋진 모습을 보여주도록 해라. 좋은 구경을 했으니 답례를 해야 하지 않겠느냐?"

"명하지 않으셔도 그럴 생각이었는데 굳이 때리셔야겠습니까?"

"또 때리고 싶은 충동을 참고 있자니 내 얄팍한 인내심이 비명을 지르는구나."

하성지가 으름장을 놓자 아윤이 잽싸게 검을 뽑고 달려 나갔다.

형운은 멧돼지 요괴를 쓰러뜨린 뒤 그 뒤를 따라 달려오던 잡다한 요괴들을 막고 있었다. 그러던 중 좀 떨어진 곳에서 덩치가 황소보다도 더 큰 늑대 한 마리가 뇌격을 휘감은 채로 걸어 나오는 것을 발견했다. 방금 전에 쓰러뜨린 멧돼지 요괴만큼이나 막강한 요기를 품은 놈이었다.

'이런!'

새와 벌레 요괴들이 계속 쏟아져 나오는 통에 정신이 없는데 저런 놈이 튀어나오다니.

하지만 형운은 금세 동요를 가라앉혔다. 아윤이 달려가는 것을 보았기 때문이다.

'잠깐. 저놈 뇌기를 휘감고 있는데 괜찮은가?'

어지간한 고수라도 뇌기에는 대응하기 어려워하는 경우가 많았다. 그냥 힘이 센 놈이라면 걱정 없겠지만 아윤이 과연 뇌기에 대응할 수 있을까?

그렇게 우려하는 순간, 늑대가 울부짖었다.

크르르릉!

동시에 늑대가 휘감고 있던 뇌기가 뿜어져 나온다. 인간의 인식을 초월한 속도로, 허공에 불규칙한 빛의 궤적을 그리며 아윤에게 작렬했다.

꽈과광!

하지만 그 궤적은 절묘하게 아윤을 비껴서 땅에 떨어졌다. 형운이 놀랐다.

'의기상인이구나. 뇌기를 발하기 전에 조짐을 읽고 유도하다니, 절묘한 기술이네.'

아윤은 의기상인으로 늑대의 기감을 자극, 최소한의 기운만으로 뇌기의 공격을 비껴낸 것이다.

그리고 거리를 좁힌 아윤의 검격이 늑대의 머리통을 쳤다.

꽈광!

뇌광이 폭발하며 아윤이 장난감처럼 튕겨 나갔다.

"……"

순간 형운은 멍청한 표정을 짓고 말았다. 어찌나 놀랐는지 쇄도해 오는 잡요괴들을 막는 것을 잠시 멈췄을 정도였다.

찍!

형운이 정신을 차린 것은 얼굴로 뛰어들던 쥐 요괴에게 감극도가 반응, 반사적으로 붙잡고 아래쪽을 노리던 족제비 요괴를 걷어찬 후였다. 형운은 광풍혼을 가속시켜서 잡요괴들을 쓸어버리면서 황당해했다.

'아니, 거기서 당해 버리면 어떡해?'

감탄스러울 정도의 방어 기술을 보여준 직후에 반격에 맞고 날아가다니 이걸 도대체 뭐라고 해야 할까?

"으윽, 바, 방심했다."

아윤은 땅에 추락하기 직전, 가까스로 몸을 바로잡았다.

늑대의 머리에 뇌기가 집중되는 기색은 느꼈는데 그래도 일격에 끝낼 수 있겠거니 하고 욕심을 부리다가 멋지게 반격당하고 말았다. 그리고 일어나는 그에게 뇌격이 뭉쳐 이루어진 구체가 살아 있는 것처럼 날아들었다.

"어, 자, 잠깐!"

꽈과광! 꽈광!

"우와아아아아!"

아윤이 비명을 지르며 달리기 시작했다. 실로 질풍처럼 뇌격 사이를 누비는 모습이 놀랍기는 한데 정작 본인은 기겁해서 허둥거리다 보니 참으로 한심해 보인다.

그 모습을 보던 하성지가 부글부글 끓다 못해 폭발했다.

"아윤! 똑바로 못 하겠느냐?!"

"똑바로 하고 있습니다!"

"어디가!"

주변에 뇌성벽력이 가득한데도 잘도 대화를 나누는 사제지간이었다. 관병들도 황당해하면서 그 광경을 보고 있었다.

"구박하실 거면 도와주기라도 하시면서 하시든가요!"

정신없이 도망치던 아윤의 움직임이 갑자기 변했다. 갈지(之)자를 그리면서 뇌격을 피해 늑대에게 달려든다.

"이 녀석! 내게 망신을 줬겠다!"

검으로 뇌격을 비껴내면서 접근하던 그가 눈을 부릅떴다. 그러자 늑대의 발밑에 있던 돌멩이들이 무서운 기세로 솟구쳐서 턱을 후려갈겼다.

허공섭물이다. 예상치 못한 공격에 늑대의 뇌격이 주춤하는 순간, 아윤이 한 번에 그 앞으로 뛰어들었다.

"아윤 공자! 위를!"

형운이 다급하게 외쳤다. 하필 그 위쪽에서 뻐꾸기 요괴가 날아들고 있었던 것이다. 이대로 아윤이 늑대에게 검을 날리면 뻐꾸기 요괴에게 덮쳐진다.

순간 아윤이 돌진하던 기세 그대로 몸을 비틀었다.

파학!

뻐꾸기 요괴가 두 동강 난다. 하지만 그 대가로 아윤은 늑대를 치지 못하고 옆으로 빠져나갈 수밖에 없었다.

그사이 자세를 바로잡은 늑대가 아운을 바라보며 뇌기를 폭발시킨다.

꽈과광!

"한 번 당하지 두 번 당하냐?"

아윤이 늑대의 코앞에 얼굴을 들이댄 채로 말했다.

놀랍게도 바로 앞에서 발한 뇌기가 아운을 비껴갔다. 맨 처음 뇌기를 막아냈던 그 방어 기술이었다.

늑대가 깜짝 놀라서 재차 뇌기를 뿜어내려고 했지만 이번에는 아윤이 빨랐다. 수직으로 발을 차올려서 늑대의 턱을 강타, 마치 춤을 추듯 우아하게 몸을 돌리면서 검을 휘두른다. 허공에 노을빛 섬광의 궤적이 그어지면서 늑대의 목이 깨끗하게 몸통과 분리되었다.

"훗."

늑대에게 등을 보인 아윤이 의기양양하게 웃는 순간이었다.

목을 잃어버린 늑대의 몸이 옆으로 기우뚱하더니, 그 몸에 남아 있던 뇌기가 사방으로 폭발했다.

"우와아악!"

예상치 못한 사태에 아윤이 그대로 튕겨 날아가서 땅에 처박혔다. 흙과 요괴들의 검은 피로 범벅이 된 그가 울상을 지었다.

"크, 새로 지은 옷인데 이게 뭐야? 혼나겠다."

그 말을 들은 하성지가 뒷목을 잡았다.

"아으, 내가 저런 놈을 수제자라고 믿고 투자를 해왔다 니……."

사실 아윤이 이러는 게 한두 번도 아니지만 하성지 입장에서 는 열불이 날 수밖에 없었다. 하물며 밉살스러운 귀혁의 제자인 형운이 놀라운 활약을 보인 직후이니 더더욱.

어쨌든 하성지와 형운, 아윤이 활약하기 시작하니 혼란에 빠져 있던 관병들도 전열을 가다듬고 대응에 나섰다.

형운도 한 자리에 계속 있지 않았다. 일대에 펼쳐진 포위망을 따라서 이동하면서 위험해 보이는 곳들을 도왔다.

그렇게 한 식경(30분)쯤 지났을 때였다.

꽈과광……!

산 저편에서 폭음이 메아리쳤다. 천둥소리처럼도 들렸지만 형운은 대번에 강대한 기운이 맞부딪치며 발생한 소리임을 알 아차렸다.

'뭐지?'

의아해하는 순간, 오싹 소름이 끼쳤다. 전신의 털이 모조리 곤두서는 기분이었다. 소름 끼치는 기파가 주변에 피어오르는 요기들마저 압도하면서 퍼져 나갔다.

형운은 이 기파의 정체를 알고 있었다.

'만상붕괴?'

저편에서 심상경의 절기가 서로 맞부딪쳤다는 증거였다.

거리가 멀리 떨어져 있어서 관병들이 만상붕괴에 타격을 입는 일은 없었다. 다들 날카로운 자극이 기감을 덮쳐 와서 아찔 함을 느낀 정도다.

쿠구구구구……!

뒤이어 대지가 진동한다. 저편에서 피어오르는 암운에 묻어 나는 저주의 기운이 폭증하면서, 그 여파로 영맥이 요동치고 숨 막힐 듯한 요기가 피어올랐다.

"이건……."

지금까지도 상황이 안 좋았지만 이제부터 일어날 일에 비하면 서막에 불과했던 모양이다. 형운이 엄습해 오는 불길한 예감에 숨을 삼킬 때였다.

두근!

형운은 자신의 내부에서 세찬 고동 소리를 들었다.

그것은 그저 심장이 뛰는 소리가 아니다. 그의 여덟 기심 중에 하나, 빙백기심이 무언가를 알려오고 있었다.

"설마……."

형운이 믿을 수 없다는 표정을 지었다. 하지만 의문은 짧았다. 다른 사람이라면 모를까, 형운은 절대 이 느낌을 착각할 수 없었다.

'빙령의 조각!'

형운은 더 생각할 것도 없이 숲 속으로 뛰어들었다.

6

팔객의 일원, 폭성검(暴星劍) 백리검운은 60대의 나이라고는 생각할 수 없을 정도로 젊어 보였다. 누가 봐도 30대 중후반의 정기 넘치는 연령대로 보이는 기품 넘치는 미남자였다. 다소 오

만해 보이는 인상이기는 하지만 그의 신분과, 이제까지 이루어
온 것들을 생각하면 자신감 넘친다고 봐줄 만하리라.

하지만 지금 그는 악귀처럼 일그러진 얼굴로 이를 갈고 있었
다.

"이 사특한 마교 놈들……!"

주변은 무참히 파괴되어 있었다. 경천동지할 무위의 소유자
들끼리 격돌한 결과, 수십 그루의 나무가 부러져 나가거나 뿌리
째 뽑히고 땅이 태풍에 휩쓸린 것처럼 뒤집어졌다.

눈여겨볼 만한 것은 갈아엎다시피 한 땅속에 건축물의 흔적
이 있다는 점이다.

지하에 건설된 시설의 통로가 부서진 채로 땅 위로 드러나 있
었다. 그 속에서 나뭇가지처럼 보이는, 하지만 시커먼 안개 같
은 기운을 휘감은 것들이 꿈틀거리면서 뻗어 나온 것이 보인다.

"흠. 생각보다 훨씬 심각하군."

눈살을 찌푸리며 말한 것은 긴 검은 머리칼에 옥을 다듬어 만
든 듯한 수려한 외모를 지닌 귀공자였다. 형운이 보았다면 단번
에 알아봤을 얼굴, 흑영신교주다.

두 개의 부채를 무기로 쓰는 팔대호법, 암운령이 눈살을 찌푸
렸다.

'간담이 서늘하군.'

이기기는 했지만 그의 몰골은 꽤나 엉망이었다. 옷도 너덜너
덜하고 옆구리에 꽤 깊숙이 베인 상처가 났다. 그의 무기인 두
개의 부채 중에 하나는 부챗살이 다 찢어져서 더 이상 부채라고
할 수도 없을 지경이었다.

암운령이 말했다.

"교주님, 아무래도 조짐이 좋지 않습니다만……."

"그렇구나. 너무 법석을 피운 모양이야. 저주의 심부에 있는 존재가 우리에게 관심을 갖는 것 같은데……."

드드드드드!

땅이 진동하면서 그 속에서 시커먼 기운을 휘감은 나무뿌리들이 살아 있는 촉수처럼 튀어나왔다. 그리고 갈라진 땅속에서 무수한 개미들이 기어 나오는데 하나하나가 손가락만 하다.

"개미 떼를 요괴로 만들어서 부리다니, 지옥의 한 장면을 훌륭하게 재현하는구나."

"교주님!"

"일단 막아라. 이럴 줄 알았다면 시체를 완전히 분쇄해 뒀어야 하는데… 이미 늦었군."

흐우우우우……!

주변에서 요기가 아지랑이처럼 피어오르면서 눈에 보이는 풍경을 일그러뜨린다.

그 속에서 검은 기운을 뿜어내는 시신들이 일어나고 있었다. 바로 조금 전에 흑영신교 일당에 의해서 고혼이 된 무인들의 시신이 요괴로 변해서 흉측한 얼굴로 기괴한 소리를 토해낸다.

"요괴라는 것이 이렇게 발생하기 쉬운 거였나 싶을 정도로, 뭔가 소재만 던져 주면 족족 요괴가 되어버리는군. 우리 교에 귀의할 것을 권하고 싶을 정도야."

그 광경을 보며 흑영신교주가 혀를 찼다. 죽은 사람의 시신이 요괴가 되는 경우는 매우 드문 경우다. 그런데 지금은 여기서 죽은 전원이, 심지어 신체가 심하게 훼손된 경우에도 기괴하게 변형된 요괴가 되어 일어나고 있었다.

"그것만이 아닙니다."

낮은 목소리로 말한 것은 시체처럼 창백하고 음울한 인상의 중년 여성이었다. 하지만 그녀의 신체는 곰 같은 근육질의 거구였고 키도 6척 장신인 흑영신교주보다도 더 커서 지독히도 불균형한 인상을 주었다.

그녀 역시 흑영신교 팔대호법의 일원인 흑월령(黑月靈)이었다.

암운령이 그녀를 보며 생각했다.

'인정하기는 싫지만… 정말로 강하다.'

흑월령은 흑영신교 내부에서 키운 인재가 아니라 외부에서 귀의한 인재로, 예전에 위진국 남부에서 악명을 떨쳤던 마인으로 귀검마녀(鬼劍魔女)라는 별호로 불리다가 몇 년 전에 흑영신교에 귀의하였다.

그녀가 흑월령의 자리에 오른 것은 불과 반년 전의 일이다. 그전에는 암운령과 마찬가지로 흑영신교 내부에서 육성한 인물이 흑월령의 자리에 있었지만 혼마 한서우에 의해서 참살당했다.

인력난에 시달리고 있던 흑영신교는 귀검마녀를 눈여겨보았다.

당시 이십사흑영수였던 그녀의 무력은 팔대호법이 되기에 충분하고도 남음이 있었으며 흑영신에 대한 신앙도 깊었다. 교주가 그녀를 흑월령으로 삼겠다고 결단, 아껴두었던 비술을 써서 귀검마녀의 영적 능력을 향상시켰다.

암운령을 비롯한 교 내부에서 육성된 인재들은 그녀를 탐탁지 않게 보았다. 하지만 현장에서 그 능력을 직접 체감하니 뛰어남을 인정하지 않을 수 없었다.

'나 혼자서는 저자를 당해낼 수 없었을 터.'

백리검운의 무위는 교주와 암운령만으로는 도저히 감당할 수 없는 수준이었다. 흑월령이 합세, 교주의 술법으로 서로의 심령을 연결한 채 합공을 펼쳤기에 이길 수 있었다.

그리고 그사이 교주가 백리검운을 따라온 소수 정예의 고수들을 처리하였는데…….

"충실한 교도들의 죽음이 모독당하다니. 가슴 아프도다."

교주가 한숨을 쉬었다. 그가 처리한 무인들의 시신은 물론이고, 원래 이곳에 있다가 죽음을 맞이한 흑영신교도들의 시신도 요괴가 되어 다가오고 있었다.

"좌시할 수 없다."

원래 이곳은 흑영신교의 비밀 지부 중에 하나였다.

진야의 추락지에서 가깝기 때문에 위험하지만 그만큼 세간의 시선으로부터 안전했다. 흑영신교는 그 점에 착안하여 고급 인력들을 투입하여 연구 시설을 만들었다. 빙령의 조각과, 이곳을 지배하는 저주의 힘 양쪽을 연구하는 시설이었다.

하지만 예상 밖의 재난이 일어났다.

일대는 강력한 저주의 힘이 영맥을 뒤틀어놓았기에 신녀의 예지로도 제대로 엿볼 수 없는 장소다. 그래서 흑영신교 측도 구체적인 상황을 파악하지는 못했다. 다만 무수한 요괴들이 이곳을 급습했고 빙령의 조각을 빼앗아 갔다는 것을 알 뿐.

마치 일대의 저주가 뚜렷한 의지를 갖고 행동하는 것 같은 상황이다. 진야가 품은 원념이 영맥을 오염시켜서 저주의 힘을 발생시킬 뿐, 거기에 구체적인 의지는 없다는 것이 정설이었는데 그게 아니었던 것일까?

어쨌든 이곳의 흑영신교도들은 몰살당했고, 곧 저주의 힘이 전례 없는 기세로 넘쳐흐르면서 주변을 집어삼키기 시작했다.

"암운령, 흑월령, 가엾은 교우들을 안식으로 이끌라."

"알겠습니다."

두 팔대호법이 대답했다. 그들이 공격을 개시하려는 순간이었다.

콰콰쾅!

백리검운이 발한 검기가 주변을 강타, 폭발이 솟구쳤다. 잠시 호흡을 다스린 것으로 약간이나마 힘을 회복한 백리검운이 그힘을 일거에 쏟아내어 요괴들을 뿌리친 것이다.

그리고 닥치는 대로 검기를 뿌려대면서 도주하기 시작한다. 흑영신교 일당도 요괴들에게 둘러싸여서 곧바로 그를 추적할 수 없었다.

교주가 혀를 찼다.

"참으로 쥐새끼 같은 놈이로구나. 자기가 우세하다고 믿을 때는 명예 운운하더니… 하긴, 아버지와 싸웠을 때도 비겁하게 살아남았지."

재작년에 교주가 황궁의 난을 틈타 성운의 기재 사검우를 죽였을 때, 백리검운은 암익신조와 싸워서 중상을 입었다. 원래 그때 숨통이 끊을 심산이었지만 자신의 부하들을 주저 없이 희생양으로 던져 넣으면서 그 자리를 피했기에 그러지 못했다.

흑월령이 물었다.

"어떻게 할까요?"

"쫓아가서 끝장을 내라. 교도들은 내가 안식으로 이끌도록 하지. 저놈이 요괴가 되면 대단히 골치 아플 테니 죽인 후에 확실하게 처리하도록 하고."

"한 명은 교주님 곁에 남는 편이……."

"상처 입고 바닥이 드러났다고는 하나 팔객이라 불리는 놈이다. 결코 얕봐서는 안 된다. 그리고 그대들이 없다고 내게 무슨 일이 생길 거라고 생각하는가?"

"알겠습니다."

흑월령과 암운령이 단번에 요괴들을 돌파해서 백리검운의 뒤를 쫓기 시작했다.

하지만 그들이 백리검운을 따라잡기까지는 생각 외로 오랜 시간이 걸렸다.

7

"으윽, 큭……!"

백리검운은 숨을 헐떡이며 요기 가득한 숲을 달리고 있었다.

그는 백리세가에서 양성한 비밀 병기라고 할 수 있는 존재였다. 위진국 황실의 첫 번째 검임을 자처하는 백리세가는 방대한 영역에서 영향력을 발휘하지만 근본은 대대로 장군을 배출해 온 명문 무가다. 그렇기에 후계자를 결정함에 있어서 무위가 중요한 요소로 부각되었다.

백리검운은 차남으로 태어났지만 장남보다 뛰어난 무재를 자랑했다. 그의 형은 이 점을 대단히 못마땅하게 여겨서 신경질적으로 견제해 왔고 어르신들과의 관계를 튼튼히 하여 많은 지원을 받았다.

형은 장남이고 자신은 차남이라는 입장 때문에, 가문의 지원을 두고 다퉈서는 승산이 없다고 판단한 백리검운은 다른 길을 택했다. 군문에 투신하기 전, 강호를 떠돌면서 온갖 사건에 관여하면서 협객으로 명성을 높인 것이다.

때로는 백성들의 칭송을 받기 위해,

때로는 재력가에게 은혜를 입혀두기 위해,

때로는 권력자에게 빚을 지워두기 위해…….

젊은 시절, 아니, 다소 어릴 적부터 강호로 나간 그의 행보는 철저하게 계산적이었다.

형이 외부의 명사들을 초빙해서 스승으로 삼았던 데 비해 철저하게 가전 무공만을 파고들면서 외부인의 가르침을 거절했던 것도 그런 이유다. 협객으로 명성을 높이면 높일수록 백리세가의 가전 무공에 대한 평가도 높아졌고 이것은 고스란히 가문 내에서의 입지 강화로 이어졌다.

'귀한 자들과 천한 자들, 양쪽의 지지를 얻어야 한다. 위에 설 자가 자신을 받쳐 줄 자들이 바라는 모습을 연기하고 그들의 지지를 사는 것 정도는 응당 해야 할 노동이 아닌가?

그의 계산은 맞아떨어졌다.

스무 살이 넘었을 무렵에는 일찌감치 군문에 투신하여 승승장구하는 형보다도 그의 명성이 드높았고, 가문에서도 그를 지지하는 자가 많아졌다.

결정적이었던 사건은 선황이 어여삐 여기던 혜연공주가 암행을 나왔다가 무도한 자들에 의해 변을 당하게 된 것을 구해준 일이다. 그 일을 계기로 그는 그녀와 성혼, 부마도위가 되기까지 했다.

이후로 그는 형을 더 이상 경쟁 상대로도 여기지 않을 정도로 승승장구하여 결국 백리세가의 가주 자리를 계승하고, 군문의 정점이라고 할 수 있는 제도방위대장의 자리에 올랐으며, 강호에서는 팔객이라 불리기에 이른다.

언제나 성공해 오던 그의 인생에 오점으로 남은 사건은 두 번 있었다.

그중 한 번은 젊을 때 폭풍권호 귀혁과 얽혔던 사건으로 공식적으로 그의 명예가 실추되는 일은 없었다. 지금도 귀혁에게 이를 갈기는 하지만 입장을 생각해서 참는 게 가능했다.

하지만 두 번째 사건, 흑영신교에게 제자를 잃고 중상을 입었던 일은 씻을 수 없는 치욕이었다.

'사특한 놈들, 그놈들이 감히……!'

그가 이번 일에 뛰어든 이유가 바로 흑영신교다.

진야의 추락지 주변 상황이 평소보다 심각한 것은 군이 나설 만한 일이 아니었다. 잘 막아낸다고 해도 큰 공로로 인정받기는 어렵고, 자칫 실패라도 했다가는 그의 명성이 더럽혀질 뿐이다.

하지만 마교 대책반 쪽에서 이 일에 흑영신교가 관여되어 있을지도 모른다는 정보를 입수하게 되자 가만있을 수 없었다. 물론 위험이 따르기는 하지만, 이번 사건에 흑영신교가 관여했음을 명명백백하게 밝혀내고 그들을 처단한다면 그의 명성이 얼마나 드높아지겠는가?

무엇보다 흑영신교가 그의 일생에 남긴 오점은 너무 컸다. 그래서 그들을 발견했을 때는 이성을 유지할 수 없었다.

'하하하! 흑영신교주에 팔대호법까지! 하늘이 내게 기회를 주시는구나!'

정말로 흑영신교가 개입해 있더라도 잔챙이들만 있다면 보람이 적다. 그런데 교주와 암운령을 발견하게 되자 입이 귀에 걸렸다.

아무리 교주라고 해봤자 지금은 애송이에 불과하고, 팔대호법 한 놈 정도는 충분히 잡을 자신이 있었다. 혼자도 아니고 많은 고수들을 이끌고 왔지 않은가?

하지만 전투가 시작되자 좀 떨어진 곳에서 움직이고 있던 흑월령이 모습을 드러냈고, 백리검운에게 있어서는 악몽 같은 사태가 벌어졌다.

"빌어먹을! 정신 나간 계집년 주제에! 어떻게 그런 무위를……!"

백리검운이 이를 갈았다.

흑월령, 예전에는 귀검마녀라 불렸던 여성의 무위는 가공했다.

흑영신교에 귀의하기 전에도 자신을 잡으려고 덤벼드는 정파 협사들을 족족 참살해서 악명 높았던 마인이다. 팔대호법이 된 지금은 백리검운도 경시할 수 없을 정도로 강해져 있었다.

결국 무인들은 몰살당했고 그도 중상을 입었다. 격전의 여파로 인해서 요괴들이 몰려들지 않았다면 거기서 끝장이었으리라.

"헉, 허억……!"

격전으로 중상을 입어서 체내의 진기 운행이 헝클어졌다. 주변에 피어오르는 짙은 요기에 저항하느라 기력을 소모하다 보니 당장에라도 정신을 잃고 쓰러질 것만 같았다.

그러나 그런 상황에서도 백리검운은 고수다운 면모를 유감없이 과시했다.

서걱! 펑! 콰쾅!

사방에서 나타나는 요괴들을 최소한의 힘만으로 쓰러뜨린다. 요괴들은 나오는 족족 보이지 않는 검기에 썰려 버렸다.

'잠시만, 잠깐이라도 호흡을 다스릴 수만 있으면…….'

그러면 상태를 훨씬 호전시킬 수 있으리라. 하지만 그 잠시의 틈이 주어지지 않는다.

그나마 다행이라는 점은 흑영신교 일당이 금방 추적해 오지 않는다는 점이다. 아마 그들도 요괴에게 발목을 잡힌 것이리라.

'음?'

문득 백리검운은 앞쪽에서 강대한 기파를 감지했다. 저편에서 누군가가 요괴들을 쓸어버리면서 다가오고 있었다.

'이 기파는… 마기는 아니군.'

온 신경을 곤두세우고 있던 그는 안도했다. 만약 흑영신교도였다면 돌이킬 수 없는 위기였으리라.

곧 기파의 정체가 모습을 드러냈다. 새파랗게 젊은 청년이었다.

'뭐지? 이런 애송이의 기파가 이 정도라고?'

아무리 봐도 갓 스무 살을 넘은 정도로밖에 보이지 않는 청년이었다. 차려입은 것을 보니 명문 정파, 혹은 유서 깊은 무가의 자식인 것 같지만…….

"애송이, 어디의 누구인지 밝혀라."

백리검운의 목소리는 위협적이었다. 그러자 청년이 눈살을 찌푸렸지만, 곧 그가 부상자라서 신경이 날카로워졌을 거라고 여겼는지 표정을 풀며 대답했다.

"관군이신 것 같군요. 별의 수호자의 형운이라고 합니다."

"뭐라고?"

백리검운이 깜짝 놀랐다.

한 번도 만난 적이 없지만 형운의 이름은 그도 알고 있었다. 선풍권룡이라는 명성 때문은 아니다.

'폭풍권호, 그 작자의 제자? 이놈이 왜 여기 있지? 설마 마교 놈들의 술책인가?'

귀혁의 제자라는 사실 때문이었다.

그의 일생에 남은 두 가지 오점 중에 하나가 바로 귀혁이 남긴 것이었다. 자연스럽게 형운을 보는 눈이 험악해질 수밖에 없었다.

'잠깐. 이럴 때가 아니지.'

끓어오르는 분노로 살기까지 일으키던 그는, 곧 형운의 얼굴에 경계심이 떠오르는 것을 보고는 마음을 가라앉혔다. 마음에 안 드는 놈이기는 하지만 지금은 보다 우선해야 할 것이 있지 않은가?

"나는 황제 폐하로부터 신성한 제도를 수호할 책임을 부여받은 자, 제도수비대장 백리검운이니라. 약사 나부랭이들의 무사야, 나를 도와 황실에 기여할 영광을 주마."

"……."

순간 형운은 어안이 벙벙해졌다.

'이 작자 혹시 미쳤나?'

살면서 신분 믿고 거만한 작자들을 많이 봐왔다고 생각했는데 지금 백리검운이 내뱉은 한마디로 하늘 밖에 하늘이 있음을 깨닫게 되었다. 시선에 담긴 감정으로 보나 표정으로 보나 백리검운 본인은 지극히 당연한 소리를, 아니, 꽤나 관대한 태도를 보이고 있다고 생각하는 것 같다.

'와, 진짜 별의별 놈이 다 있구나.'

몇 마디 나누지도 않았는데 귀혁이 왜 그를 경멸하는지 절절히 이해할 수 있을 것 같았다.

백리검운은 멍청한 표정을 짓는 형운을 보며 짜증을 냈다.

"내 말이 안 들리는 것이냐?"

"…아, 아니, 그런 건 아닙니다만."

형운은 어이없어하며 주먹을 뻗었다. 그러자 백리검운의 뒤쪽에서 달려들던 잡요괴 하나가 박살 나서 흩어졌다.

'미친놈한테 열을 올려봤자 나만 손해지.'

형운은 솟구치는 불쾌감을 애써 누르며 말했다.

"잠시라도 운기하시지요. 호법을 서드리겠습니다."

"그럴 여유가 없다. 너는 여기서 대기하고 있다가 쫓아오는 놈들을 막아라."

"네?"

"흑영신교 놈들이 올 것이다."

백리검운은 그렇게만 말하고 쌩하고 달려가 버렸다. 형운은 어안이 벙벙했다.

"…뭐야?"

어차피 숲의 심부로 향할 생각이기는 했지만 어처구니가 없다. 중상을 입고 비실거리는 작자가 한숨 돌릴 수 있게 지켜주겠다는데 무시하고 가버리다니?

동시에 한 가지 깨달음이 머리를 강타했다.

'어쨌거나 팔객으로 불리는 사람이 저렇게 당했다면… 추적자가 만만한 놈들이 아니라는 뜻인데?'

저따위 성격으로 어떻게 팔객으로 불리게 된 것인지가 의문이기는 하지만, 어쨌거나 무위는 뛰어날 것 아닌가? 그런 그를 만신창이로 만든 놈들을 형운이 막을 수 있을까?

'우물쭈물하지 말고 결정해야 해.'

가능성은 여러 가지가 있다. 적들 중에 백리검운을 압도하는 고수가 있었을 수도 있고, 함정을 준비하고 있었을 수도 있다. 그게 아니라면 요괴들이 들끓는 상황이 변수가 되어 그를 몰아넣었을 수도 있다.

하지만 형운은 아마 자기가 상대할 수 없는 고수가 있을 거라는 결론에 도달했다.

'만상붕괴.'

그것은 심상경의 절예끼리 격돌했을 때 일어나는 현상이다. 아마 높은 확률로 백리검운과 다른 누군가가 그 주역일 게 아닌가?

'일단은 피한다.'

백리검운하고 좋은 관계였다면 모를까, 잠깐 대화를 나눈 것만으로도 미친개한테 물린 기분인데 목숨의 위험을 감수하면서 지켜줘야 할 이유는 없다.

'난 도량 넓은 협객이 아니라 쩨쩨한 장사꾼의 주구거든. 팔객씩이나 되시는 어르신이니 제 앞가림 정도는 스스로 하시지요.'

형운은 그렇게 생각하며 기파를 최대한 갈무리한 채로 운화했다. 한순간에 달려드는 요괴들을 빠져나가서, 원래 생각한 진행 방향을 크게 우회해 간다.

8

백리검운은 형운을 보고 울컥 치솟았던 짜증을 털어버리고 달렸다.

귀력과 원한이 있긴 하지만 거기에 집착할 때가 아니다. 형운이 자기 명령에 따르든 말든 상관없었다. 바보같이 따르면 좋은 것이고, 안 따른다고 해도 아무런 기대도 안 했으니 실망할 이유도 없다.

'음?

조금씩 진기를 다스리면서 나아가던 그는 오싹한 한기를 느꼈다.

백리검운은 자신의 감을 신뢰했다. 감각의 정체가 뭔지 확인하기 전에 검을 휘둘렀다.

날카롭게 뻗어나간 검끝에 뭔가가 닿았다. 촉수처럼 꿈틀거리는 나뭇가지였다.

백리검운은 그것을 자르는 대신 가볍게 털듯이 옆으로 비껴내면서 검을 회수했다. 살아 있는 것처럼 뻗어오던 나뭇가지를 막기에는 턱없이 부족한 힘이었지만…….

쫘과과광!

검끝으로 발한 특수한 침투경이 나뭇가지 속에서 부풀어 오르면서 폭발한다. 맨 처음 접촉한 곳에서 계속해서 안쪽으로 침투, 나뭇가지에 깃든 기운을 폭주시켜서 폭발을 일으켰다.

백리검운은 결과를 지켜보지 않았다. 지금 상황에서 한 곳에 머무르는 것은 바보짓이다.

하지만 상황은 그의 판단과는 관계없이 멈추기를 강요했다.

"큭……!"

사방의 나무들이 기괴하게 변이하고 있었다. 잡요괴들이야 풀 베듯이 베면서 전진할 수 있었지만 나무들의 가지와 뿌리가 촉수처럼 꿈틀거리면서 주변을 점령해 버려서 빠져나갈 구석이 없었다.

"후우우······."

백전노장인 백리검운의 판단은 빨랐다. 무작정 공격하기보다는 조금이라도 진기를 다스리는 쪽을 택한다.

그에게는 아직 그 어떤 방벽이라도 꿰뚫을 수 있는 비장의 패, 심상경의 절예가 있다. 진기가 헝클어진 상황에서 쓰는 것은 큰 위험 부담을 동반하지만 때로는 도박을 해야 하는 법이다.

"여기 있었군."

그때 나무들 사이에서 소름 끼치는 목소리가 들려왔다.

목소리 자체는 가래 끓는 사내의 목소리일 뿐인데, 거기에 실린 요기가 감각을 자극한다. 긴장한 백리검운 앞으로 한 청년이 터벅터벅 걸어왔다.

'이놈은 뭐지?'

추레한 몰골의 청년이었다. 입고 있는 옷은 허름하다 못해 이곳저곳 헤진 곳을 덧대어 꿰매서 너덜너덜하고 머리와 수염도 제대로 다듬지 않아서 지저분하게 자라나 있었다.

청년이 백리검운을 말했다.

"명성은 익히 들었어. 위진국의 영웅, 황실의 첫 번째 검인 백리세가의 가주 폭성검 백리검운."

"무엄하다. 천한 것이 내가 누구인지 알면서도 예의를 갖추지 않는 것이냐?"

"질문에 대답해."

청년은 백리검운의 분노를 무시하고 물었다.

"왜 선발대와 마을 사람들을 구조할 병력을 보내지 않았지?"

"뭐라고?"

백리검운은 어처구니없어하는 표정을 지었다. 이놈이 갑자기 나타나서 도대체 무슨 소리를 하고 있는 것인가?

청년은 그 반응을 무시하고 물었다. 그의 눈빛은 마치 백리검운의 정신을 꿰뚫어 보는 듯 기이한 불쾌감을 안겨주었다.

"관군의 책임자인 당신이 모를 리 없다. 그렇군. 내 질문이 워낙 뜻밖의 것이라서 정확한 의미를 이해하는 데 시간이 걸렸군. 이제야 답을 떠올리는 건가?"

그 말에 백리검운은 등골이 오싹했다. 그런 느낌이 드는 게 아니라 진짜로 자신의 마음을 읽고 있단 말인가?

"이놈! 감히 누구의 마음을 들여다보는 것이냐!"

백리검운이 검을 내질렀다. 청년은 눈대중으로 정확히 검이 닿는 거리를 파악하고 뒤로 피했지만…….

파학!

가슴이 갈라지면서, 피 대신 시커먼 안개 같은 기운이 뿜어져 나온다.

청년이 경악으로 눈을 크게 떴다. 분명히 피했는데 어째서?

하지만 곧 청년은 답을 얻는다.

"반걸음의 보법만으로 거리를 착각하게 만들다니 절묘한 기술이군."

죽음에 이르는 중상을 입고도 청년은 태연했다. 그도 그럴 것이 백리검운이 보는 앞에서 상처가 나아가는 게 아닌가?

"역시 요괴였구나."

백리검운은 놀라지 않았다. 애당초 청년이 인간일 거라는 기대를 걸지 않았던 것이다.

"요괴라. 그럴지도 모르지. 이제는 딱히 인간이고 싶지도 않다."

청년이 스산한 어조로 말하더니 백리검운에게로 뛰어들었다. 백리검운이 코웃음을 치며 검을 비스듬히 찌른다.

속도는 청년이 훨씬 빨랐다. 하지만 어느 순간 그는 자신이 마치 백리검운의 검끝으로 빨려들듯이 뛰어들고 있음을 깨달았다.

파학!

단번에 청년을 두 동강 낸 백리검운이 질주하기 시작한다. 그역시 팔객에 이름을 올릴 만한 고수다. 몸 상태가 엉망진창이지만 잠시 움직임을 멈추고 진기를 다스린 것만으로도 상당한 여력을 회복했다.

검이 바람처럼 자유롭게 춤춘다. 그리고…….

콰콰쾅!

검이 스치고 지나간 지점으로부터 열기가 끓어오르며 폭음이 울려 퍼진다.

적은 기운으로도 상대의 기운을 잠식하고 폭주시켜서 내부로부터 파괴하는 이 기술은 백리검운의 장기였다. 어지간한 적들은 그와 검을 부딪치는 것만으로도 자멸하고 만다.

"흠!"

백리검운은 정말로 최소한의 힘만을 사용했다. 사방에서 날아드는 나뭇가지와 뿌리, 아니, 저주의 힘이 담긴 수목의 촉수라고 부르는 게 적절한 것들에게 검을 쉬지 않고 휘두르는데도 지치지 않는다. 소모하는 힘보다 진기의 흐름이 안정되면서 차오르는 힘이 더 많기 때문이다.

그런데도 압도적인 파괴력이 나온다.

콰콰쾅! 콰쾅!

수목의 촉수에 담긴 요기가 크기 때문이다. 자신의 힘은 최소한만 쓰면서, 상대의 힘을 이용하는 무서운 기예였다.

'좋아. 슬슬……'

마치 검무(劍舞)를 추듯이 느리고 아름답기까지 한 움직임이지만 그 결과는 무시무시했다. 수목의 촉수들은 물론, 그것과 이어진 나무들까지 무참하게 파괴되어서 불길을 피워 올리고 있었다.

"지성이라고는 없는 것들이 수만 믿고 내 검에 맞서다니… 주제 파악을 하는 것이 좋을 것이다."

백리검운이 코웃음을 쳤다. 수목의 촉수들은 무서운 존재였지만, 지성이 없었기에 극한까지 갈고닦은 백리검운의 기예에 농락당했다.

"과연 팔객이라 불릴 만한 실력이군."

단번에 그 자리를 벗어나려던 백리검운은 섬뜩함을 느꼈다. 땅을 뚫고 수목의 촉수가 솟구치는 게 아닌가?

한 걸음 물러나면서 스치듯이 베고는 옆으로 나아가려고 했지만…….

'막았다고?'

지금까지와 달리 그의 침투경이 수목의 촉수에 깃든 요기를 폭주시키지 못했다. 미약한 힘으로 구성된 침투경이 기술적인 저항에 녹아버리고, 맨 처음 벤 지점이 터져 나갔을 뿐이다.

그리고 그의 눈앞에서 수목의 촉수들이 하나로 뭉치더니 사람의 형상으로 변했다. 맨 처음 베어버렸던 청년이었다.

"그런 식으로 구성된 존재였나? 좋다. 몇 번이고 베어주지."

"굉장한 기술이야. 하지만 그것보다는 답이 더 중요해. 대답해라. 왜 구원을 보내지 않았지?"

백리검운이 차가운 눈으로 청년을 쏘아보았다. 정체가 뭔지 모르지만 대단히 위험한 존재다.

'이 정도로 규모가 큰 힘을 휘두르는 요괴가 지성을 지니다니, 위험하다. 본체를 파악해서 단번에 몰아치거나, 아니면 기환술사들을 불러서 대규모 공격으로 쓸어버려야 하는데……'

문득 청년이 눈을 가늘게 떴다. 그러더니 갑자기 웃음을 터뜨린다.

"하하하하하……!"

어이없어하는 웃음이었다. 백리검운은 영문을 알 수 없었다. 이틀에 공격해 들어갈까도 생각했지만 유인인지 아닌지 확신이 서지 않았다.

"고작 그런 이유였나? 네가 생각하기에 '좀 더 가치 있는 인간들'의 확실한 안전이, 네 명령으로 목숨을 건 병사들과 죄 없는 사람들보다 더 중요했단 말이냐!"

눈물이 나도록 웃은 청년이 노성을 지른다.

백리검운은 또다시 마음을 읽혔음을 깨달았다.

선발대는 전서구를 통해서 긴급하게 소식을 알려왔다. 그것을 보고받았을 때 백리검운은 잠시 고민하고 결정을 내렸다.

아무리 빨리 지원 병력을 급파해도 그들을 구하기는 어려울 것이다. 그러니 얼마 떨어지지 않은 곳에 있는, 비교적 번화한 마을을 지키는 쪽을 선택한다.

마을의 백성들에게도 피신을 권고하고 그 앞에 저지선을 구축함으로써 그들이 백리검운이 백성을 위하는 장군이라는 소문을 퍼뜨릴 수 있는 재료를 던져 준다. 그런 한편 일부 병력을 빼서 관리들과 지역 유지들을, 그들의 재산까지도 안전하게 피신시켜 준다.

위험을 감수하고 생존 가능성이 희박한 선발대와, 자신에게 도움 될 구석도 없는 무지렁이 촌민들을 구하는 것보다야 이쪽을 택하는 것이 당연했다.

적어도 백리검운에게는 그랬다.

"그놈들을 지키고! 그놈들의 재산을 운반해 줄 짐꾼 노릇을 하는 병사들만이라도 보내줬다면! 그랬다면 모두 살았을 텐데! 청이도 살아 있을 텐데!"

청년이 울분을 토했다.

사람들을 지키고자 싸우던 이들도, 그리고 싸울 힘이 없는 이들도 모두 고통스럽게 죽어갔다. 모두가 요괴의 먹이가 되었고, 그는 항상 자신을 귀찮게 굴던 청이의 시신을 요괴들이 뜯어먹는 것을 보고는 싸우기를 포기했다.

'인간이 밉다.'

눈을 떴을 때는 그런 속삭임이 내면에서 끊임없이 울려 퍼지고 있었다.

'미워서 견딜 수가 없어.'

청년은 그 속삭임에 동조하는 자신을 발견했다. 자신도 마찬가지다.

인간이 밉다. 탐욕 때문에 죄 없는 자들을 짓밟는 것을 당연시하는 인간들이 너무나도 밉다.

그런 감정이 너무 커서 마음이 부서져 버렸다. 누군가는 미움에서 살 의지를 얻는다지만 그는 그렇지 못했다. 미움에도 전념하지 못하고 망가진 인형처럼 흐느적거리면서, 그저 죽지 못해서 살았다.

'오빠는 이름이 뭐예요? 언제까지 귀퉁이집 오빠라고만 부를 수는 없으니까 좀 가르쳐 줘 봐요.'

그런데도 사랑했던 사람들이 있었다.

아직 인간으로 살 만한 가치가 있다고 그의 마음을 설득하던… 그런 누군가가 있었다.

"이름… 가르쳐 줬으면 좋았을걸. 허용빈이라는 이름 석 자가 뭐 대단하다고."

청년, 허용빈이 눈물을 흘리며 웃었다.

부서진 마음에서 감정이 샘솟는다. 그 감정은 홍수처럼 격렬해서 슬픔으로 눈물을 흘리다가 금세 분노와 증오에 지배당한다.

"쓰레기 같은 놈! 여기서 나가면 부하들을 희생양으로 던져넣고 도망가면서 '귀한 신분의 사람들'만 안전한 곳으로 피신시킬 궁리까지 하고 있어? 이런 놈이 팔객이라고, 영웅이라고 칭송받고 있다니 역시 세상은! 인간은……!"

"닥쳐라!"

백리검운은 더 참지 않았다. 마음을 읽힌다는 사실이 극도의 불쾌감과 분노를 불러일으켰다.

그에게서 주변의 농밀한 요기를 압도하는 기파가 뿜어져 나온다. 그의 검과 몸이 강렬한 빛을 뿜어내더니 이윽고 온통 빛으로 이루어진 형상으로 화했다. 그리고…….

……꽈과과광!

폭음이 울려 퍼졌을 때는 이미 그가 있던 지점에서 빛이 폭발, 전방 수십 장을 섬광의 궤적이 관통한 뒤였다. 그 궤적을 무시무시한 폭발이 뒤따르면서 열파가 모든 것을 쓸어버린다.

"본체가 어디 있는지는 모르겠지만 이걸로 일단……."

심상경의 절예, 신검합일을 펼친 백리검운이 숨을 고를 때였다.

갑자기 뭔가가 그의 뒤쪽으로 달려들었다. 화살처럼 무시무시한 기세였다.

퍼엉!

백리검운은 움직이지 않았다. 격공의 기가 공간을 넘어서 적을 친다.

섬뜩할 정도로 정확한 타격이었다. 날카로운 기운이 상대를 관통, 상대를 꼬치 꿰듯이 허공에 묶어두는 동안 춤을 추듯 유려한 동작으로 몸을 돌리며 검을 날린다.

콰학!

단번에 상대를 두 동강 낸 백리검운이 눈을 크게 떴다. 몸이 반쯤 불타서 검은 연기를 피워 올리고 있는 청년이 보였다.

'버텨냈단 말인가?'

믿을 수가 없다. 그가 신검합일로 펼친 절기 폭성검(暴星劍)은 단순히 표적을 기화시키는 것에 그치지 않고 압도적인 물리적 여파를 동반하여 적을 멸살한다. 설령 기화를 버텨낼 수 있는 능력이 있다고 하더라도 무사할 수 없었을 텐데 고작 이 정도의 피해만을 입었다니?

"크으, 으아아아아아!"

두 동강 난 청년이 비명을 지른다. 파괴된 청년의 몸이 다시 수목으로 돌아가고 저편의 땅이 폭발, 수목의 촉수가 뻗어 나와 새로운 그로 변했다.

하지만 새롭게 형성된 몸에서도 연기가 피어오르고 있었다. 안쪽에서 열기가 들끓는다.

"크윽, 어, 어째서……?"

백리검운이 차갑게 웃었다.

"흥! 아무리 본체가 아니더라도 내 폭성검을 받고 타격이 없을 수 없었을 터! 여력이 얼마나 되는지 볼까?"

백리검운의 폭성검은 장구한 세월 동안 발전해 온 백리세가의 가전 무예가 피운 꽃이라고 할 수 있는 절예다.

심검으로도, 신검합일로도 펼칠 수 있으며 물리적 열파를 동반한다. 또한 백리검운이 즐겨 쓰는 침투경의 묘리까지 더해져 응용 면에서의 깊이는 따라올 기술을 찾기 힘들다.

즉 드러난 수목들이 폭성검에 맞은 시점에서, 그 여파가 침투경의 형태로 땅속을 내달려 가고 있는 것이다.

화아아악! 콰콰쾅!

그 증거로 사방에서 열기가 끓어오르며 요기에 이어진 수목들이 폭발하고 있었다. 사정을 모르는 이들이 보면 이 숲이 자연 발화하는 것으로 보일 광경이었다.

"덩치가 무섭도록 크다는 것만은 인정하지. 하지만 어차피 우둔한 요괴에 불과하다."

"으윽, 배, 백리검운……!"

"비천한 요괴 주제에 내 이름을 함부로 부르지 마라. 일단은 물러간다만 곧 이 숲째로 너를 없애주지."

백리검운이 의기양양해서 말할 때였다.

슈화아아아악!

갑자기 쓰러진 허용빈의 몸에서 새하얀 냉기가 피어올랐다.

"아니?!"

경악하는 백리검운 앞에서 숲을 불태우던 열기가 급속도로 식어갔다. 대신 새하얀 냉기가 폭발하면서 북방을 연상시키는 동토가 형성되기 시작했다.

"이건, 나도, 아프니까, 하고 싶지, 않았, 지만……."

반쯤 얼어붙은 허용빈이 딱딱 끊어지는 목소리로 말했다. 기분 나쁠 정도로 뻣뻣한 움직임으로 일어나는 그의 주변에서 수목의 촉수들이 솟구친다.

그 촉수들도 움직임이 부자연스러웠다. 표면이 얼어붙어서 새하얀 냉기를 토해내는데 느리고 뻣뻣하다.

하지만 상관없었다. 그 대신 압도적인 수와 규모로 주변을 포위하며 솟구친다.

"이런……!"

백리검운은 여유 부릴 때가 아님을 깨달았다. 곧바로 결단을 내리고 승부수를 띄운다.

심상경의 절예, 폭성검이 재차 펼쳐졌다.

"…음?"

직후 백리검운은 뭔가 이상하다는 사실을 깨달았다.

그는 신검합일로 단번에 적을 꿰뚫고 숲 바깥쪽으로 향할 생각이었다. 그런데 어째서 얼어붙은 숲 한가운데 있는 것인가?

"두 번, 당하지, 않는, 다……."

그 앞에 허용빈이 나타났다.

그 자리를 돌풍이 덮쳤다. 놀란 백리검운의 눈에 끓어오르는 열기와 강맹한 냉기가 서로 다투는 광경이 보였다.

'기화는 멀쩡히 버텨내고 폭성검의 힘만 한쪽으로 몰아서 제압하다니!'

그것은 즉 허용빈의 모습을 한 요괴가 기화를 버텨낼 방법을 터득했다는 뜻이다. 이러면 심상경의 절예로 큰 힘을 낭비하는 것보다는 물리적으로 철저하게 파괴해야 했다.

"크아, 아아아, 아아!"

허용빈이 덮쳐 오자 백리검운이 응전했다.

몸 상태는 엉망이다. 그리고 두 번이나 폭성검을 써서 진기도 바닥을 드러냈다.

그런 상황에서도 백리검운은 팔객의 일원다운 무위를 유감없이 선보였다. 허용빈이 덮쳐드는 족족 베어버리고 수목의 촉수들을 남김없이 쳐 내면서 전진한다.

하지만 압도적인 물량 앞에서는 한계가 있었다. 특히 그의 장기인, 침투경으로 적의 자멸을 유도하는 기술이 막힌 상황에서는…….

콰직!

결국 수목의 촉수가 백리검운의 어깨를 후려쳤다. 휘청거리는 그의 옆구리를 허용빈이 걷어찬다. 백리검운은 그 순간에도 반응해서 다리를 베어버렸지만, 타격이 닿는 것은 막지 못했다.

"커어……!"

땅을 뚫고 뻗어 나온 촉수가 백리검운을 붙잡는다.

콰드득!

섬뜩한 소리가 울려 퍼지며 백리검운이 눈을 부릅떴다. 청년의 손이 그의 몸통을 관통하고 심장을 붙잡고 있었다. 청년이 악마처럼 웃으며 속삭인다.

"이대로 죽여 버리는 것보다는, 네가 가치 있다고 생각했던 모든 것을 파괴하는 존재가 되어라. 그로써 네가 가장 소중히 생각했던 명성을 시궁창에 처박게 되겠지. 스스로 죽음보다 더한 오욕을 손에 넣어라."

'안 돼…….'

백리검운은 거부하려고 했지만 목소리가 나오지 않았다. 심장에 부어진 저주의 힘이 혈맥을 잠식하면서 그를 변이시키고 있었다.

인간으로서의 백리검운이 죽는다.

그리고 그가 가치 있다고 판단한 것을 파괴하고 싶어서 안달이 난, 인간으로서 쌓아 올린 모든 성과를 쓰레기로 만들고 싶어 하는 욕망에 지배당한 요괴가 태어난다.

'그럴 수는 없어! 안 돼……!'

부질없는 발버둥이었다. 인간 백리검운의 자아를 양분으로
삼아 요괴 백리검운의 자아가 태어났다.

"하하하하……."

자신의 앞에 공손하게 무릎 꿇은 백리검운을 보며 허용빈이
미친 듯이 웃음을 터뜨렸다.

"아하하하하하하!"

9

형운은 운화로 한번 길을 크게 우회해서 심부로 향했다. 처음
에는 혹시 추적자들이 자신을 발견했을까 걱정했지만 그렇지는
않은 것 같다.

'이상할 정도로 조용하군. 무사히 빠져나간 건가?'

그렇게 생각하며 전진하고 있을 때, 먼 곳에서 섬광이 폭발했
다. 수백 장이나 떨어진 이곳까지 충격이 전달되어서 땅이 흔들
리고 잠시 후에는 미미한 열기를 띤 바람이 불어온다.

'엄청나다.'

형운은 깜짝 놀랐다. 무시무시한 파괴력이다. 누가 한 일일
까?

의아해하고 있을 때 주변이 급변했다.

"이건 뭐야?"

형운이 기겁했다. 지금까지는 새, 짐승, 벌레에 이르기까지

별의별 것들이 요괴가 되어 덮쳐 왔다. 그런데 이제는 수목이 가지와 뿌리를 촉수처럼 꿈틀거리면서 공격해 오는 게 아닌가?

"기분 나쁘잖아!"

형운이 혐오감을 떨쳐 내면서 발로 땅을 한번 굴렀다. 그러자 그 지점으로부터 굉음이 울려 퍼지면서 원형의 충격파가 달려 나갔다.

일거에 주변을 쓸어버린 형운은 곧바로 땅을 박차며 운화했다. 일순간 30장(약 90미터) 정도를 뛰어넘어서 나무들 사이에 착지, 연속으로 운화하면서 정신없이 위치를 바꾼다.

이렇게 이동하면 그 무엇도 형운을 포착할 수 없었다. 숲이 형운의 위치를 인지하고 이런저런 수단으로 공격을 가해오기도 전에 그는 이미 다른 곳에 가 있으니까.

쿠구구구궁……!

뒤쪽에서 굉음이 울려 퍼진다. 막대한 기파가 폭발하면서 강대한 힘의 소유주들이 격돌하고 있음을 알려주었다.

'하나는 확실히 팔대호법 중에 하나다. 암운령이었던가?'

기파가 워낙 강렬해서 형운이 있는 곳까지 뚜렷한 개성이 드러난다. 한번 접한 기파를 결코 잊지 않는 형운의 기감은 그 기파의 주인이 설산에서 기영준과 싸웠던 암운령의 것임을 알아보았다.

'나머지 둘은 뭐지?'

그와 동급이거나 그 이상의 기운을 지닌 존재가 둘 더 있다. 아마 둘이 하나와 싸우고 있는 듯한데…….

'하나는 마기인 것으로 봐서 흑영신교도인 것 같고, 또 하나는… 요괴인가?

처음에는 백리검운이 따라잡혔나 했는데 그게 아닌 것 같다. 두 마인을 상대로 싸우고 있는 존재는 아무리 봐도 요괴였다.

'굉장히 강력한 요괴라도 있나 보군. 나도 조심해야겠어.'

여기까지 오는 동안 본 요괴 중에는 바깥에서 상대했던 것들 이상으로 강력한 놈들은 없었다. 그래서 백리검운이 말한 흑영신교의 강자들만 피하면 문제없으리라고 여겼는데, 저 정도로 강력한 요괴가 있다면 주의해야 할 필요가 있었다.

'어쨌든 백리 장군, 그 작자는 무사히 빠져나갔겠군.'

정말 마음에 안 드는 작자이기는 했지만, 그래도 마인들에게 붙잡혀 죽지 않았을 거라고 생각하니 살짝 안도감이 든다.

키기기긱……!

형운이 잠시 한곳에 머물러서 상황을 보고 있자니 금세 수목의 촉수가 덮쳐 온다. 형운은 광풍혼을 일으키면서 주변을 한번 휩쓸고는 재차 운화해서 위치를 바꾸었다.

그러던 중, 형운의 눈에 강렬한 광경이 들어왔다.

서로 얽힌 나무들이 거대한 성벽처럼 솟아 있었다. 그리고 그 위로 끔찍한 저주의 힘이 검은 안개의 벽이 되어 하늘로 피어오른다.

'세상에…….'

형운은 전율했다. 도저히 가까이 가고 싶지 않은 곳이었다.

하지만 동시에 자신이 저기에 가야만 한다는 깨달음이 찾아왔다.

어둠 안쪽에서 새하얀 기운이 분출되었다. 그리고 숨 막힐 정도로 농밀한 요기를 뚫고 너무나도 익숙한 기운이 기감을 자극한다.

'젠장! 역시 저기냐!'

하필 빙령의 조각이 저기 있다니! 형운은 울상을 지으며 몸을 날렸다.

쉬쉬쉬쉬쉬!

나무의 성벽으로 가까이 가자 이제까지와는 비교도 안 될 정도로 역동적으로 움직이는 촉수들이 마치 채찍처럼 뻗어온다. 형운은 그것을 쳐 내고는 운화로 단번에 안개 안쪽으로 뛰어들었다.

'어?'

그리고 자신이 허공에서 균형을 잃고 핑글핑글 돌며 추락하고 있다는 사실을 깨달았다.

"으악! 이런!"

형운은 땅에 떨어지기 직전, 가까스로 몸을 바로잡고 땅을 박찼다. 그리고 그대로 몇 바퀴나 공중제비를 넘으면서 후진한 후에야 멈출 수 있었다.

"크윽, 저 안으로는 운화로는 못 들어가나 보군."

아무래도 저주의 힘이 안개처럼 피어오르는 저곳은 운화로 통과할 수 없는 모양이다. 형운은 몰아쳐 오는 수목의 촉수들을 피해 달리기 시작했다.

"흡!"

단번에 질풍처럼 가속한 다음 지면이 부서져라 박차고는 대각선으로 뛰어오른다. 도약이라기보다는 발사라는 말이 어울리는 기세로 허공에 푸른 섬광의 궤적을 그려내면서 저주의 안개를 돌파했다.

그리고 안쪽으로 뛰어들자마자 허공을 박차면서 감속, 균형을 바로하면서 재빨리 상황을 살핀다.

'저건······.'

형운이 눈을 크게 떴다.

두 사람이 싸우고 있었다.

전신에서 요기를 풀풀 풍겨내는, 인간 청년의 모습을 한 요괴와 강력한 마기를 뿜어내는 청년. 형운은 둘을 보는 순간 강렬한 가슴의 고동을 느꼈다.

'설마 둘 다 성운의 기재? 게다가··· 잠깐. 저놈은 설마?'

강력한 별의 힘이 공명하고 있다. 성운의 기재를 볼 만큼 봤는지라 착각할 리가 없었다.

"음?"

"저건······."

형운의 난입에 놀란 둘이 서로를 바라보더니 크게 힘을 실은 일격으로 격돌했다.

꽈광!

폭음이 울리며 두 사람이 서로 반대편으로 물러났다.

그 사이로 내려선 형운은 두 사람의 얼굴을 보고는 경악했다.

"허어, 이런 곳에서 만날 줄은 몰랐구나. 흉왕의 제자여."

흑영신교주가 있었기 때문이다.

10

싸늘한 정적이 내려앉았다.

흑영신교주를 본 형운의 눈이 조용한 분노로 가라앉았다. 형운이 주먹을 쥐었다.

"역시 이곳 일에는 네놈들이 관여하고 있었군. 여기서 악연을 끝내자. 뭔가 일이 뜻대로 안 풀려서 부하들과 떨어져서 혼자가 된 모양인데, 아주 잘됐어. 여기서 네놈을 끝장내면 흑영신교의 위세도 죽겠지."

"흠. 그대는 오해를 하고 있다, 흉왕의 제자여."

"되도 않는 변명은 집어치우시지. 빙령의 조각이 여기 있다는 건 알고 있……."

순간 형운은 섬뜩함을 느끼며 뒤로 뛰었다. 한 박자 늦게 그가 발 딛고 서 있던 땅이 부서지면서 거대한 나무뿌리가 꿈틀거리며 튀어나온다. 시커먼 저주의 힘을 휘감은 그것은 닿기만 해도 영혼이 썩어 들어갈 것만 같았다.

"큭!"

허공으로 도약한 형운을 누군가가 덮친다. 교주와 싸우고 있던, 인간 청년의 모습을 한 요괴였다.

놀라운 속도였지만 형운은 가볍게 그의 공격을 걷어내면서 반격한다.

쾅!

폭음이 울리며 형운과 요괴 청년이 서로 반대편으로 튕겨 나갔다. 형운은 허공을 박차고 날아오르면서 광풍혼을 전개, 사방 팔방으로 주먹을 난타했다.

콰콰콰콰쾅!

유성혼이 초당 수십 발씩 뻗어나가면서 수목의 촉수들을 분쇄한다. 폭풍 같은 기세로 자신의 주변을 정리한 형운이 땅에 내려섰다.

"넌 뭐지?"

불길한 힘의 기류 속에서 청년 요괴의 속삭임이 들려온다. 혼자서 웅얼거리고 있는 듯한 목소리였는데도, 수목의 촉수들이 내는 소음을 뚫고 똑똑하게 형운의 귀에 와 닿았다.

"굉장해. 나나 저놈 이상이야. 너라면… 이 그릇이라면 전부를 담을 수 있을 것 같군."

"무슨 소리를 지껄이는 건지 모르겠다만, 너야말로 누구냐?"

형운은 청년이 일대에 들끓는 저주의 본체임을 직감했다. 일월성신의 눈이 일대를 휘감은 저주의 기류가 청년에게로 이어져서 호수처럼 거대한 힘의 군집을 이루고 있음을 본다.

'빙령의 조각도 삼켰잖아?'

빙령의 조각도 청년의 안에 융화되어 있었다. 성운의 기재로서 지닌 별의 힘과 저주의 힘으로부터 비롯된 막대한 요기, 그리고 빙령의 힘까지 얽혀서 어마어마한 힘이 뿜어져 나온다.

"그는 허용빈이니라."

대답한 것은 교주였다.

"허용빈?"

처음에는 그 이름을 듣고도 도대체 누군가 싶었다.

하지만 형운은 곧 그 의미를 깨닫고 깜짝 놀랐다.

"설마 성운의 기재 허용빈을 말하는 거야?"

"바로 그러하다. 암야살예가 숨겨놓았다고 하더니 왠지 저 꼴이 되어 있더군."

"역시 자혼의 제자가 된 게 아니었나."

세간에는 허용빈이 그를 구해 간 암야살예 자혼의 제자가 되었을 거라고 알려져 있다. 하지만 형운은 그럴 가능성이 낮다는 것을 알고 있었다. 귀혁의 말대로라면 자혼이 제자를 두는 경우는 그 수명이 다해서 다음 계승자를 바랄 때뿐일 테니까.

드드드드드……!

사방이 진동한다. 주변을 에워싸고 성벽을 구축한 나무들이 급속도로 자라나면서 무수한 수목의 촉수들이 뻗어왔다.

"젠장!"

형운은 부지런히 권격과 발차기를 날려서 촉수들을 분쇄하고 빈 공간으로 빠져나갔다. 그런 형운의 옆쪽에 허용빈이 나타나더니 손을 뻗는 순간이었다.

퍼엉!

폭음이 울리며 허용빈이 튕겨 나갔다. 그리고 그 자리에 흑영신교주가 나타나서 말했다.

"흐음. 내가 이런 말을 하는 때가 올 거라고는 상상도 못 해봤다마는……."

"개수작 때려치우고 입에 자물쇠 채워라."

형운은 난처했다. 무슨 이유에서인지 모르겠지만 요괴가 된 허용빈은 교주보다 형운에게 더 군침을 삼키고 있었다.

'이 자식은 열심히 싸우던 놈 놔두고 왜 나를 못 잡아서 안달이야?

이렇게 된 이상 허용빈을 상대하는 동안 교주가 뒤통수를 칠 것을 우려해야 하지 않는가? 그렇게 생각할 때 교주가 쓴웃음을 지으며 말했다.

"흉왕의 제자여, 협력하지 않겠는가?"

"뭐?"

순간 형운은 망치로 뒤통수를 한 대 얻어맞은 것 같았다. 상상도 못 한 제안에 어안이 벙벙해져서 교주를 바라본다.

"우습게도 이번만큼은 우리의 목적은 일치하는 것 같다. 나도 저것을 쓰러뜨려야 하느니."

"…지금 나보고 그 말을 믿으라고?"

"흑영신의 이름에 걸고 맹세하지. 이번에는 그대가 나를 적대하지 않는 한, 나는 결코 그대를 배신하지 않을 것이다."

"……."

"그것만으로는 부족한가? 그렇다면 하나 더 약속하지. 저자를 쓰러뜨린 다음에 빙령의 조각은 그대가 가져가라. 어떤 방해도 없이 넘겨줄 것을 흑영신의 이름에 걸고 맹세하마."

"음……."

형운은 흑영신교도에게 있어서 흑영신의 이름에 걸고 맹세한다는 것이 어떤 의미인지 알고 있었다.

끝없는 광신으로 정신을 무장한 그들은 자신들의 신의 이름을 걸고 맹세한 일에는 결코 수작을 부리지 않는다. 그래서 마인들 사이에서도 흑영신교는 상종하기는 싫지만 거래 대상으로는 믿을 수 있다는 인식이 퍼져 있는 것이다.

형운이 교주를 노려보았다.

"그렇게까지 말하는 것을 보니 빙령의 조각보다 더 중요한 뭔가를 노리고 있군."

"부정하지 않으마. 만약 내 의도를 반드시 막아야만 하겠다고 생각한다면, 그대가 협정을 깨고 나를 공격하면 될 일이다."

형운과 교주는 계속해서 날아드는 수목의 촉수들을 피하고, 분쇄하면서 대화했다. 그 틈으로 허용빈이 돌진해 오더니 새하얀 냉기의 구체를 날린다. 도저히 피할 수 없는 공격이었다.

화아아아악!

극도로 응축되었던 냉기가 폭발, 한순간에 주변이 얼어붙었다. 격렬하게 움직이던 수목의 촉수들이 일거에 얼어붙어 버린다.

쾅!

그러나 얼어붙은 공간을 깨고 형운이 뛰쳐나왔다.

형운은 자신의 몸 일부에 얼음이 달라붙었다 깨져 나가는 것을 보며 이를 악물었다. 냉기가 피부를 뚫고 기맥으로 침투해 온 것이 아닌가?

뼛속까지 스며드는 한기라니, 빙백기심을 얻은 이후로는 한 번도 느껴보지 못한 감각이다. 빙령의 조각과 결합한 저주의 힘에 형운은 전율했다.

"…제기랄."

형운은 정말 내키지 않지만 어쩔 수 없는 상황임을 인정했다. 끓어오르는 감정을 억누르며 냉정하게 결단을 내렸다.

"좋다! 흑영신교주! 이 상황을 타파할 때까지는 협력하지!"

제57장
구원은 없다

성운을 먹는 자

1

별의 수호자의 화성, 하성지는 고개를 갸웃했다.

"요괴들이 물러가고 있군. 왜지?"

끝도 없이 몰아쳐 오던 요괴들이 물러간다. 덕분에 관군은 한숨 돌리고 상태를 정비할 수 있었다.

문제는 이유를 알 수 없다는 점이다. 하성지가 이유를 고심할 때 아윤이 말했다.

"백리 장군이 안에서 뭔가 해낸 게 아닐까요?"

"그럴지도 모르겠군. 벌써 몇 번이나……."

그렇게 말하던 그녀가 눈살을 찌푸렸다. 먼 곳에서 폭발한, 미미하지만 도저히 무시할 수 없는 기파가 기감을 자극했기 때

구원은 없다 251

문이다.

'슬슬 일곱 번째. 아니, 최초에 서로 맞부딪친 것을 두 번으로 치면 여덟 번째인가? 그 정도로 여력이 넘쳐 나는 건가?'

그녀가 세고 있는 것은 숲 안쪽에서 심상경의 절예가 터진 횟수다.

만상붕괴(萬象崩壞)가 아니더라도 심상경의 절예는 압도적인 존재감을 과시한다. 거리가 멀어서 다른 이들은 정확히 파악하지 못하는 것 같지만 심상경의 절예를 터득한 하성지는 알 수 있었다.

아윤이 물었다.

"'몇 번이나' 라니요?"

"흠. 모르면 됐다. 그보다… 우리 애들보다 저 녀석들이 먼저 왔군."

문득 하성지가 뒤를 돌아보았다.

서하령과 마곡정, 가려와 천유하 네 명이 뒤쪽에서 달려오고 있었다. 곧 그녀가 있는 곳에 도착한 서하령이 물었다.

"상황을 알려주실 수 있을까요?"

"예상보다 피해 상황이 심각해서 오자마자 관군과 함께 싸우고 있었다. 조금 전부터 요괴들이 물러가기는 했지만 언제 다시 공격해 올지 모르니 너희들도 한 손 보태줘야겠다."

"형운은요?"

"그 녀석은 다른 쪽을 돕고 있는데… 위치를 좀 알아보지."

하성지는 근처의 지휘관에게 형운의 위치 파악을 부탁했다. 그녀의 경천동지할 무위에 도움을 받았기에 관군은 깍듯하게

경의를 표하며 그에 응했다.

하지만 잠시 후, 그가 들고 온 소식은 하성지뿐 아니라 모두를 난감하게 만들었다.

"갑자기 숲으로 뛰어 들어갔다고?"

"그게 언제쯤이죠?"

서하령이 묻자 지휘관이 대답했다.

"글쎄요, 이미 한 식경(30분)도 넘은 것 같습니다만……."

"이 사고뭉치! 왜 혼자서 돌격해 들어간 거야! 급한 이유가 있으면 하다못해 전언이라도 남기든가!"

서하령이 분통을 터뜨렸다.

2

흑영신교주가 여기에 온 목적은 두 가지다.

첫 번째, 빙령의 조각을 회수하고, 교의 연구 시설을 완전히 파괴하여 그 안에 있는 연구 기록을 빼앗기지 않도록 한다.

두 번째, 허용빈을 죽여 성운의 기재로서 지닌 별의 힘을 회수한다.

첫 번째 목적을 위해 싸우고 있을 때, 숲을 지배하는 저주의 본체라고 할 수 있는 허용빈이 그를 덮쳐 왔다. 흑영신교주는 곧 수목으로 이루어진 성벽 안에 갇히게 되었고, 전력으로 허용빈과 싸우던 중 그의 목적을 알게 되었다.

허용빈은 그릇이다.

별의 힘을 지닌 인간이라는 점 때문에 단순한 요괴가 아니라,

진야가 남긴 저주의 정수를 담을 수 있는 그릇으로 선택되었다.

하지만 그만으로는 저주의 정수를 전부 담을 수 없다. 그렇기에 그와 비슷하면서 더욱 뛰어난 그릇인 흑영신교주를 노렸다.

'이미 죽어 소멸한 진조족의 찌꺼기 따위가 위대한 흑영신의 화신인 나를 노린다니 불쾌한지고.'

그에게 부여된 흑영신의 권능이, 눈앞의 허용빈이 그와 싸우게 되기까지의 과정을 통찰한다.

흑영신교가 진야의 추락지 부근에 연구 시설을 만든 것이 실수였다.

영맥을 잠식하는 진야의 저주는 기환술사나 영수가 흔히 산의 의지라고 부르는, 영맥의 심(芯)을 집어삼킨 지 오래였다. 그것이 설산의 심이라고 할 수 있는 빙령의 조각과 공명, 그 존재를 알아차리고 흑영신교의 연구 시설을 덮쳤다.

이것은 흑영신교로서도 예상 못 한 사태였다. 진야의 저주가 지능적으로 활동하는 징후는 어디에도 없었으니까.

어쨌든 그로 인해서 저주의 힘이 이전과는 비교할 수 없는 기세로 폭주하면서 피해가 확대되었다. 그리고 이 과정에서 하필이면 허용빈이 저주와 닿아서 그릇으로 선택되었다.

'기구한 인생이로다.'

허용빈은 성운의 기재라는 것이 밝혀진 순간 그동안의 삶이 참혹하게 유린당했다. 암야살에 자혼의 도움으로 모습을 감춘 채 조용하게 살아가고 있었건만 이런 일이 닥치다니, 성운의 기재가 풍운을 불러들인다는 말도 허황되다고 할 수 없으리라.

어쨌든 저주의 그릇이 된 허용빈은, 교주를 죽여서 자신과 같은 그릇을 늘리고자 하고 있었다. 만약 그리된다면 이제까지와는 비교도 할 수 없는 재난이 위진국을 덮치게 되리라.

'신녀의 예지가 닿지 않는 곳이라고는 하나 이렇게까지 놈의 의도대로 끌려다니게 될 줄이야.'

흑영신교주는 그 점이 마음에 들지 않았다.

이 상황은 완전히 허용빈이 의도한 대로였다. 주변을 에워싼 수목과 요기의 성벽이 연결을 방해하기는 하지만 그래도 흑월 령과 암운령의 상황은 어렴풋이 알 수 있다. 둘은 요괴가 된 백리검운과 싸우고 있었다.

허용빈은 둘을 쓰러뜨리고자 백리검운을 수족으로 삼은 것이 아니다. 어디까지나 흑영신교주를 쓰러뜨릴 때까지 둘의 발을 묶어두는 것이 목적이었다.

이런 상황에서 형운이 난입했다.

'설마 내가 이자와 손을 잡게 될 줄은…….'

겉으로는 여유 있는 모습을 보였지만, 교주도 형운을 보는 순간 격렬한 불쾌감과 적의를 느꼈다.

교의 공적인 흉왕의 제자이며, 자신에게 처참한 패배를 안겨주었던 남자다. 어찌 흉흉한 감정이 일지 않겠는가?

'위험을 감수하고 여기서 제거하는 편이 낫지 않을까?'

놀랍게도 허용빈에게 있어서는 형운이 교주보다도 더 매력적인 먹잇감이었다.

그렇다면 여기서 허용빈의 공격을 피해 도망 다니면서 형운을 방해함으로써 그를 제거하는 것도 가능하다. 형운이 신녀의 예지로 볼 수 없는 골치 아픈 변수로 떠오르는 지금, 어떻게든 여기서 끝장을 보는 편이 나을 수도 있다.

교주가 그런 의도를 치우고 형운과 손을 잡은 이유는 간단했다.

'통제 불가능한 적을 늘리게 될 것이다.'

흑영신의 권능이 부여한 통찰력이 경고해 왔기 때문이다.

허용빈의 경우를 보면 저주의 그릇이 되는 경우는 본래의 인성이 어느 정도 남는다. 만약 형운이 그렇게 된다면 악몽 같은 적을 하나 늘리게 될 수도 있었다.

'다른 것은 포기하고 별의 힘만을 취한다. 여기서는 그 이상의 욕심은 내지 않겠다.'

교주는 마음을 정하고 형운과 손발을 맞춰 허용빈과 격전을 벌였다.

3

"어림없어!"

형운은 정면에서 달려들던 허용빈을 단 두 수만으로 격파, 몸을 반쯤 날려 버린 다음 좌우에서 내려쳐 오는 수목의 촉수들을 박살 내었다.

하지만 수목의 촉수들은 끝도 없이 몰려들었다. 형운이 이것들을 다 뿌리칠 수는 있겠지만 그동안 허용빈이 몸을 재생하리라.

퍼엉!

흑영신교주가 절묘하게 끼어들면서 수목의 촉수들을 한데 엉키게 한 다음, 그 위에 올라선 채로 기공파를 퍼붓는다. 무시무시한 열기를 머금은 화염의 기공파가 허용빈을 폭격했다.

콰콰콰쾅!

그리고 교주가 만들어준 틈에 힘을 끌어모아 증폭한 형운이 무시무시한 일격을 날렸다. 극한으로 응축되었던 광풍혼이 일거에 쏟아져 나가면서 전방 수십 장을 초토화시켰다.

형운과 교주의 시선이 서로 마주친다. 말을 나눌 것도 없이 다음에 해야 할 행동을 알 수 있었다.

쿠구구구궁!

발밑에서 치솟는, 지금까지보다 훨씬 굵직한 수목의 촉수를 피해 서로 같은 지점을 향해 날아오른다. 그리고 허공에서 흑영신교주가 형운의 발을 받치더니 무시무시한 기세로 날려주었다.

"하아!"

형운이 기합성을 내질렀다. 너덜너덜해진 허용빈의 몸에서 창처럼 뻗어 나오는 수목의 촉수를 팔로 휘감으면서, 인정사정 없는 관수가 그 심장을 관통한다.

―광풍수라격!

폭음이 울리며 허용빈의 상반신이 박살 나며 흩어졌다.

그으으으……!

그리고 거기서 검은 어둠이 분수처럼 넘치기 시작한다. 허용빈의 안에 담겨 있던 저주의 힘이었다.

하지만 그것도 잠시, 사방에서 수목의 촉수가 날아들어 허용빈의 몸을 메운다.

"그대로 둘 것 같으냐!"

"물러나라!"

형운이 달려들려고 하는데 교주가 경고했다. 형운은 거의 반사적으로 그 말에 따랐다.

쫘르릉! 꽈광!

"…뇌기까지?"

형운이 아연해했다. 냉기를 다루는 것은 빙령의 조각을 먹어 치웠으니 이해한다. 하지만 뇌기는 또 어디서 튀어나왔단 말인가?

교주가 말했다.

"저자가 그릇으로 선택된 것이 문제구나. 성운의 기재가 지닌 능력이, 요괴의 학습 능력으로 발전하고 있다."

"그렇다는 것은 설마……."

"그래. 진야가 남긴 사념으로부터 뇌기의 사용법을 깨달았다는 의미일 테지."

"세상에……."

수목을 지배하는 힘은 산의 심(芯)으로부터 얻은 것이다.

냉기를 다루는 힘은 빙령의 조각으로부터 얻은 것이다.

그리고 이제 거기에 진야의 사념으로부터 얻은 뇌기를 다루는 힘이 더해졌다.

교주가 냉정하게 상황을 통찰했다.

"타격이 없는 것은 아니다. 우리가 싸우고 있는 허용빈의 몸은, 적어도 요괴로서의 본체가 맞다."

방금 전, 형운이 그의 상반신을 날려 버렸던 것은 무의미하지 않았다. 그때 쏟아져 나온 저주의 힘은 고스란히 손실되었을 것이다.

"허용빈이라는 그릇에 담긴 저주의 힘은 그 한계가 명확하다. 그렇기에 나와 그대를 새로운 그릇으로 추가하고 싶어 하는 것일 테지."

"그리고 아마도 내가 그릇이 될 경우, 그야말로 완전체가 탄생하는 것이고?"

"그럴 것이다."

"미치고 환장하겠군."

형운이 짜증을 냈다.

짜증이 솟구치는 이유는 그것만이 아니었다.

'왜 이놈이랑 이렇게 손발이 잘 맞는 거야?'

형운과 교주는 소름 끼치도록 손발이 척척 맞았다. 서하령이나 가려와 연계를 펼쳐도 이렇게 될까 싶을 정도다. 위급한 상황에서 대화를 나눌 것도 없이 눈빛을 마주하는 것만으로도 해야 할 일을 알 수 있었고, 어느 순간에 뭘 하면 최고의 결과를 불러일으킬 수 있을지 손에 잡힐 것처럼 알 수 있었다.

서로의 합은, 무인으로서는 쾌감이 느껴질 정도로 상승효과가 컸다.

그러다 보니 형운도 교주도 화가 치솟았다.

'마음이 통할 놈이 따로 있지 왜 하필이면 이딴 미친놈하고!'

'저런 흉물스러운 교의 대적과 호흡이 이리도 잘 맞는다니!'

서로 짜증을 내면서도 마치 사전에 수십 번은 전술을 논의한 것처럼 합이 척척 맞는다.

큰 파괴력이 필요한 순간에는 기운을 모을 시간을 벌어주거나 힘을 보태주고, 공간을 확보해야 할 때는 귀신같은 몸놀림으로 서로를 쫓아다니는 수목의 촉수를 한데 엮어버린다.

물론 여기에는 다 이유가 있었다.

형운은 상대의 시선을 통해 감정을 읽는다. 교주가 자신을 바라보는 시선만으로도 대충 뭘 원하는지 척 하면 착 하고 감 잡을 수 있다.

교주는 흑영신의 화신으로서 초월적인 통찰력을 부여받았다. 형운의 움직임을 보고 최적의 효과를 내는 것은 어려운 일이 아니다.

'그래도 그렇지! 아, 진짜 화난다!'

'참아야 한다! 이 또한 내게 주어진 시련이리니!'

자신이 상대에게 맞출 수 있는 이유는 알고 있지만, 싫은 것은 싫은 것이다.

그런 한편, 이 상황을 타파할 우군으로는 이렇게 든든할 수가 없다는 사실이 마음속에서 극도의 모순을 일으키고 있다. 이쯤되면 진짜 심마(心魔)가 따로 없다.

'침착하자. 침착. 우선순위를 결정한 이상 감정에 휘둘려선 안 돼.'

형운은 애써 귀혁의 가르침대로 마음을 가라앉히고, 교주에 대한 적대적인 감정을 배제하려 애썼다. 기를 다루는 것은 의념이니, 거대한 기운을 다루는 무인의 마음속 혼란은 일반인의 그것보다 훨씬 큰 위험성을 동반한다.

우우우우우!

교주 주변의 공기가 진동한다. 형운이 흘끔 보니 주변에 흐르는 요기가 그에게 모여들더니 마기로 변환되어 흩어지고 있었다.

특정한 성질의 기를, 다른 성질의 기로 변환시키는 술법이다. 그런 힘을 몸에 둘러서 요기의 압박을 물리치면서 허용빈과 맞선다.

"흠!"

허용빈의 무기는 냉기와 뇌기, 그리고 수목의 촉수들이다. 교주는 술법으로 뇌격을 비껴내고, 냉기는 냉기를 제어하는 무공으로 받아내면서 허용빈을 두들겨 댔다.

"으윽, 아아아아!"

"하찮다!"

허용빈이 뇌격과 냉기를 휘감은 권각을 날려대지만 어림없다. 교주는 무공과 기환술, 양쪽을 혼용해서 그것을 막아낼 수 있고 격투술에서는 허용빈을 압도한다.

분명 둘 다 성운의 기재다. 하지만 기술적인 면에서는 어른과 아이만큼의 차이가 있었다.

꽝!

폭음이 울리며 허용빈의 팔이 날아간다. 하지만 동시에 뇌광이 터졌다.

꽈과과과광!

"…큭!"

흑영신교주가 신음을 삼키며 뒤로 물러났다.

허용빈이 자기 팔이 날아가는 것도 아랑곳하지 않고, 아니,

심지어 자기 공격에 자신이 상처 입는 것조차도 무시하고 반격한 것이다. 실로 비상식적인 반격이라 흑영신교주도 기혈이 진탕하는 타격을 받았다.

"죽어······!"

"그러라고 하고 싶은 마음이 굴뚝같지만, 안 되겠어!"

흐트러진 기의 운행을 다스리는 교주의 앞을 형운이 막아섰다.

'장기전으로 가면 불리하다. 최대한 빨리 끝내야 해.'

기술로 압도한다고 해서 허용빈이 쉬운 상대인 것은 아니다. 지금 허용빈의 신체 능력은 형운과 필적하는 수준이다.

요기로 보호받는 육체는 강철보다도 단단하고 여력은 무한에 가깝다. 게다가 급속도로 자신의 힘을 다루는 방법을 발전시켜 가고 있는 만큼 싸움이 길어지면 길어질수록 불리해질 것이다.

교주가 말했다.

"한 번에 최대한 많은 부위를 파괴해야 한다. 자잘한 상처로는 저주의 힘을 손실시킬 수 없느니. 신체를 크게 훼손시켜서 그릇의 힘으로 다 붙잡아서 되돌릴 수 없을 정도로 많은 양을 한 번에 분출시켜라."

"그렇군."

형운이 빈정거렸다.

"요는 네가 한 것 정도로는 턱도 없다 이거지? 내가 한 정도는 되어야 하고?"

"······."

교주가 이를 갈았다.

그리고 그 소리에 흠칫 놀랐다. 태어나서 지금껏 빠드득 소리가 나도록 이를 갈아본 것은 처음이었다.

'이놈은 정말 내게 미지의 감정을 맛보여 주기 위해 나타난 존재 같구나! 설마 선대에게도 흉왕이 그런 존재였는가?'

어쨌든 형운의 말이 옳았다. 팔 하나를 잘라낸 정도로는 허용빈에게 제대로 된 타격을 입힐 수 없다. 형운이 했던 것처럼 상반신을 한 번에 박살 내는 정도는 되어야, 그릇을 재생하는 것보다 더 빠르게 저주의 힘이 손실된다.

쾅!

곧 형운의 주먹이 허용빈의 머리통을 날려 버렸다. 동시에 허용빈이 그러거나 말거나 상관없다는 듯 왼손으로 뇌기를, 오른손으로 냉기를 동시에 폭발시켰다.

"…으윽!"

형운이 연기에 휩싸인 채로 밀려났다.

그러자 기다렸다는 듯 형운과 자리를 바꾸며 교주가 코웃음을 쳤다.

"이제 그대도 부적절한 예시를 몸소 체감한 것 같구나."

"이 자식……!"

이번에는 형운이 이를 갈았다.

4

차륜전이 시작되었다.

적을 지치게 하기 위한 차륜전이 아니다. 그랬다가는 오히려

두 사람이 나가떨어지게 된다.

한 번에 힘을 쏟아내기 위한 차륜전이다. 최대한의 파괴력으로 허용빈을 몰아친 다음 뒤로 빠져서 기운을 회복한다. 폭발적인 기세로 공격하지 않으면 허용빈의 여력을 깎아낼 수 없었다.

'이 녀석, 닮았어.'

그러면서 형운은 낯익은 감각에 사로잡혔다.

바로 괴령을 상대할 때의 그 감각이다. 막대한 힘을 가졌지만 그것을 제대로 활용할 기술을 지니지 못한 존재와의 싸움.

참극으로 인해 공허한 인생을 살아온 허용빈은 성운의 기재로서의 재능을 꽃피우지 못했다. 만약 그가 무인으로서 스스로를 갈고닦으며 살아왔다면, 어쩌면 형운과 교주는 이미 뼈를 묻었을지도 모른다.

하지만 그래도 그는 성운의 기재다.

시간이 지날수록 공격이 날카로워지고 있었다. 형운과 교주의 기술을 물에 젖은 솜처럼 흡수하면서 점점 세련된 움직임을 보인다.

"너는, 어째서……."

문득 허용빈이 말을 걸어왔다.

"도망치지 않지?"

"도망칠 길을 다 막아놓고 할 소리냐?"

형운이 어이없어했다.

그러면서도 몸은 쉬지 않는다. 닥쳐드는 모든 공격을 막아내면서 허용빈의 몸을 두들겨 댄다.

뒤쪽에서는 교주가 바쁘게 움직이고 있었다. 수목의 촉수들을 끌어들여서 형운의 숨통을 틔워준다.

"넌 도망칠 수 있어."

"뭐?"

"저자를 미끼로 써서 도망칠 수도 있는데, 도망치지 않는 거지. 어째서?"

"……."

형운은 허용빈의 시선으로부터 그가 진실을 말하고 있다는 사실을 감지했다.

'뭐지? 내 마음을 읽는 능력이라도 있나?'

형운은 능력을 다 발휘하지 않고 있었다. 의기상인도 최소한도로만 쓰고 격공의 기는 아예 쓰지 않는다. 운화도 완전히 감춘 채다.

교주가 있기 때문이다. 언제 적이 될지 모르는데 그에게 능력을 다 보여줄 수 없는 노릇 아닌가? 이 점은 교주도 마찬가지리라.

물론 아직까지는 능력을 감춘 채로도 허용빈을 상대할 만하니까 그런 것이다. 그런데 허용빈이 그 사실을 꿰뚫어 보았단 말인가?

형운이 대답했다.

"그럴 수 없는 싸움이니까."

동시에 형운의 움직임이 몇 배로 가속했다. 무심반사경으로 행하는 칠연격이, 신체 능력이 극한까지 증가한 허용빈의 눈으로도 따라갈 수 없는 속도로 몸을 강타한다.

폭음이 울려 퍼지고 허용빈의 몸이 반파, 저주의 어둠이 분수처럼 뿜어져 나왔다.

"도망칠 수 없는 싸움이라……."

허용빈은 지금까지처럼 괴성을 지르는 대신 공허하게 중얼거렸다. 그의 시선은 형운의 눈을 똑바로 들여다보고 있었다.

"하지만……."

형운은 말을 끝까지 듣지 않고 쫓아 들어가면서 일격을 날렸지만, 그 순간 뇌격과 냉기가 터진다.

어쩔 수 없이 형운이 물러나자 교주가 기다렸다는 듯 잔뜩 위력을 증폭시킨 화염의 기공파를 작렬시켰다.

후우우우우우……!

열풍이 휘몰아치는 가운데, 허용빈의 몸에 수목의 촉수가 얽히면서 급속도로 복원되어 간다.

"끈질기군. 하지만 슬슬 한계가 보이고 있느니."

숨을 고르는 교주를 보며 형운이 생각한다.

'영적인 측면에서의 타격이라. 무공만으로도 모자라서 기환술도 이 정도로 뛰어나다니…….'

기는 삼라만상의 본질이다. 그렇기에 무인이 의념으로 통제하는 기는, 겉으로 보기에는 물리적인 파괴만 일으키는 것으로 보여도 실은 요괴나 환마 같은 존재의 영적인 부분에도 타격을 입힐 수 있었다.

하지만 역시 영적인 측면에 깊게 관여하기 위해서는 그에 특화한 기술이 필요하다. 교주가 여유가 생길 때마다 힘을 모아서 쏘아내는 기공파는 기환술을 이용, 물리적인 측면과 영적인 측면을 동시에 타격하는 묘용이 가미되어 있었다.

"말해봐."

열풍 속에서 허용빈이 걸어 나온다.

"너희는 내가 원하는 것을 준다면, 서로를 저버리고 물러나 주겠나?"

"유감스럽게도 그대는 내가 원하는 것을 줄 수 없노라."

교주가 잘라 말했다.

"또한 나는 이미 흑영신의 이름에 걸고 맹세하였다. 신성한 맹세 앞에 하찮은 유혹은 의미가 없도다."

"하긴 너는 나와 똑같은 것을 원하고 있군."

허용빈이 교주를 노려본다. 교주가 원하는 것이 성운의 기재가 지닌 별의 힘이라는 것을 꿰뚫어 보고 있었다.

그가 이번에는 형운을 보며 물었다.

"그렇다면 너는 어떻지? 이걸 주면 물러갈 텐가?"

그의 손바닥이 쩍 갈라지면서 거기서 빙령의 조각이 모습을 드러낸다.

형운이 물었다.

"너는 내 몸을 탐내는 게 아니었나?"

"매우 탐나는 그릇이기는 하지만, 저자를 얻을 수 있다면 포기할 수 있지. 거래하지 않겠어?"

"으음……."

교주가 침음했다.

위험하다. 형운은 교주와, 정확히는 흑영신교와 원한이 깊다. 이 거래에 응해서 빙령의 조각을 얻고 빠져 버린다면 교주 입장에서는 절체절명의 위기다.

하지만 형운은 고개를 저었다.

"매력적인 제안이기는 한데, 그럴 수 없어."

"어째서지?"

"네가 뭘 하려는지 알기 때문이지. 이 기회에 이 미친놈들의 수괴를 처리하고 싶은 마음은 굴뚝같지만… 그러자고 죄 없는 사람들을 희생시킬 수는 없어."

형운은 단호했다. 허용빈이 굳은 표정으로 물었다.

"네가 태어나서 살아가는 나라도 아니고, 너와 상관있는 사람들도 아니야. 네게 하등의 의미도, 가치도 없는 인간들 때문에 스스로의 목숨을 위험으로 몰아넣을 생각인가?"

"그런 말을 하는 시점에서 너와 나는 타협점을 찾을 수가 없는 거야. 네가 누구든, 무엇 때문에 이런 일을 하든 상관없어. 힘 좀 있다고 상관도 없는 사람들을 가치 없다고 재단하면서 패악을 부리게 놔두진 않아!"

동시에 형운의 몸을 휘감고 광풍이 일었다. 여덟 기심을 연동시켜서 기운을 최대한으로 끌어낸 형운이 말했다.

"단번에 끝장을 낸다. 헐떡거리던 숨은 좀 가라앉았겠지, 미친놈들의 수괴?"

"오만방자한 흉왕의 제자여, 그대도 이제 흑영신의 위대함을 알 때가 되었다. 보여주지."

차륜전을 벌이던 형운과 교주가 허용빈에게 쉴 기회를 주면서 대화에 응한 것은 이유가 있었다. 교주가 비장의 패를 준비할 테니 시간을 끌어달라고 제안했던 것이다.

지금까지는 허용빈을 상대하는 역할을 교대했을 뿐, 둘 다 쉬지도 않고 계속 싸워야 했다. 하지만 허용빈이 대화를 원하는 동안에는 확실하게 쉬면서 비술을 준비할 수 있었다.

"하아아아아!"

형운이 기합을 내지르며 질주한다.

중압진이 허용빈에게 호흡조차 곤란한 압력을 가하는 가운데, 광풍혼이 그의 몸을 휘감고 비튼다. 그리고 그 주변을 형운이 초고속으로 빙빙 돌면서 연신 주먹을 날린다.

'광풍혼쇄!'

설원에서 빙설마를 상대할 때보다 한층 진보한 기술이다. 상대를 직접 타격할 것도 없이 소용돌이치는 광풍혼을 때리는 것만으로 그 속에서 막대한 기공파가 날뛰면서 어마어마한 파괴력을 발생시킨다.

압력이 폭발 직전에 이르자 형운이 뒤로 물러났다. 그러자 교주가 비장의 패를 꺼내 들었다.

"하아!"

교주의 몸 곳곳에서 검은 연기가 피어오르면서 앞에 검은 어둠의 덩어리가 나타났다. 그가 그것을 던져서 허용빈에게 명중시키는 순간…….

콰과과과과광!

안에 갇혀서 폭주하던 힘이 일거에 폭발했다.

단순한 파괴력만으로 보면 형운이 스스로 폭발시키는 것과 별 차이가 없다. 하지만 교주의 비술은 영적인 파괴력까지 극대화시키고 있었다.

이 장소를 통째로 날려 버릴 것 같은 힘의 폭발을 보면서, 형운은 교주에게 감탄과 경계심을 느꼈다.

'내공이 7심에 달한 것은 그렇다 치고, 체내에 내포한 기운 자체가 엄청나게 늘었군. 실력을 다 보이는 것 같지는 않지만 최소한 의기상인에는 도달해 있는 것 같고. 기물은 도대체 몇 개나 품고 있는 거야?'

기환술사는 스스로 만들어낸 기물을 통해서만 기환술을 쓴다. 부적 한 장이라도 없다면 그들은 즉시적인 힘을 발휘할 수 없는 것이다.

교주는 몸에 수많은 기물들을 장비하고 있었고 이것들의 기능을 연계해서 다양한 술법을 쓰고 있었다. 무공도 술법도 형운이 놀랄 만한 경지였다.

한편 교주도 똑같은 감정을 느끼고 있었다.

'말도 안 되게 강해졌도다. 도대체 내공이 얼마나 되는 것인가? 게다가 아무리 봐도 의기상인에 도달한 것을 감추고 있는 것 같은데……'

성운의 기재 두 명을 살해, 세 명분의 별의 힘을 하나로 모은 그는 기를 담는 그릇으로서의 성능과 영적인 능력이 이전보다 월등히 높아졌다. 그만큼 흑영신이 부여하는 권능도 강해져서 상대를 보면 적은 정보만으로도 원하는 답을 통찰해 낼 수 있었다.

그런데 형운에 대한 것은 잘 모르겠다.

외부의 침범을 불허하는 일월성신의 힘이 그가 꿰뚫어 보는 것을 방해한다. 설산에서 싸웠을 때는 없었던 힘이다.

그 문제를 제외하더라도 형운의 능력은 모든 면에서 비정상적이다.

신체 능력은 지금의 교주가 영수의 힘을 개방하더라도 따라가기 벅찬 수준이다. 내공은 빙령의 분신체를 품어서 8심에 도달했던 그때를 능가하는 것 같다.

형운이 응축시켜 둔 힘을 비술로 폭발시켰을 때, 교주는 자신의 예상을 훨씬 뛰어넘는 위력에 경악했다.

쿠구구구구……!

자신들이 일으키던 폭발의 후폭풍을 버텨낸 그들은 곧 폭심지의 상황을 볼 수 있었다.

형운이 말했다.

"…끝난 건가?"

"아마도. 진야의 저주를 없앨 수야 없겠지만 적어도 허용빈이라는 그릇은 파괴한 것 같구나."

안도하던 두 사람의 표정이 경악으로 물들었다.

"…잠깐."

"그 공격을 버텨냈단 말인가?"

형운은 자신을 향한 시선을 느꼈다. 그리고 교주는 흑영신의 통찰력으로 적의 존재를 파악했다.

"물러나자! 일단 이 장소에서 빠져나가야……."

형운이 말할 때였다. 교주가 고개를 저었다.

"이미 늦었다. 흉왕의 제자여, 내 손을 잡아라!"

"……."

"빨리! 나라고 좋아서 그대의 손을 잡고 싶어 하는 줄 아는가!"

형운이 정말 싫다는 표정으로 바라보자 교주가 짜증을 냈다. 형운은 어쩔 수 없이, 온몸에 개미가 기어가는 것 같은 불쾌감을 참아내면서 그의 손을 잡았다.

순간 장대한 어둠이 일어나면서, 모든 감각이 마비되었다.

5

—밉다.

형운은 어둠 속에서 울려 퍼지는, 증오로 가득한 목소리를 듣
고 있었다.

—인간이 밉다.

그 목소리는 단순한 소리가 아니라 막대한 사념의 격류였다.
의식을 침범해서 사고 능력 자체를 마비시키면서 악의를 폭포
수처럼 부어넣는 것 같다.

'이게 진야의 저주인가?'

형운은 눈살을 찌푸렸다.

무지막지한 저주의 사념으로부터 일월성신의 힘이 정신을 보
호한다. 그럼에도 의식을 침범당하는 것을 완전히 막을 수 없다
는 것은 이 저주가 얼마나 강력한지를 입증하는 것이리라.

'보통 사람은 한순간에 자아를 잃고 저 감정에 삼켜져 버리
겠군.'

우웅…….

문득 형운은 자신의 팔을 바라보았다. 진조족으로부터 받은
팔찌가 가늘게 떨리고 있었다.

일월성신의 힘으로도 완전히 막을 수 없는 저주의 격류를 팔
찌가 차단한다. 그들이 말한 대로 사악한 힘으로부터 주인을 보

호하는 힘이 탁월한 모양이다. 덕분에 형운은 주변의 위험성을 실감하면서도 평정을 흐트러뜨리지 않을 수 있었다.

'별로 달갑지 않은 만남이었지만, 지금은 이것을 선물해 준 것에 감사해야겠군.'

이곳은 의식 세계와 현실 세계의 경계다. 형운은 본능적으로 그 사실을 깨달았다. 폭발한 진야의 저주가 그를 이곳으로 끌어들였다.

'어떻게 빠져나가야 하지? 냅다 공격이라도 해봐야 하나?'

궁리하던 형운은 문득 한 사람을 발견했다. 허용빈이 멍하니 허공을 바라보며 서 있었다. 칠흑의 어둠 속인데도 그의 모습만이 비현실적으로 뚜렷한 윤곽을 드러낸다.

"허용빈?"

"너는… 그렇군. 완전한 그릇이구나."

"사람을 요강 취급하지 마."

"요강?"

허용빈이 당혹스러워했다. 형운이 코웃음을 쳤다.

"지저분한 것을 담는 용기 취급한다는 점에서 말한 거야. 그나저나 당신 정말 끈질기군."

"난 이미 죽었어."

"인간으로서의 당신이 죽었다는 사실은 알아. 하지만……."

"아니, 너희가 죽이려던 나도 이미 죽었어."

"음?"

형운이 눈살을 찌푸렸다.

허용빈이 말했다.

"지금 이건 조금 전에 너희가 나를 파괴하기 위해 일으킨 현상하고 똑같아."

"그러니까… 당신이라는 그릇 안에 담겨 있던 진야의 저주가, 그릇이 파괴되자 일거에 쏟아져 나왔다는 거야?"

"그래. 사람의 몸이라는 작은 그릇 안에 거대한 존재를 욱여넣었으니, 갑자기 그릇이 사라졌을 때 터져 나오는 것은 당연한 일이지. 이건 기분 나쁜 백일몽 같은 거야. 너는 이 안에서도 의식이 멀쩡한 걸 보니 곧 있으면 아무렇지도 않게 깨어나겠지."

형운에게 안심하라고 말하는 허용빈은 묘하게 슬퍼 보였다. 요괴가 되어 형운과 싸우던 그는 광기에 휩싸여 있었는데 지금은 모든 것을 다 포기해 버린 것 같은 공허함이 느껴진다.

형운은 자기도 모르게 물었다.

"왜 나를 보고자 한 거지?"

이유는 모른다. 하지만 왠지 그럴 거라는 생각이 들었다. 이곳에 흑영신교주가 없고 자신만 있는 것은 허용빈이 의도했기 때문이라는.

허용빈이 말했다.

"나는 사람의 마음을 읽을 수 있어. 저주의 그릇이 되면서 생긴 능력이지."

진야의 저주는 영맥을 오염시켜서 요기를 발생시킨다. 허용빈은 그렇게 오염된 영맥 위에 존재하는 인간이 발하는 의념을 읽어 들이는 방식으로 사람의 마음을 읽어낼 수 있었다.

형운이 본능적인 불쾌감에 움츠리자 허용빈이 웃었다.

"불쾌해하는 게 당연해. 하지만 어차피 곧 완전히 사라질 망자의 넋두리야. 적당히 받아넘겨 주지 않겠어?"

"…당신 의외로 넉살이 좋았군."

"예전에, 그러니까 아무것도 모르던 어린 시절에는 참 담이 크다는 소리를 들었지. 그때의 성격이 나오는 건지도 몰라."

"흠……."

눈살을 찌푸리던 형운이 물었다.

"그런 능력이 있으면 우리 계획도 알았을 텐데, 왜 그냥 놔뒀다가 당한 거지?"

마음을 읽을 수 있다면 형운과 교주가 대화에 응하면서 비장의 한 수를 준비하고 있다는 사실도 알아차렸으리라. 그것이 얼마나 치명적인 위력을 발휘할지도.

하지만 허용빈은 둘이 무엇을 하든 방치하고 대화에만 집중하다가 결정타를 맞았다.

그 점을 지적했지만 허용빈은 웃기만 할 뿐, 거기에 대해서는 답하지 않았다. 대신 다른 이야기를 한다.

"네가 누군지 알아, 형운. 너는 내 은인과 연이 닿아 있어."

"암야살예 자혼을 말하는 건가?"

"그래. 그분이 나를 구해주셨지. 가능하다면……."

허용빈이 피식 웃었다.

"네게 내 인생을 전하고 싶어. 하지만 그럴 수 없는 게 아쉽군."

진조족이 준 팔찌가 외부의 힘이 의식을 침범하는 것을 막는다. 그 보호가 워낙 강력해서 허용빈으로서는 도저히 손쓸 도리가 없었다.

"어차피 위험성도 너무 크고."

원래부터 타인에게 자신의 의식, 기억을 투영한다는 것은 정신을 오염시켜서 자아를 변질시킬 위험이 있는 행위다. 그런데 이토록 저주가 폭주하는 상황에서 그런 짓을 했다가는 형운의 정신을 공격할 뿐이리라.

　허용빈이 말했다.

　"형운, 너는 운명의 부조리로 인한 고통을 아는 사람이야. 나와는 달리 거기에 항거할 기회를 얻었고, 스스로 그럴 의지도 가졌지. 그러니까 네게 맡기고 싶어."

　"뭘 말이지?"

　"나를 불행하게 했던 운명의 힘을."

　"……"

　"흑영신교주라 불리는 자가 원하는 것은 바로 이거야. 그는 나처럼 운명의 힘을 갖고 태어났고 타인으로부터 그것을 갈취하기 위한 모든 준비를 갖추고 있지. 하지만 내가 네게 주고자 한다면, 그리고 너라면… 그자가 온전히 가져가는 것을 막을 수 있을 거야."

　일월성신이라면 가능하다. 성운의 기재가 지녔던 별의 힘을 담을 수 있으리라.

　가만히 듣고 있던 형운이 물었다.

　"그걸로 만족할 수 있겠어? 당신은 인간을, 세상을 미워해서 진야의 저주에 동조했던 게 아닌가?"

　"바보 같은 질문이야."

　"뭐?"

　"아니, 바보처럼 솔직한 질문이라고 해야겠군. 그런 생각을 떠올렸더라도 나를 자극할 위험을 피해야 하지 않겠어?"

"죽어서 사라지면서도 뒷일을 생각하는 사람이라면 나도 솔직해야 할 것 같아서."

형운은 진솔한 마음을 이야기했다. 허용빈이 재미있다는 듯 웃었다.

"좀 더 일찍 너를 알았다면, 친구가 되고 싶었을 거야. 마지막에 너를 만나서 다행이야."

"칭찬 고맙다고 해두지."

"하하하. 그래. 네 질문에 대한 답은… 네게 부탁하려고 했던 또 한 가지로 대신하지."

"무슨 부탁이지?"

"나중에 은인을 만나면 내 유언을 전해주지 않겠어?"

"그러도록 하지."

"고마워. 이런 나에게도 누군가 살라고, 살 만하다고 설득해주는 사람이 있어서 살아갈 수 있었다. 그렇게 전해주면 돼."

아무런 대가도 바라지 않고 그저 그럴 수 있다는 이유로 그를 구해준 자혼이 있었다.

은혜를 입은 것을 빌미로 마음이 파괴된 그에게 다가와서 온기를 주던 소녀가 있었다.

스스로 살아가야 할 이유는 찾지 못했다. 하지만 다른 사람들이 답이 되어주었기에 그때까지 살아올 수 있었다.

형운이 물었다.

"…그것뿐인가?"

"사람 마음이라는 게 한쪽 극단으로만 이루어진 게 아니잖아?

내 마음의 한쪽이 진야의 저주와 동조하여 이런 결과를 낳았지만, 다른 한쪽은 그러길 바라지 않았어. 이제는 알 것 같아."

그것은 아까 전 형운의 물음에 대한 답이기도 했다. 그런 모순적인 마음이 내면에서 충돌했기에 허용빈은 형운과 교주가 최후의 일격을 준비하는 것을 방치한 것이다.

"조금만 더 시간이 있었더라면……."

그렇게 중얼거리던 허용빈은 이내 고개를 저었다.

부질없는 망상이다. 자신에게 주어진 시간은 이미 끝났고 더이상의 기회는 없다. 이것이 인간에 대한 미움과 대립하던, 인간으로서의 마음에 주어진 최후의 일이다.

문득 그가 손을 내밀었다. 잠시 어리둥절해하던 형운은, 곧 그가 바라는 것을 알아차리고 악수했다.

"마지막으로 부탁 하나만 더 할게."

"자꾸 부탁이 늘어나네. 뭐, 죽은 사람한테 야박하게 굴 수도 없으니 내가 할 수 있는 일이라면 해줄게."

"공짜로 해달라는 것은 아냐. 대신 충고 하나 해주지. 여기서 나가게 되면……."

형운에게 중요한 정보를 귀띔해 준 허용빈은, 씁쓸한 미소를 지은 얼굴로 최후의 부탁을 말하고 사라져 갔다.

6

"…음."

폭풍처럼 휘몰아치던 어둠이 걷히고, 의식이 현실로 돌아왔다.

곧 형운은 심각한 표정으로 눈을 감은 흑영신교주와 손을 맞잡고 있는 자신을 발견했다. 극도의 불쾌감으로 몸에 힘이 들어가는 순간, 교주도 눈을 뜨면서 똑같은 감정을 내비친다.

두 사람은 서로의 손을 뿌리치고 더러운 것이라도 묻은 양 옷에다 슥슥 문질러 닦았다.

교주가 말했다.

"조금 전의 그것은 그릇을 잃은 저주가 터져 나오면서 생긴 일시적인 현상인 것 같구나. 내 비술 덕분에 의식을 지킬 수 있었으니 감사하는 게 어떤가?"

"개소리가 일품이군. 너도 내 힘에 기대어서 버틴 거 아닌가?"

"흠. 쓸데없이 눈치가 좋은 자로다."

교주가 투덜거렸다. 굳이 그가 형운과 손을 맞잡은 것은 그가 행한 비술이 혼자서 하는 것보다는 다른 누군가와 힘을 합칠 때 더 강해지기 때문이다. 형운이 협력했기에 꽤나 수월하게 방금 전의 위기를 넘길 수 있었다.

곧 그가 훌쩍 뛰어서 폭심지로 향했다. 허용빈의 존재는 흔적도 남지 않았지만 중요한 것이 남아 있었다.

"여기 있다."

교주가 허공섭물로 빙령의 조각을 들어 올렸다. 요기를 머금어서 시커먼 기운을 토해내는 모습이 보기만 해도 숨이 막힐 지경이다.

하지만 형운은 거리낌 없이 그것을 받아 들었다. 자연스럽게 저주의 힘이 형운을 침범하려고 하지만 진조족의 팔찌가 차단해 버린다.

교주가 말했다.

"약속은 지켰노라."

"이제 내가 너를 이 자리에서 없앨지 말지만 결단하면 되나?"

"그래. 나는 전자를 권하고 싶구나. 설산의 굴욕을 갚아주고 싶으니."

교주가 싸늘하게 웃었다.

둘이 여기서 사투를 벌일지 말지는 전적으로 형운에게 달려 있었다. 흑영신의 이름을 걸고 맹세를 한 이상, 교주는 형운이 자신을 적대하기 전에 그의 뒤통수를 칠 수 없으니까.

잠시 둘 사이에서 팽팽한 살기가 맞부딪쳤다. 하지만 형운이 코웃음을 치면서 한 걸음 물러났다.

"…이번에는 그만두기로 하지."

"호오. 우리 교에 대한 그대의 원한은 그 정도밖에 안 되는 것인가? 실망스러울 지경이로고."

"야, 너 돌아가면 부하들 중에 연기력 좋은 애들 붙잡고 교습 좀 받아라. 어린애도 아니고 그런 뻔히 보이는 유치한 도발에 걸리겠냐?"

형운이 빈정거리자 교주가 울컥했다. 가뜩이나 원한이 깊은 상대인데 이토록 노골적으로 놀림을 받자 살의가 솟구친다.

하지만 칼자루를 쥔 것은 형운이다. 흑영신교도들은 광기를 불사르는 존재들이지만, 그렇기에 그 광기의 원칙에서 벗어날 수 없다.

"계속 너희들의 음모 때문에 짜증 내는 역할이었는데 그런 표정을 보니 아주 좋은데? 더 짜증 나게 해줄까?"

"뭐라고?"

"곧 알게 될 거야."

형운이 의미심장하게 웃었다.

그의 말뜻을 알 수 없어서 눈살을 찌푸리던 교주는, 곧 흑영신의 권능으로 알게 된 사실에 경악했다. 그가 황급히 옆을 돌아보았다.

"설마……."

빙령의 조각이 있던 자리, 즉 허용빈이 폭사한 자리에서 빛이 방울져 떠오르고 있었다.

성운의 기재가 품고 있는 별의 힘이다. 그 힘은 아주 자연스럽게 형운에게로 향하고 있었다.

"이럴 수가!"

교주가 경악했다. 그는 성운의 기재다. 그리고 흑영신의 비술로 다른 성운의 기재로부터 별의 힘을 갈취하기 위한 만반의 준비를 갖췄다.

그러니 허용빈이 죽은 시점에서, 그가 품었던 별의 힘은 자연스럽게 교주에게로 와야 정상이다. 하지만 실제로는 형운에게로 향하고 있었다.

"음……!"

교주가 표정을 굳혔다. 그러자 그에게서 어둠의 형상을 띤 기파가 뿜어져 나왔다.

……!

방울진 빛으로부터 소리 없는 아우성이 울려 퍼졌다. 한 생명에게 깃들어 그와 같이 성장해 온 힘의 정수가 둘로 찢어지는 격통의 의념을 토한다.

형운과 교주가 눈살을 찌푸렸다. 그러면서도 둘 다 물러나지 않고 거기에 집중한다.

곧 빛이 둘로 쪼개져서 각각 형운과 교주에게 깃들었다.

"으윽!"

교주가 신음을 토하며 비틀거렸다. 그런 그를 누군가 부축했다.

"교주님!"

암운령이었다. 몸이 피투성이가 되고 한쪽 팔을 축 늘어뜨린 그가 교주를 부축하고 있었다.

그 뒤에서 흑월령이 형운을 노려본다. 그녀 역시 부상을 입고 지쳤지만 개의치 않고 공격해 올 기세였다.

'저 여자는 처음 보는데… 위험하군.'

형운은 한눈에 흑월령이 무시무시한 고수임을 알아보았다.

여성이면서도 6척(약 180센티)를 훨씬 넘는 키에 기골이 장대한 근육질의 몸은 보기만 해도 주눅이 들 정도로 위압감이 넘친다. 기가 많이 소진되기는 했지만 내공도 8심에 이를 정도로 고강하다.

하지만 진짜 무서운 것은 그런 점들이 아니다.

'분명 심상경의 고수다.'

형운은 백리검운과 심상경의 절예로 충돌, 만상붕괴를 일으킨 장본인이 그녀임을 확신했다. 심상경의 고수를 많이 봐와서 그런지 그녀의 기파를 접하는 것만으로도 감이 온다.

"…그만, 그만두어라."

쓰러졌던 교주가 흑월령을 제지했다.

"그를 공격해서는 안 된다. 흑영신의 이름을 걸고 맹세하였으니."

교주의 표정은 참혹하게 일그러져 있었다. 그런 그를 보며 형운은 흡족하게 웃었다. 앓던 속이 확 풀리는 기분이다.

허용빈이 마지막으로 귀띔해 준 정보가 이것이었다.

요괴였던 자신이 백리검운을 죽여 요괴로 만들었고, 그를 통해 흑월령과 암운령을 묶어두고 있었다. 교주를 손에 넣는 동안 방해받지 않기 위해서였다.

흑월령과 암운령은 격전 끝에 요괴 백리검운을 쓰러뜨렸다. 하지만 그것은, 저주의 본체 역할을 하던 허용빈이 죽으면서 요괴 백리검운이 혼란 상태에 빠졌기에 가능한 일이었다.

'이 둘만 없었다면 해볼 만했는데, 아쉽군.'

그랬다면 형운은 흑영신교주를 이 자리에서 죽이는 쪽을 선택했으리라. 아쉽지만 세상일이 모두 유리한 쪽으로만 풀리기는 어려운 모양이다.

'조금 전에 쪼개진 크기로 보면 나한테 온 게 8할쯤, 저놈한테 간 게 2할쯤인가?'

허용빈이 품고 있던 별의 힘은 그 정도 비율로 두 사람에게 나누어졌다. 형운에게는 좀 아쉽긴 해도 만족스러운, 하지만 교주에게는 정말 뼈아픈 결과였다.

형운이 피식 웃으며 말했다.

"그럼 더 얼굴 보고 있는 것도 짜증 나니 슬슬 가보도록 하지. 다음번에는 그 짜증 나는 면상을 박살 내줄 테니 각오해 두고."

"이놈……!"

암운령과 흑월령이 살기를 뿜어냈지만 형운은 태연했다.

"잘하면 한 대 치겠다? 설마 맹세는 교주가 했으니 너희들은 상관없다는 식으로 눈 가리고 아웅이라도 할 셈인가? 이야, 교주가 흑영신의 이름을 걸고 한 맹세도 정말 싸구려인가 보구만. 솔직하게 말해봐. 너희 긍지 따위 없지?"

"으윽, 이, 이이이이……!"

형운의 도발에 흑영신교 일당은 울화통이 터져서 죽을 것 같았다. 그들이 원칙 따위 없는 미친놈들이면 폭력으로 저 주둥이를 뭉개 버리면 그만이겠지만 유감스럽게도 신앙이라는 절대 가치를 두고 체계적으로 미쳐 버린 놈들이었다.

'와, 이놈들 진짜 공격 안 하네.'

솔직히 형운은 좀 황당해하고 있었다. 그럴싸한 척 입을 놀려 봤자 결국 극한 상황이 닥치면 긍지고 원칙이고 다 내버리지 않을까 싶어서 여차하면 전력으로 도주할 준비를 했다. 그런데 저들은 얼굴이 시뻘게져서 힘줄이 불거지면서도 참고 있지 않은가?

곧바로 자리를 뜨려던 형운은, 결국 궁금증을 참지 못하고 물었다.

"궁금한 게 있는데……."

"아직도 할 말이 남았느냐?"

교주가 잔뜩 날이 선 어조로 물었다. 형운은 개의치 않고 말을 이었다.

"너희들은 늘 이 세상이 연옥이고, 그 안에서 고통받는 사람들을 구원하겠다고 말하지."

형운은 지긋지긋할 정도로 흑영신교와 충돌해 왔다. 그들에 대해 궁금증이 생기지 않는다면 그게 더 이상한 일이리라.

당연히 흑영신교의 교리, 조직, 술수 등에 대해서도 알아보았다. 천 년도 넘는 장구한 세월 동안 암약해 온 집단이기에 그들에 대한 정보는 많았다.

흑영신교는 말한다. 이 세상은 고통으로 인간의 가치를 시험하는 연옥이며, 오로지 흑영신을 섬기며 덕을 쌓은 자만이 흑암정토로 가는 좁디좁은 문을 통과할 수 있다고.

하지만 흑영신은 자비심 깊은 존재라 무지하고 가련한 연옥의 주민에게 구원의 동아줄을 내려주었으니 그것이 바로 흑영신교다. 흑영신의 뜻에 따라 한 명이라도 더 많은 영혼이 좁은 문을 통과할 수 있도록 인도하는 것이 그들의 사명이다.

"하지만 그런 주제에 흑영신교도가 아니면 아예 사람으로 취급을 안 하잖아? 진짜 구원할 의지가 있기는 있는 거냐?"

"어리석은지고."

교주가 혀를 찼다. 형운은 뻔히 나올 거라고 예상한 반응인지라 눈썹 하나 까딱하지 않고 다음 말을 기다렸다.

"연옥의 허상에 미혹되어, 자신이 그릇된 섭리에 고통받고 있음조차 모르는 자들에게는 죽음을 내려주는 것 또한 자비다. 죽음으로써 다시 태어나 깨달을 기회를 얻는 것이니라."

"···마공을 연마한답시고 죄 없는 사람을 잡다가 온갖 패악을 저지르는 놈들이 그런 말을 해봤자 설득력이 하나도 없다만?"

"깨닫지 못한 자가 깨달은 자를 위해 고통을 감내하는 것 또한 덕을 쌓는 일이니라. 덕을 쌓은 자에게는 다음 생애에 깨달음을 얻을 기회가 더 많이 주어질지니."

"예상에서 조금도 벗어나지 않는 대답이라 한숨이 나올 지경이군. 역시 미친놈이랑은 상종하지 않는 게 답인가."

형운의 반응에 교주가 쯧쯧, 하고 혀를 찼다. 진정 안쓰러워하는 태도라서 울컥 짜증이 치솟는다.

"연옥에 미혹된 자들의 반응은 늘 똑같아서 지겹구나. 만휘군상 중에 단 한 가지를 보고도 사람마다 느끼는 바가 다른 법이다. 그런데 너는 어찌 네가 믿는 것이 진리라고 확신하느냐? 인간의 주관만큼 믿을 수 없는 것이 존재하는가?"

"그렇게 말하는 너는 어떻게 네가 지껄이는 개소리가 진리라고 확신하는데?"

형운이 기가 차서 비아냥거렸지만 교주는 당당하게 대답했다.

"위대한 흑영신의 의지가 우리가 올바름을 확인해 주신다."

"……."

주관에 따라 세계에 대한 해석이 마구 바뀌는 인간의 정신은 절대적인 지표가 될 수 없다. 그러니 저 아득히 높은 곳에서 세계를 굽어살피는 초월적인 존재의 인도를 따른다.

교주가 말을 이었다.

"세상에는 나면서부터 깨달은 자들이 있노라."

자기가 이 세상의 다른 인간들과는 다르다는 것을 아는 자들이 있다.

모두가 즐겁다고 하는 것이 즐겁지 않고, 슬프다고 하는 것이 슬프지 않다. 소통을 시도하면 시도할수록 공감할 수 없다는 사실에 절망하고 번민한다.

'어째서 나만이 모두와 공감할 수 없는 것일까? 내 어디가 잘못된 거지?

그런 자들에게 흑영신교는 말한다.

'너는 잘못되지 않았다. 잘못된 것은 이 세상이다.'

운명의 인도에 따라 흑영신의 의지를 접한 가련한 영혼들은 비로소 자신의 존재에 대한 확신을 얻고 감격한다.

이 세상은 잘못되어 있다. 자신이 남들과 다르게 태어난 것은 잘못된 세상을 바로잡을 사명을 띠고 있기 때문이다.

"이 연옥 속에서도 미혹되지 않은 자들이 계속해서 태어나는 이유가 무엇이겠느냐? 그것이 그릇됨에 대한 항거이기 때문이니라."

"그 판단의 근거는 흑영신의 의지고?"

"그렇다."

"말이 안 통하는군."

"내가 하고 싶은 말이로다. 하지만 이해하지 못해도 좋다. 그대를 설득할 수 있다고 여길 만큼 나는 오만하지 않으니 그저 들어두어라."

교주의 말과 몸짓에서 열기가 배어 나오기 시작했다.

"역사상 수많은 악인들이 말했다. 고통을 감내하라고. 그들이 제시한 기준대로 선량하게 물어뜯기며 살다 보면 좋은 날이 올 거라고."

모든 것은 연옥의 주민들을 미혹하기 위한 술책이다. 가련한 자들은 고통만으로 가득한 삶을 살다가, 결국 아무런 구원도 없는 죽음을 맞이하고 또다시 연옥에서 태어나기를 영원토록 반복한다.

"잘못되었다! 이 잔혹한 굴레를 끊기 위해서는 세계의 구조를 바꿔야만 한다. 우리가 기존의 세계를 파괴하고 인도자의 위치에 설 때, 가엾은 연옥의 주민들은 비로소 올바른 삶의 방식을 알고 구원받을 것이다."

형운은 소름이 돋았다. 스스로의 머리로 세상을 판단하기를 포기하고 초월적인 존재에게 모든 것을 내맡긴 자들의 광신은 어떤 설득도 불가능한 절대적인 방벽이었다.

'어긋난 신념을 가진 놈만큼 무서운 놈들이 없구나.'

한 가지는 확실하다.

저들은 정말로 자신들이 옳다고, 가련한 자들을 구원하기 위해 싸우고 있다고 확신하고 있었다.

같은 하늘을 이고 같은 땅에 발 딛고 서 있건만, 서로가 바라보는 세상이 너무나도 다르다. 형운은 새삼 그 사실을 실감하고는 혀를 내둘렀다.

"길고 장황한 개소리 잘 들었다. 혹시나 해서 들어본 거지만 역시나였군."

"내가 하고 싶은 말이로다. 이 자리에서는 곱게 보내주지만… 반드시 불경의 대가를 치르게 될 것이다. 다음에는 영겁의 지옥으로 떨어뜨려 주마, 흉왕의 제자여."

"그 말 그대로 돌려주지. 미친놈들의 수괴. 다음번에는 수하들한테 연기력 강습받고 오는 거 잊지 말고."

"이놈……!"

발끈하는 교주를 보면서 형운은 유유히 그 자리를 떠나갔다.

"자, 할 말이 있으면 해보시지?"

흑영신교를 통쾌하게 농락하고 나서 한 식경(30분) 후, 형운
은 죄인이 되어 다소곳하게 무릎 꿇고 앉아 있었다. 사방에서
분노와 비난의 시선이 쏟아진다.

서하령이 찬바람이 쌩쌩 부는 표정으로 말을 잇는다.

"도대체 무슨 생각으로 전언 한 마디 안 남기고 혼자서 돌격
해 들어간 건지 말해봐. 그렇게 공이 탐났어?"

"그, 그런 게 아니라……."

서하령만이 아니라 가려와 마곡정, 천유하까지도 싸늘한 시
선을 보내고 있었다. 다들 형운이 말도 없이 혼자 돌격한 것에
화가 난 것이다.

빙령의 조각을 감지해서 앞뒤 가릴 겨를이 없었다. 그렇게 변
명하기에는 상황이 안 좋았다. 급한 상황이라는 것은 인정하지
만 주변의 병사들에게 한마디 부탁하는 게 어려운 일도 아니지
않은가?

변명할 말을 찾던 형운은 결국 다 포기하고 고개를 숙였다.

"죄송합니다. 제가 잘못했습니다."

"알긴 아네."

서하령이 코웃음을 쳤다. 가려가 한숨을 쉬었다.

"매번 이런 식이지요."

"누나, 그게……."

"공자님은 워낙 뛰어나시니까요. 저희가 방해만 되니까 기대

지도 않으시고 아예 내팽개치고 싶으신 걸 참으시는 것 아니겠습니까?"

"으윽, 그런 게 아닌데……."

"약하고 무능해서 죄송합니다. 몸이 부서져라 정진하도록 하겠습니다."

"아이고, 제가 잘못했다니까요. 용서해 줘요, 네?"

형운은 가려를 따라다니면서 손이 닳도록 빌어야 했다.

이 광경을 하성지나 아윤이 보았다면 어이없어했으리라. 조직의 위계질서를 생각하면 있을 수 없는 일이었으니까.

천유하도 재미있어하고 있었다.

"전부터 생각한 겁니다만……."

그가 서하령에게 물었다.

"별의 수호자의 다른 사람들은 저러지 않지요? 형운 저 녀석만 저런 거겠죠?"

"당연하죠. 그냥 쟤가 이상한 거예요, 아주 많이."

"역시 그렇군요."

천유하는 별의 수호자처럼 상명하복이 원칙인 조직에 몸담아 보지 못했다. 조검문은 여느 무문들이 그렇듯이 문도들끼리는 서로를 한 식구로 여기는 분위기였으니까.

하지만 그런 그가 봐도 형운과 가려의 관계는 이상했다. 그뿐만 아니라 형운이 부하들을 대하는 태도도 굉장히 특이해 보였다.

'그런 점이 마음에 드는 점이지만.'

객관적으로 보면 형운은 '높으신 분'이다. 강호에서 큰 명성을 얻었고, 일신의 무예는 놀라운 수준이며, 무엇보다 막대한 부와 권력을 소유한 별의 수호자라는 조직 내에서도 높은 신분이니까.

하지만 어릴 적이나 지금이나 그는 한결같았다. 그 점이 신기하기도 하고 친근하기도 하다.

한참을 가려에게 빌던 형운이 문득 표정을 바꿨다.

"아, 그러고 보니⋯ 나 또 숲에 가봐야 하는데 같이 갈 사람?"

"일 다 끝나고 이제 와서? 천하의 선풍권룡께서 우리처럼 허약한 사람들 도움이 필요해?"

서하령이 코웃음을 치자 형운이 움츠러들었다.

"부탁받은 일이 있어서 그래."

"부탁받은 일이라니?"

"허용빈에게 부탁받은 거야. 그러니까⋯⋯."

형운은 사정을 이야기했다. 허용빈의 세 가지 부탁 중 마지막은 이곳을 떠나기 전에 처리해야 할 일이었다.

8

"문제가 커지겠군."

하성지는 숲 깊숙한 곳에 들어와 있었다.

숲은 황폐해져 있었다. 오랜 가뭄이 들기라도 한 것처럼 수목이 바싹 말라비틀어졌다. 그리고 주변에는 짐승들의 시신이 발에 차일 정도로 많이 널려 있었다.

형운과 흑영신교주가 허용빈을 쓰러뜨린 순간, 요괴들의 기세가 급속도로 사그라졌다. 계속해서 확장해 가던 저주의 힘이

썰물처럼 빠져나가기 시작했기 때문이다.

이미 발생한 요괴들이 사라지진 않으리라. 하지만 요괴가 계속해서 발생할 것은 걱정하지 않아도 될 것이다.

문제는……

"쯧쯧. 그러게 왜 그 나이 되도록 공명심을 내려놓지 못해서……"

백리검운이 죽었다는 것이다.

그는 황실에도 막강한 영향력을 행세하는 장군이며 또한 위진국 제일의 부(富)를 소유한 백리세가의 가주이기도 하다. 그의 죽음으로 인해 큰 혼란이 일어나리라.

별의 수호자의 화성인 하성지 입장에서 백리검운은 참으로 싫은 인간이었다. 하지만 그가 죽었다는 사실을 기꺼워하기에는 그 여파가 너무 크다.

'물론 우리에게는 기회가 될 수 있겠지만.'

황실의 권력 구조에 거대한 공백이 발생하고, 백리세가가 혼란에 빠진다면 별의 수호자는 그 틈을 파고들 수 있을 것이다. 하성지는 벌써부터 이 일을 이용할 방법을 생각해 보고 있었다.

하지만 지금은 그것보다 중요한 일이 있다. 바로 백리검운의 시신을 거두는 일이었다.

'어떻게 하는 게 좋을까?'

가슴이 뻥 뚫린 채로 죽은 백리검운의 시신은, 인간의 형상을 하고 있지 않았다.

누가 봐도 요괴라는 것을 알 수 있는 모습이다. 잘린 팔다리에서 뻗어 나온 수목이 괴물의 팔다리를 만들어냈고 죽은 시신에서도 불쾌한 요기가 풀풀 풍긴다.

"음?"

문득 하성지의 눈썹이 치켜 올라갔다. 죽은 줄 알았던 백리검운의 몸이 꿈틀거렸기 때문이다.

'심장이 파괴당하고, 생기가 완전히 소멸했는데도 죽지 않았단 말인가?'

하긴 죽은 시신이 요괴가 되었다면 그럴 수도 있다. 말하고 걸어 다니는 해골이나 움직이는 시신은 요괴 중에서도 유명한 종류니까.

"누구냐……?"

백리검운이 다 죽어가는 목소리로 물었다.

하성지는 허공섭물로 반쯤 뽑았던 검을 다시 집어넣었다. 백리검운에게 일말의 적의도 없음을 느꼈기 때문이다.

그리고 그의 기운이 급속도로 꺼져 가고 있다는 사실도.

"별의 수호자의 화성, 하성지다. 백리 장군."

"…큭, 불충한 약사 나부랭이들의 무사인가. 예의를 모르는구나."

"살아 있는 당신에게는 싫어도 예의를 차려줘야 했지만, 지금은 그럴 필요가 없는 것 같군. 무엇보다 인간도 아니고 요괴가 아닌가?"

"하하하……."

싸늘한 하성지의 말에 백리검운이 웃었다. 웃음이라기보다는 바람 빠지는 소리처럼 들리는, 힘없고 안쓰러운 소리였다.

"그렇군. 그 잡것들 때문에 요괴, 요괴가 되었지……."

백리검운의 목소리는 공허했다. 자신의 처지를 잘 알고 있기 때문이리라.

"내가 죽기 전에 제정신을 되찾은 것도, 그리고 이 순간에 그대가 여기 있는 것도 하늘의 안배 같구나."

"그거 참 얼어 죽을 안배군."

"아마 몇 시진 전이었다면 난 당장에 그대의 주둥이를 뭉개 버렸을 것이다. 그런데 지금은 신기하게도 화가 나지 않는군."

"그래도 숨넘어가기 직전에는 쓸데없는 것을 좀 내려놓았나? 진즉 그랬으면 좀 좋았을 것을."

"아아, 그렇다. 조급함을 내려놓고 신중했으면 좋았을 것을. 어차피 내가 아니면 감당할 수 없었을 것인데 천한 것들을 유용하게 써서 적을 명확히 파악한 뒤에 나섰다면……."

"……."

하성지의 표정이 찌푸려졌다. 죽기 직전이 되어서야 좀 정신을 차렸나 싶었는데 하는 소리를 보니 전혀 아니다.

백리검운이 말했다.

"그대에게 명하노라. 내 시신을 머리털 한 올 남기지 않고 없애라."

"내가 그 명령을 들을 거라는 믿음의 근거는 대체 뭐지?"

"천한 것이라도 머리가 없진 않을 터. 이런 내 모습을 다른 이들에게 보이면 어떤 일이 생길 것 같으냐?"

하성지가 표정을 굳혔다. 그녀가 백리검운을 발견하고 고민에 빠졌던 이유가 바로 그것이었다.

요괴가 된 백리검운의 시신이 백리세가에 전해질 때의 충격은 그저 백리검운이 죽었다는 소식을 전하는 것과는 비교할 수 없는 수준이리라. 공명심으로 위험에 뛰어들었다가 죽은 것은 어떻게든 고인의 명예를 지킬 수 있는 쪽으로 포장이 가능하다. 하지만 요괴가 된 시신을 가져간다면……

'피바람이 불겠지.'

그 자체가 정치적인 무기로 이용되어 많은 피를 부를 것이다. 백리세가 안의 후계자 다툼에서나, 백리세가에 반발하는 다른 세력에게나.

"하지만 우리에게는 아주 좋은 기회가 될 수도 있는데? 예전부터 짜증 났던 네 명예에 똥칠도 해드리고 백리세가의 입지도 많이 흔들어주고. 흠. 말하고 나니 무척 신나는 일이 되겠군?"

"네년, 그 정도로 쓰레기였더냐?"

"뻔히 구할 수 있는 백성들, 부하들을 희생시킨 네놈에게 쓰레기 소리를 듣자니 더더욱 싫어하는 일을 해주고 싶어지는구나."

하성지가 차갑게 웃었다.

"무엇보다 부탁하는 태도가 글러먹었어. 차라리 깨어나서 그 더러운 입을 놀리지 않았으면 좋았을 것을. 그랬으면 내가 좀 고민하다 네놈이 원하는 쪽으로 일을 진행할 수도 있었을 텐데……."

하성지가 쿡쿡 웃었다. 그리고 백리검운의 표정이 굳어지는 것을 즐기면서 말한다.

"수색대를 불러서 시신을 수습하게 해주지. 걱정 마라. 당신이 이번 일을 수행함에 있어서 어떤 정보를 듣고 어떤 결정을 내렸는지, 당신의 측근들은 알고 있지. 그 정보 또한 만인이 알 수 있도록 열과 성을 다해 퍼뜨려 줄 것이다."

"감히, 누구에게 그따위 소리를 지껄이느냐!"

"공격하려고? 환영하는 바다."

분노로 다 죽은 몸을 일으키려던 백리검운이 움찔했다. 그가 다시 널브러지자 하성지가 재미없다는 표정을 지었다.

"흠. 마지막에 요괴로서 날뛰는 모습을 수색대의 여러분에게 보여줬으면 정말 극적이었을 텐데, 그 정도의 이성은 남아 있다니 유감이군."

"크허억……!"

백리검운이 숨넘어가는 소리를 냈다.

애당초 요괴로서의 그가 죽고 인간으로서의 자아가 눈을 뜬 것도 촛불이 꺼지기 직전에 잠시 반짝이는 것과 같은 현상이었다. 그런데 거기서 요기를 끌어 올려서 발작했다가 억지로 멈췄으니 지척까지 다가온 죽음을 끌어당긴 꼴이다.

'안 돼! 이럴 수는 없어, 이럴 수는……!'

백리검운은 자기가 죽은 뒤의 일을 상상하며 허우적거렸다.

그의 명예는 똥통에 처박힐 것이다. 생전에 불멸의 명예를 원하여 필사적으로 노력해 온 모든 것이 부정당하고 더럽혀진 이름만이 남으리라.

그것만은 막아야 한다. 아직 늦지 않았다. 저 주제 모르는 천한 여자가 자신의 시신을 없애주기만 한다면…….

하지만 하성지는 일말의 망설임도 없이 몸을 돌렸다.

"다시 태어난다면 사람한테 부탁하는 태도 정도는 배워서 오도록."

절망 속에서 백리검운의 의식이 완전히 끊어졌다.

9

형운 일행은 산길 한복판에서 어린 소녀의 주검을 찾아냈다. 다들 모르는 얼굴이었지만 형운은 그녀가 생전에 청이라고 불렸다는 사실을 알고 있었다.

청이의 주검은 이질적이었다. 요기가 물러가면서 수목이 바짝 말라 버리고, 새소리조차 사라진 산속에는 생전의 모습을 알아볼 수도 없을 정도로 참혹하게 훼손된 시신들이 널려 있었다. 그러나 가슴이 뚫려 죽은 그녀의 주검은 기이할 정도로 말끔해 보였다.

형운은 그 이유를 알고 있었다.

'이 아이가 당신에게 마지막으로 남은 미련이었구나.'

마을 사람들은 한자리에서 죽은 것이 아니었다. 쫓아오는 요괴들과 필사적으로 싸우면서 도망치는 와중에 하나하나 죽어갔다.

허용빈은 청이를 필사적으로 지켰다. 하지만 그런 노력도 헛되이 청이가 죽자 더 싸울 이유를 상실하고 죽음을 받아들였다.

진야의 저주, 그 정수를 담을 그릇으로 선택된 허용빈이 청이의 시신만은 온전한 모습으로 지켜낸 것은 인간의 마음이 남아 있었기 때문이리라. 인간을 증오하는 마음과 맞서는, 인간으로 살아가고자 했던 마음의 뿌리가 여기에 남아 있었다.

"후우."

형운이 한숨을 쉬었다. 청이를 포함한 마을 사람들이 어떻게 죽어갔는지 상상되어서 가슴이 아프다.

문득 허용빈의 말이 떠올랐다.

'형운, 너는 운명의 부조리로 인한 고통을 아는 사람이야. 나와는 달리 거기에 항거할 기회를 얻었고, 스스로 그럴 의지도 가졌지.'

그의 말대로 형운은 행운아였다. 귀혁과 만남으로써 운명에 도전할 기회를 얻었으니까.

하지만 허용빈은 그런 기회를 얻지 못했다. 성운의 기재로 태어났다는 이유만으로 모든 것을 잃었고, 겨우 부서진 마음을 추스르고 일어나려고 했던 때에 덮쳐 온 또 다른 비극에 삼켜지고 말았다.

그도, 그가 지키고자 했던 것도 모두.

형운은 조심스럽게 청이의 주검을 안아 올렸다. 허용빈의 마지막 부탁은 청이의 주검을 수습해서 장례를 치러달라는 것이었다.

"돌아가자."

씁쓸한 형운의 말에 모두들 말없이 고개를 끄덕였다.

『성운을 먹는 자』 11권에 계속…

초대형 24시 만화방

신간 100%, 샤워실, 흡연실, 수면실(침대석), 커플석, 세탁기 완비

■ 강북 노원역점 ■

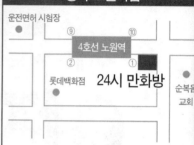

서울 노원구 상계동 340-6 노원역 1번 출구 앞 3층
02) 951-8324 (화용빌딩 3층)

■ 일산 정발산역점 ■

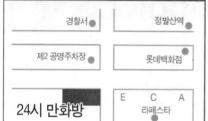

라페스타 E동 건너편 먹자골목 내 객잔건물 5층
031) 914-1957

■ 일산 화정역점 ■

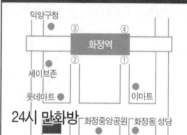

경기도 고양시 덕양구 화정동 984번지 서일빌딩 7층
031) 979-4874 (서일사우나 건물 7층)

■ 부천 역곡역점 ■

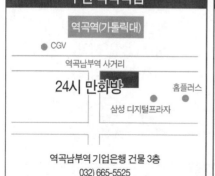

역곡남부역 기업은행 건물 3층
032) 665-5525

■ 부평역점 ■

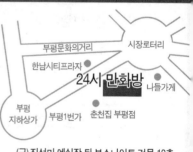

(구) 진선미 예식장 뒤 보스나이트 건물 10층
032) 522-2871

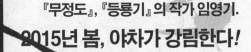

FUSION FANTASTIC STORY

탁목조 장편 소설

천공기

탁목조 작가가 펼쳐 내는 또 하나의 이야기!

『천공기』

최초이자 최강의 천공기사였던 형.
형은 위대한 업적을 이룬 전설이었다.
하지만 음모로 인해 행방불명되는데……

"형이 실종되었다고
내게서 형의 모든 것을 빼앗아 가?"

스물두 살 생일,
행방불명된 형이 보낸 선물, 천공기.
그리고 하나씩 밝혀지는 진실들.

천공기사 진세현이 만들어가는 전설이 시작된다!

Book Publishing CHUNGEORAM

유행이 아닌 자유추구 -
WWW.chungeoram.com

네르가시아 장편소설
FUSION FANTASTIC STORY

글로벌 기업의 후계자 김태하.
탄탄대로를 걷던 그에게 거대한 음모가 덮쳐 온다!

『도시 무왕 연대기』

가장 믿고 있었던 친척의 배신,
그가 탄 비행기는 추락하고 만다.

혹한의 땅에서 기적같이 살아나
기연을 만나게 되는데……

모든 것을 잃은 남자,
김태하의 화끈한 복수극이 시작된다!

Book Publishing CHUNGEORAM

신력을 타고났으나 그것은 축복이 아닌 저주였다.

『십자성 - 전왕의 검』

남과 다르기에 계속된 도망자의 삶.
거듭된 도망의 끝은 북방 이민족의 땅이었다.
야만자의 땅에서 적풍은 마침내 검을 드는데……!

"다시는 숨어 살지 않겠다!"

쫓기지 않고 군림하리라!
절대마지 십자성을 거느린
적풍의 압도적인 무림행이 시작된다!

이계진입 리로디드

임경배 퓨전 판타지 소설
FUSION FANTASTIC STORY

『권왕전생』임경배의 2015년 신작!

『이계진입 리로디드』

**왕의 심장이 불타 사라질 때,
현세의 운명을 초월한 존재가 이 땅에 강림하리라!**

폭군으로부터 이세계를 구원한 지구인 소년 성시한.
부와 명예, 아름다운 연인…
해피엔딩으로 이야기는 끝인 줄 알았건만
그 대가는 지구로의 무참한 추방이었다.
그리고 10년 후……

"내가 돌아왔다! 이 개자식들아!"

한 번 세상을 구한 영웅의 이계 '재' 진입 이야기!

Book Publishing CHUNGEORAM

paráclito

빠라끌리또

FUSION FANTASTIC STORY

가프 장편소설

막장 비리 검사가
최고의 검사로 거듭나기까지!
그에겐 비밀스러운 친구가 있었다.

『빠라끌리또』

운명의 동반자가 된 '빠라끌리또'가 던진 한마디.

−밍글라바(안녕하세요)!

그 한마디는 막장 비리 검사, 송승우의
모든 것을 통째로 리뉴얼시켜 버렸다.

빠라끌리또=Helper, 협력자, 성령.

Book Publishing CHUNGEORAM

유행이 아닌 자유추구 -
WWW.chungeoram.com

철백 新무협 판타지 소설

FANTASTIC ORIENTAL HEROES

大武

대무사

피와 비명으로 얼룩진 정마대전의 종결.
그리고…

"오늘부로 혈영대는 해산한다."

혈영대주 이신.
혈영사신(血影死神)이라고 불리는 그가
장장 십오 년 만에 귀향길에 올랐다.

더 이상 전쟁의 영웅도, 사신도 아니다!

무사 중의 무사, 대무사 이신.
전 무림이 그의 행보를 주목한다!

Book Publishing CHUNGEORAM

유행이 아닌 자유추구 -
WWW.chungeoram.com